Günter Laube

Gefangener Nummer 343

ROMAN

BoD – Books on Demand

Bibliografische Information der Deutschen Nationalbibliothek:
Die Deutsche Nationalbibliothek verzeichnet diese Publikation
in der Deutschen Nationalbibliografie, detaillierte bibliografische
Daten sind im Internet über http://www.dnb.de abrufbar.

Gefangener Nummer 343
© 2016 by Günter Laube
eBook: neobooks.com, München 2016
Herstellung und Verlag:
BoD - Books on Demand, Norderstedt 2016

ISBN: 978-3-8423-8199-5

Inhaltsverzeichnis

Erstes Kapitel

Das Gefängnis

»Sie sollten nicht hier sein, das ist kein Ort für eine Frau!«

Der Empfang durch den Direktor des neuen Hochsicherheitsgefängnisses war mehr als distanziert. Die Atmosphäre war kühl, ja frostig.

»Das ist eine Frage der Perspektive«, entgegnete ich und streckte ihm meine Hand entgegen. »Sophia Fernández«, stellte ich mich vor, »vielen Dank, dass Sie mich empfangen!«

Ich hatte mich bemüht, keine Ironie in meine letzten Worte zu legen, und es schien mir gelungen zu sein. Einem prüfenden Blick folgte ein kräftiger Händedruck. »Kenneth Thompson«, sagte er dann ohne eine Miene zu verziehen.

Wir standen in einer Art Innenhof, auf dem Dach eines Gebäudes, das, wie ich wusste, auf vier mächtigen Pfeilern auf einem künstlich verstärkten Atoll im Pazifik ruhte.

Die Vereinten Nationen hatten dieses Großprojekt vor zehn Jahren ins Leben gerufen, um die gefährlichsten und mächtigsten verurteilten Verbrecher der Welt, die in manchen Ländern die Todesstrafe zu erwarten hatten, an einem sicheren Ort zu verwahren. Lebenslänglich. Zur Rettung ihrer Seele und Abkehr von der Tötung von Menschen, wie es in einem offiziellen Dokument hieß. Tatsächlich waren die meisten Insassen Mörder, nur in einigen wenigen Ausnahmefällen hatten die zuständigen Gerichte entschieden, dass ein normales Gefängnis nicht ausbruchsicher genug war, um die Gefangenen, die zwar keinen Mord aber dennoch ein schwerwiegendes Verbrechen begangen hatten, längere Zeit in ihren Heimatstaaten in Gewahrsam zu behalten. Eine Verurteilung musste vom Internationalen Gerichtshof in Den Haag erfolgen, nur in Ausnahmefällen konnte eine Verurteilung auch durch ein Bundesgericht oder eine vergleichbare Institution der fünf ständigen Mitgliedsstaaten des UN-Sicherheitsrates vorgenommen werden.

Auf der Suche nach einem geeigneten Ort war man auf ein Atoll der Marshallinseln gestoßen, dass infolge des Klimawandels seit einigen Jahren zum Teil unter Wasser lag. Die Inselgruppe im Pazifik, zwischen Hawaii und Papua-Neuguinea, zählt zu Mikronesien und schien auf Grund seiner geographischen Lage, der klimatischen Bedingungen und der politischen und historischen Gegebenheiten als idealer Standort in mehrfacher Hinsicht. Die im sechzehnten Jahrhundert von Spaniern entdeckte Inselgruppe befand sich im Laufe der Geschichte sowohl unter deutscher wie japanischer Verwaltung, bevor die USA nach dem Zweiten Weltkrieg als Treuhänder im Auftrag der Vereinten Nationen die Herrschaft übernahmen, die sie auch nach 1990, dem offiziellen Ende der Treuhandverwaltung, de facto nach wie vor inne haben. So wäre zivilisiertes Leben auf den Inseln ohne Unterstützung seitens der Amerikaner undenkbar, die auf dem zur Inselgruppe gehörenden Bikini-Atoll in der Mitte des Zwanzigsten Jahrhunderts zahlreiche Kernwaffentests durchführten und noch heute einen Raketenstützpunkt auf dem Kwajalein-Atoll betreiben.

Entsprechend ist in diesem Gebiet seit jeher viel Militär stationiert, vor allem amerikanisches. Neben der von jeglichem Festlandgebiet der Erde weit entfernten Lage einer der ausschlaggebenden Punkte bei der Wahl des Ortes. Auf einem Seegebiet von der Größe Frankreichs plus Spaniens fanden sich noch zum Ende des Zwanzigsten Jahrhunderts über eintausendzweihundert Inseln, die insgesamt eine Landfläche vergleichbar der Größe von Washington D. C., der Hauptstadt der USA, ausmachten. Doch die Fläche und damit die Bewohnbarkeit der Inseln und Atolle schrumpfte im Zuge der Klimaveränderung, so dass schließlich nur noch wenige Inseln bewohnt blieben. Die verbliebenen Einheimischen arbeiten zum Großteil für die US-Armee, betreiben Fischfang und Ackerbau. Dem seit Ende des Zwanzigsten Jahrhunderts einsetzenden Tourismus-Boom wurde im Zuge der Konzipierung des Gefängnisses ein jähes Ende bereitet, das komplette Gebiet wurde zum militärischen Sperrgebiet erklärt.

Nach sechsjähriger Bauzeit war dieses Gebäude in Form eines Würfels vor vier Jahren feierlich eröffnet worden. Während der Eröffnungszeremonie, an der neben hochrangigen UN-Vertretern auch zahlreiche Staats- und Regierungschefs teilnahmen, waren Filme über Sicherheitsüberprüfungen, die sowohl militärische Elite-Einheiten wie auch internationale Firmen durchgeführt hatten, gezeigt worden; sie sollten den Geldgebern verdeutlichen, dass dank ihrer Unterstützung tatsächlich das absolute Gefängnis entstanden war.

»Ausbruch unmöglich, Flucht unmöglich«, war das Motto der Veranstaltung, und dieses Motto hatte in den vergangenen Jahren an Nachhaltigkeit gewonnen. Es war in vier Jahren nicht ein einziger Fluchtversuch unternommen worden, geschweige denn gelungen.

Dabei waren hier mittlerweile über dreihundert Gefangene untergebracht. Meine Aufgabe war es nun, im Auftrag des Sicherheitsrates der Vereinten Nationen die Verhältnisse vor Ort zu überprüfen. In jeglicher Hinsicht. Es sollte ein Bericht erstellt werden, der nach fünfjähriger Inbetriebnahme des Gefängnisses den beteiligten Staaten präsentiert werden sollte.

Thompson war der erste Direktor, laut seiner Akte hatte er zuvor im Pentagon gearbeitet. Er war siebenundfünfzig Jahre alt, konnte auf eine recht erfolgreiche militärische Laufbahn in der US-Army, in der er es bis zum Lieutenant Colonel gebracht hatte, zurückblicken und war vor fünfzehn Jahren ins Pentagon versetzt worden. Dort begann seine zweite Karriere, als Zivilist und im Grunde als Politiker. Die Leitung dieses Gefängnisses war die Krönung seiner Laufbahn, und als Direktor war er mit umfangreichen Befugnissen ausgestattet, die sich auch auf das Militär erstreckten.

»Bitte folgen sie mir!«, sagte er und drehte sich um.

Ich folgte ihm. Etwa zwanzig Meter von der Hubschrauberlandefläche entfernt war eine Öffnung im Boden. Als ich näherkam, sah ich zehn kreisförmig angeordnete Stufen, über die man zu einer Plattform gelangte. In deren Mitte war eine Wendeltreppe, die nach unten führte. Beim Abstieg zählte ich zweiundzwanzig Stufen.

Die Sicherheitsüberprüfungen hatten ergeben, dass dies tatsächlich der einzige Ausgang war, der einzige Weg nach oben. Die Wände des Gefängnisses waren praktisch unzerstörbar, weder Chemikalien, Säuren oder Salzwasser konnten größeren Schaden anrichten. Um ein Loch in die Außenwand zu sprengen, würde man mindestens eine Panzerfaust benötigen.

Während er eine Tür mit einer Chipkarte öffnete, sagte er: »Wir sind jetzt in der neunten Etage, dem Verwaltungstrakt. Hier habe ich mein Büro, und ebenso befindet sich hier ein Raum für die Diensthabenden, das sind immer vier Soldaten unterschiedlicher Nationalitäten. Die ärztliche Station, drei Labore, eine Bibliothek und einige weitere

Räume befinden sich ebenfalls auf dieser Etage, zum Beispiel das Büro des ärztlichen Direktors sowie entsprechende Behandlungsräume und eine kleine Apotheke. In der achten Etage sind die Kantinen für Häftlinge und Personal sowie eine Sporthalle für das Personal, die Etagen eins bis sieben beherbergen unsere Insassen. Für den Rest ihres Lebens. Aber das alles dürfte Ihnen ja wahrscheinlich bereits bekannt sein.«

»Ja, aber in der Praxis wirkt es doch leicht anders, als wenn man es auf dem Papier liest oder in Filmen oder auf Fotos sieht«, erwiderte ich. Mir war ein bisschen mulmig zumute. Noch nie in meinem Leben war mir bewusst geworden, dass ich so abhängig von anderen Menschen war.

Ohne einen Hubschrauber war ich in diesem Gebäude gefangen. Es war nur durch die Luft erreichbar, von dem Oberdeck, das von einer dreieinhalb Meter hohen, glatten Wand eingerahmt war, hinter der es einhundert Meter in die Tiefe ging. Ins Wasser. In den Pazifik.

»Das System ist perfekt, das Gefängnis ist perfekt! Zu uns kommen nur solche, die es verdient haben«, sagte er im Brustton der Überzeugung. »Ausbruch unmöglich, Flucht unmöglich.«

Ich glaubte ihm aufs Wort. Die Überprüfungen seitens mehrerer Fachleute hatten dem Gefängnis gewissermaßen einen Status zuerkannt, der in der Branche einzigartig war. Der Bericht, der von einem ehemaligen Direktor eines US-amerikanischen Bundesgefängnisses verfasst worden war, war mir noch am besten in Erinnerung, da er im Gegensatz zu den anderen Berichten mit einer gehörigen Portion Sarkasmus endete. Sinngemäß lautete sein Fazit: »Hätte ich die Möglichkeiten gehabt, die hier im Auftrag der UN geschaffen worden sind, dann wäre mir kein Häftling entkommen. Es gibt nur einen Ausgang nach draußen, auf eine Plattform, die von einer dreieinhalb Meter hohen Mauer umgeben ist. Ohne Hilfe oder Hilfsmittel ist es undenkbar, dort hinüber zu gelangen. Man würde es aber auch gar nicht wollen, denn jenseits der Mauer wartet ein hundert Meter tiefer Abgrund. Sollte man diese Mauer dennoch bewältigen und auch den Hundert-Meter-Sprung in den Pazifik überleben, würde man sich in einem angenehm temperierten Wasser wiederfinden, über sich das Gefängnis, von dem aus man nicht verfolgt würde, da mit Sicherheit kein Wachtposten hinterherspringen würde. Der Flüchtling könnte dann also eigentlich entspannt zu der nicht allzu weit entfernten Insel schwimmen, wären da nicht die Meeresbewohner des größten Ozeans der Welt, die ihn unter Umständen als Zwischenmahlzeit betrachten könnten, und die Soldaten, die ihn auf der Insel erwarten würden, nur um ihn anschließend wieder in das Gefängnis zurück zu bringen. Per Helikopter. Der Häftling müsste also vor seiner Flucht über die Mauer dafür sorgen, dass er nach seinem Sprung von einem Boot aufgelesen werden könnte, mit dem er – nirgendwohin fahren würde, denn das gesamte Gebiet ist Militärisches Sperrgebiet. Jedes Schiff, jedes Flugzeug, jedes U-Boot, das unangemeldet in das Gebiet eindringen würde, würde sofort mehrere Kampfjets auf den Plan rufen, die von dem nächstgelegenen Militärstützpunkt auf einer Insel oder einem Flugzeugträger starten würden. In einem Umkreis von hundert Meilen um das Gefängnis sind die Piloten berechtigt, jedes Flugzeug entweder abzudrängen oder abzuschießen. Wer also nicht über eine kleine Privatarmee mit einem Wasserflugzeug, einem Schiff oder einem U-Boot verfügt, mit dem er schneller ist als ein Jet, sollte das Etablissement nicht unplanmäßig verlassen. Das Klima ist immerhin recht angenehm, auch in dem Gebäude, das Essen ist überdurchschnittlich gut, für das körperliche, seelische und geistige Wohlbefinden ist ebenfalls gesorgt, und draußen wartet nur der Tod.«

Wir waren derweil über den Flur gegangen und standen vor einer Tür, die Thompson öffnete. »Ich werde Sie jetzt mit einigen weiteren Mitarbeitern bekannt machen.«

In dem Büro standen zwei Männer an einer Wand, an der eine Seekarte angebracht war. Bei unserem Eintritt drehten sie sich um.

Vor meiner Abfahrt in New York hatte ich zur Vorbereitung die Akten aller Mitarbeiter gelesen und kannte daher die biographischen Daten. Da auch Fotos in den Akten waren, wusste ich sofort, wen ich vor mir hatte.

»Darf ich vorstellen«, sagte der Direktor, »Professor Walter Baranowski, Leiter der medizinischen Abteilung, und Doktor Lars Sörensen, sein Stellvertreter und engster Mitarbeiter. Beide sind so lange hier wie ich. Wir waren sozusagen die ersten Bewohner des Hauses. Meine Herren, darf ich vorstellen ..., Doktor Sophia Fernández. Sie wird unser Domizil im Laufe der nächsten Woche einer eingehenden Betrachtung unterziehen ..., im Auftrag des Sicherheitsrates.«

Der Professor kam auf mich zu. Ein ruhiger Blick, dann gab er mir die Hand. »Guten Tag!«

»Guten Tag!«

»Guten Tag!«, sagte auch sein Kollege Doktor Sörensen und gab mir ebenfalls die Hand.

»Guten Tag!«

Baranowski betrachtete mich noch immer mit ruhigem Blick, dann sagte er: »Ich wurde von dem Direktor bereits gestern informiert, dass Sie kommen würden. Wenn Sie Fragen zu unserer Forschung und unserer Arbeit haben, können Sie sich gern an mich wenden.«

»Danke sehr, das werde ich.«

»Sind Sie auch Ärztin?«, fragte Sörensen.

»Nein ..., Rechtspsychologin. Mein Studium beinhaltete allerdings ein praktisches Jahr an einer Universitätsklinik, und dabei hatte ich in einem Semester sogar die Gelegenheit, in der Rechtsmedizin in Berlin und in Paris zu arbeiten, so dass ich mit den medizinischen Grundlagen halbwegs vertraut bin.«

»Eine faszinierende Kombination«, stellte der Professor fest. »Das Studium war aber auch nicht in sieben Jahren zu schaffen.«

»Nein, ich habe neun Jahre gebraucht ..., aber es hat sich wirklich gelohnt. Ich habe seit fünf Jahren wohl so eine Art Traumjob. Für die Vereinten Nationen durch die Welt zu reisen und dabei mit den unterschiedlichsten Menschen zusammen zu arbeiten und die verschiedensten Situationen zu erleben ...«

»Ja ..., klingt interessant«, meinte Sörensen. »Aber wenn Sie so viel unterwegs sind, dann sprechen Sie auch viele Sprachen?«

»Ja ..., da musste ich zum Glück nicht mehr viel lernen. Ich bin gewissermaßen dreisprachig aufgewachsen, meine Mutter ist Spanierin, mein Vater Franzose, und in der Schule hatte ich ab der ersten Klasse Englisch. Sprachen zu lernen und zu sprechen war nie ein Problem für mich, und im Laufe meines Lebens kamen noch einige andere hinzu. Die unterschiedlichen Gesetze und deren Auslegung in den verschiedenen Ländern der Welt zu verstehen ist da weitaus schwieriger.«

»Von der menschlichen Psyche einmal abgesehen«, sagte Baranowski. Ich wusste, dass er nicht nur Arzt und Universitätsprofessor der Medizin war, sondern auch Psychologe und Psychotherapeut. Er hatte vor zwanzig Jahren in Kriegsgebieten gearbeitet, und war in der praktischen Arbeit ebenso erfahren wie in der Theorie im Lehrsaal. Nicht ohne Grund war er mit der Leitung der medizinischen Abteilung beauftragt worden.

»Das ist richtig. Die Menschen unterscheiden sich innerlich mehr als äußerlich.«

»Wo waren Sie zuletzt?«, erkundigte sich Sörensen.

»Ich war jetzt längere Zeit in New York ..., das war wohl in gewisser Weise mein Glück, denn so war ich sofort verfügbar. Eigentlich hätte mein Chef einen Kollegen hierher schicken wollen, doch der musste kurzfristig zu einem anderen Einsatzort.«

»Wohin?«

Ich wertete es als Reflex und hielt die Frage insofern für ganz natürlich. Da ich ihm jedoch nicht sagen durfte, worum es bei dem Einsatz ging, begegnete ich Sörensen mit einer ebenso direkten und – wie ich hoffte – leicht humorvollen Antwort: »Das ist ..., sagen wir, Geheimsache. Wir ermitteln nicht immer so offen, wie ich es hier bei Ihnen tue. Ich denke, Sie werden das verstehen.«

»Aber selbstverständlich ..., es war nur Neugierde«, bekannte er.

Bevor eine peinliche Pause entstehen konnte, erkundigte sich Baranowski: »Gibt es ein spezielles Thema in medizinischer Hinsicht, dass Sie für Ihren Bericht untersuchen wollen, Miss Fernández?«

»*Wieder eine direkte Frage*«, dachte ich. »*Aber diesmal ist es kein Reflex, sondern wohl überlegt.*« Ich sah dem Mediziner ruhig in die Augen. »Ja, ich möchte sicherstellen, dass es hier keine Menschenversuche oder etwas Derartiges gibt.«

Die drei Männer wechselten einen Blick.

»Das klingt ja dramatisch. Was haben Sie gedacht, was Sie hier finden würden?« Doktor Sörensen schien nicht erfreut zu sein über die Frage. »Glauben Sie, dass wir hier an den Gefangenen herum experimentieren?«

»Meine Anwesenheit ist keine Glaubenssache, sondern hat schlicht mit Erkenntnis zu tun. Es war auch nicht meine Idee ..., obwohl das Thema mir selbstverständlich am Herzen liegt ..., aber die Punkte, die ich hier während meines Aufenthaltes zu klären habe, sind Vorgaben seitens des Sicherheitsrates der Vereinten Nationen.«

Es setzte eine fast hörbare Stille ein. Doch sie währte nur kurz.

»Diesen Punkt können Sie als erledigt betrachten«, erklärte der Professor mit Nachdruck.

Thompson nickte bekräftigend, und Sörensen erklärte mir: »Wir sind hier im Gegenteil daran interessiert, nach dem Ursprung des Lebens zu suchen ..., den Menschen noch besser zu verstehen. Doch darüber wird Ihnen sicherlich Professor Nilsson Genaueres erzählen. Er ist der wissenschaftliche Leiter der Forschungsabteilung und hat sein Büro auf der Insel. Er ist auch der älteste Wissenschaftler vor Ort ..., es ist seine letzte Station vor dem Ruhestand. Wir anderen sind alle etwas jünger ..., na ja die meisten jedenfalls.«

Ein spöttisches Grinsen galt Baranowski, der, wie ich wusste, auch schon fast sechzig Jahre alt war.

»Wer solche Mitarbeiter hat, braucht keine Feinde«, seufzte Baranowski, doch ich merkte, dass er es nicht ernst meinte. »Wenn ich da sehe, wenn so eine junge Frau wie Sie daher kommt ...«

»Ich stehe in der Mitte des Lebens«, erklärte ich. »Ich bin noch jung genug, um neue Impulse zu geben, aber auch erfahren genug, um ...«

Jemand klopfte an die Tür, öffnete sie und trat ein. Ein junger Mann stand im Büro, hinter ihm sah ich noch eine

Gestalt, doch blieb der erste stehen, als er uns sah. »Oh, Entschuldigung!«

»Kein Problem!«, sagte Thompson, »kommen Sie ruhig herein ..., dann kann ich Sie bekannt machen.«

Der Angesprochene kam näher, gefolgt von einem weiteren jungen Mann.

»Maik Broders und Björn Altmann ..., Doktor Sophia Fernández von den Vereinten Nationen«, stellte Thompson uns einander vor.

Wir gaben uns die Hand. »Hallo, angenehm.«

Ich wusste nicht, wie viel die beiden wissen durften und überließ daher dem Direktor die weitere Vorstellung: »Miss Fernández ist zu uns geschickt worden, um mal nach dem Rechten zu sehen. Und um zu prüfen, ob das Geld sinnvoll eingesetzt ist.« Er gestattete sich ein Lächeln.

Die Männer lachten.

»Und vielleicht ist sie auch da, um Ihre Forschungsarbeiten ein wenig unter die Lupe zu nehmen.«

»Wirklich?« Björn sah mich neugierig an.

»Halb so wild«, wiegelte ich ab. »Ich bin Rechtspsychologin, keine Naturwissenschaftlerin.«

»Das macht nichts«, betonte Maik. »Sie können gerne an unseren und meinen Forschungen teilhaben.«

Thompson stöhnte gespielt und mit leicht gequälter Miene. »Er kann es einfach nicht lassen. Kaum ist eine Frau im Raum ..., ts ts ...«

»Die Jugend von heute!«, seufzte Baranowski wieder mit einer Portion Ironie.

So manchen anderen hätten diese Bemerkungen sicherlich in Verlegenheit gebracht. Nicht jedoch Maik. Er wirkte womöglich noch selbstsicherer, als er mit einem Lächeln fragte: »Ich hoffe, Sie haben das nicht als blöde Anmache aufgefasst?«

Ich hatte auch die Akten von Maik Broders und Björn Altmann studiert. Sie waren Studenten und neunundzwanzig beziehungsweise vierundzwanzig Jahre alt. »Keineswegs«, gab ich zurück. *»Junge, Junge«*, dachte ich, *»ich bin doch nicht um die halbe Welt geflogen, um hier eine Affäre mit einem sechs Jahre jüngeren Mann zu beginnen!«* Obwohl ich mir eingestehen musste, dass er durchaus attraktiv war, groß, athletisch, dunkelblonde Haare, braun gebrannt – man hätte ihn auch beim Surfen vor Hawaii oder Kalifornien antreffen können. Theoretisch.

Björn unterbrach das Intermezzo. »Komm, wir gehen«, sagte er zu Maik. »Wir sehen uns!«

»Ja, bis bald«, meinte Maik und sah in die Runde. Doch er hatte eindeutig mich damit gemeint.

»Bye«, sagte ich.

Als die beiden gegangen waren, ergriff Doktor Sörensen das Wort: »Sie sind noch jung ..., keine dreißig Jahre alt. Das erklärt vielleicht ...«

»Sie brauchen sie nicht zu entschuldigen«, unterbrach ich ihn. »Es ist doch nichts passiert. Sie waren eben nur überrascht, eine Frau hier zu sehen.«

»Ja ..., und es war keine unangenehme Überraschung«, murmelte Thompson.

»Genau. Und die anderen Wissenschaftler werden Sie sicherlich auch noch kennen lernen.« Baranowski gab uns Gelegenheit, unsere Erkundungstour fortzusetzen.

Thompson und ich verabschiedeten uns von den beiden Ärzten und verließen den Raum. Er zeigte mir die Küche und die Kantine, machte mich mit dem Personal jedoch nicht bekannt. »Es handelt sich überwiegend um Einheimische, die auf der anderen Seite der Insel leben. Diejenigen, die nicht hier arbeiten, betreiben Fischfang, befinden sich a- ber natürlich genauso unter Beobachtung. Wie Sie wissen, ist ja eine Einheit vom United States Marine Corps auf der Insel stationiert. Denen entgeht nichts.«

»Ja. Das habe ich schon vor meinem Abflug gelesen.«

Wir gingen weiter. »Nun ..., dann kommen wir jetzt zum Schluss der Tour. Da kann ich Sie noch mit Pater Enrico bekannt machen. Vor zwei Jahren kamen die Vertreter der UN auf den Gedanken, dass es sinnvoll wäre, einen kirchlichen Vertreter hier vor Ort zu haben ..., einen Gottesmann, oder wie auch immer man das nennen soll. Pater Enrico ist nach Gesprächen mit dem Vatikan ausgewählt worden. Hier ist sein Zimmer.«

Wir blieben stehen, Thompson klopfte und trat ein.

Das Zimmer war halb so groß wie das der Ärzte, wirkte jedoch größer, da es ein Eckzimmer war und insofern von zwei Seiten Tageslicht herein schien. Der Pater saß an einem dunklen Schreibtisch und erhob sich bei unserem Eintritt. Er war so alt wie ich, wie ich wusste, fünfunddreißig. *»Eine ganz andere Biographie«*, dachte ich.

»Pater Enrico ..., ich möchte nicht lange stören ..., ich darf Ihnen Sophia Fernández vorstellen. Sie stattet uns einen kleinen Besuch ab, um sich die Verhältnisse aus nächster Nähe anzuschauen. Ihre Eindrücke fließen in einen Bericht ein, den später der Sicherheitsrat erhält.«

Wir gaben uns die Hand.

»Guten Tag!«

»Guten Tag!«

Thompson war an der Tür stehen geblieben. »Die meisten Insassen sind Angehörige des christlichen Glaubensbekenntnisses. Daher war dieser Schritt gewissermaßen eine logische Konsequenz.«

»Ich verstehe.«

»Wie lange werden Ihre Untersuchungen denn dauern?«, fragte der Geistliche.

»Eine Woche ..., vielleicht länger.«

»Dann werden wir bestimmt noch Gelegenheit erhalten, uns auszutauschen.«

»Das denke ich auch.«

Wir abschiedeten uns von Pater Enrico und gingen in Thompsons Büro. »Jetzt werde ich Ihnen noch die Wachmannschaft vorstellen, die diese Woche Dienst hat. Einige von ihnen haben Sie bei Ihrer Ankunft vermutlich schon gesehen.«

Er betätigte einen Knopf auf seinem Schreibtisch, und eine halbe Minute später standen vier Soldaten in schwarzen Kampfanzügen im Raum.

»Meine Herren! Ich möchte Ihnen Doktor Sophia Fernández vorstellen. Sie inspiziert unser Gefängnis und arbeitet an einem Bericht für den Sicherheitsrat. Die Dauer ihres Aufenthaltes ist zunächst für eine Woche vorgesehen, kann im Bedarfsfall aber um eine weitere verlängert werden. Ich erwarte, dass Sie ihr jede Unterstützung zukommen lassen, die sie benötigt!«

»Jawohl, Sir!«, tönte es wie aus einem Mund.

Der Direktor wandte sich an mich. »Sie wissen ja, wie es hier abläuft. Die Herren Smith, Kowalski, Novak und Philips haben diese Woche in diesem Bereich Dienst. Sofern Sie etwas benötigen, und ich gerade nicht erreichbar sein sollte, können Sie sich gerne an sie wenden.«

»Danke sehr.«

Ein bisschen Stolz klang in seiner Stimme mit, als er noch hinzufügte: »Die Männer sind ebenfalls seit Beginn hier ..., wir sind zusammen angekommen. Es ist eine gute Truppe, quer durch die Nationalitäten, und wir haben alle ein und dasselbe Motto.«

Ich mochte ihn fragend anblicken, denn er blickte nun seinerseits auffordernd zu den Soldaten hinüber.

Der, den er als Smith vorgestellt hatte, trat einen Schritt vor. »Ausbruch unmöglich, Flucht unmöglich.«

Thompson mochte meine Miene falsch deuten, vielleicht wollte er mich aber auch nur vollends von den Gegebenheiten überzeugen. »Smith und Kowalski werden Sie auf einem weiteren Rundgang begleiten, dann können Sie sich selbst überzeugen. Dafür sind Sie ja schließlich hier, nicht wahr?«

Ich nickte nur.

Er sah mich eindringlich an. »Aber bringen Sie mir die Männer nicht durcheinander!«

»Ich werde es versuchen«, gab ich zurück.

Smith machte eine auffordernde Handbewegung. »Bitte sehr, hier entlang!«

Der andere, Kowalski, ging voran und öffnete die Tür zum Treppenhaus. Ich ging hindurch, Smith direkt hinter mir. Ich vermutete einen Amerikaner in ihm, doch hütete ich mich, ihn darauf anzusprechen. Vor meiner Abfahrt war mir klar gemacht worden, dass das Sicherheitspersonal strikte Anweisung hatte, nichts über sich und die persönlichen Verhältnisse zu erzählen, und dass ich dies respektieren möge. Die Soldaten sprachen über sich nicht einmal gegenüber den anderen. Lediglich der Direktor hatte eine namentliche Übersicht über alle, sowohl Sträflinge wie Wachpersonal.

Insgesamt waren es vier Soldaten, die der Direktor je nach den aktuellen Erfordernissen flexibel einsetzen konnte. Die beiden anderen würden jetzt wieder in den Bereitschaftsraum zurück kehren. Das Wachpersonal auf den sieben Stationen hatte seinen eigenen Rhythmus. Jede Etage war gleich aufgebaut: Außen waren die Zellen, im Innenbereich, getrennt durch einen Gang, ein Komplex, der neben dem Treppenhaus, einer Sporthalle, den Duschen und einem Fahrstuhl einen großen Raum beherbergte, in dem die jeweilige Wachmannschaft untergebracht war. Dieser Raum beinhaltete eine Kommandozentrale, in der alle Bilder der Überwachungskameras des jeweiligen Stockwerks auf entsprechend vielen Monitoren rund um die Uhr gezeigt wurden, einen Aufenthaltsraum und einen Ruheraum. Nach meinen Informationen bestand eine Wachmannschaft aus einundzwanzig Soldaten, die sich in drei Gruppen teilten – in acht-Stunden-Schichten.

Auf dem Weg nach unten referierte Kowalski: »Der Bau besteht aus einem neu entwickelten Material, einer Mischung aus Stahlbeton und Glas, Licht-durchlässig, sofern von uns gewünscht, absolut witterungsbeständig und nahezu unzerstörbar. Und das bei einer extrem geringen Dicke.«

Er war zweifelsohne Pole, sprach jedoch ein sehr gutes Englisch. Er war einen halben Kopf größer als Smith, schätzungsweise zwei Meter groß, slawischer Typus.

Wir waren inzwischen im fünften Stock angekommen.

Kowalski öffnete die Tür mit seiner Karte und hielt sie auf. »Bitte sehr! Hier können Sie sich einmal in Ruhe eine Zelle ansehen. Hier ist noch niemand.«

»Danke.«

Wir gingen zu einer Zelle, Kowalski öffnete die Tür mit seiner Karte, und wir gingen hinein. Ich hatte die Pläne schon in meinem Büro in New York studiert, und es machte jetzt vor Ort keinen überragend anderen Eindruck als in meiner Vorstellung existierte. Jede Etage des Würfels war drei Meter hoch, die Höhe der Zwischendecken betrug zwei, die unterste drei und die oberste sechseinhalb Meter. Auf einer Grundfläche von zwei mal drei Metern waren in jeder Zelle ein Bett, ein Waschbecken und eine Toilette untergebracht. Die Wände schienen tatsächlich aus einer Art Glas oder durchsichtigem Metall zu bestehen. Versuchsweise schlug ich gegen eine Wand. Es fühlte sich härter an als Beton.

»Ausbruch zwecklos.« Smith lachte. »Ohne die Karte kommen Sie hier nicht raus, höchstens mit einem Presslufthammer.«

»Okay, ich bin überzeugt.«

Ich sah nach oben.

»In der Decke befinden sich Sensoren ..., um zum Beispiel Feueralarm auszulösen ..., und um ein eventuell gerade ausbrechendes Feuer direkt löschen zu können, sind dort auch mehrere Strahler installiert, deren Kapazität hinreichend ist, um die ganze Zelle binnen einer Minute unter Wasser zu setzen. In den Decken des Gebäudes verlaufen diverse Leitungen ..., Strom, Wasser, und alles was die Technik so braucht. Und der größte Ozean der Welt liefert das Löschwasser. Ein Feueralarm ist hier allerdings noch nie vorgekommen. Aber wir sind für alle Fälle gerüstet.«

»Das glaube ich.«

»In den Decken gibt es auch Videokameras. Jede Zelle wird überwacht ...«, erklärte Kowalski, »damit ist nicht nur ein Ausbruch unmöglich, sondern es wird auch jedes ungewöhnliche Ereignis ..., wie eben ein Feuer, sofort bemerkt. Denn das Wachpersonal ist vierundzwanzig Stunden am Tag, rund um die Uhr, dabei. Bei allem, was die Gefangenen tun. Es ist eine doppelte Absicherung, elektronisch und durch Menschen.«

»Aber gehen wir doch weiter«, meinte Smith und ging zurück zum Treppenhaus. Er öffnete die Tür und ließ uns hindurch. Kowalski ging wieder voran.

»Bisher waren alle Zellen leer, die obersten drei Etagen, also Stockwerk fünf bis sieben, sind noch nicht belegt. Jetzt geht es aber los. In der vierten Etage sind fünfundfünfzig Zellen belegt, das entspricht insgesamt also dreihundertachtundachtzig Gefangenen. Das Treppenhaus ist in der Mitte des Gebäudes und von den Zellen aus nicht einsehbar. Bitte bleiben Sie dennoch hinter mir, öffnen keine Tür und treten nicht auf einen der Flure.«

»Warum?«

Smith packte mich von hinten am Arm. »Weil wir es sagen, verstanden?«

Kowalski sah ihn an, und Smith ließ meinen Arm los.

»Folgen Sie mir, bitte« sagte der Pole und ging weiter die nächste Treppe hinab. »Viele der Gefangenen sind schon seit Monaten, ja Jahren hier, und haben in dieser Zeit keine Frau gesehen. Es wäre unverantwortlich, wenn herauskommen sollte, dass sich eine Frau in diesem Gefängnis befindet ...«

»An diesem Ort ...«, murmelte ich.

»Sehr richtig. Jetzt wissen Sie, was der Direktor meinte. Es dient nicht nur Ihrer eigenen Sicherheit, sondern auch der Aufrechterhaltung der inneren Sicherheit.«

»Aber ein Ausbruch ist doch unmöglich ..., wie sollten ich oder die innere Sicherheit dann gefährdet sein?« Ich biss mir fast auf die Zunge, manchmal war ich einfach zu unbedacht.

Ich merkte die Folgen sofort. Smith packte wieder meinen Arm. »Wir wollen hier drin keine Aufstände erleben. Ich bin Militärpolizist und habe schon einiges schlichten müssen, Aber die Verhältnisse hier sind noch einmal ganz anderer Natur, als wenn sich zwei Typen im Suff die Birne weich kloppen. Hier sitzen Mörder und Vergewaltiger, die schlimmsten Verbrecher, für die die normalen Gefängnisse nicht ausreichend sind, da sie über die entsprechenden Mittel und Ressourcen verfügen ...«

Er brach ab und ließ meinen Arm los. Hatte er zuviel gesagt?

»In anderen Gefängnissen kann man versuchen, die Wärter zu bestechen oder zu erpressen«, setzte Kowalski die Erläuterung fort. »Das wird hier kaum funktionieren, da jeder der hier eingesetzten Soldaten weiß, wie es um die Sache steht. Hier überwacht jeder jeden, und der Direktor hat immer alles im Blick. Es sind überall Kameras angebracht, jeder Quadratzentimeter dieses Gebäudes wird überwacht, jede Zelle, jedes Treppenhaus, jeder Flur, jeder Raum.«

»Auch das Büro des Direktors?«, entfuhr es mir.

Smith lachte. So allmählich schien er sich an mein Temperament zu gewöhnen. Kowalski schmunzelte. »Ja, auch das. Der Direktor ist nicht der einzige, der alle Bilder sehen kann. Die Wachmannschaft jeder Etage hat die entsprechenden Bilder vor sich, und in der neunten Etage gibt es eine Wachmannschaft für alle sieben Etagen mit entsprechend vielen Monitoren. Die überwachen ebenfalls alles, auch den Direktor.«

»Außerdem gibt es eine Live-Schaltung rüber zur Insel. Dort sitzt ein Kommando ..., Soldaten vom United States Marine Corps, US-Marines, wenn Ihnen das etwas sagt ..., das nicht nur die ankommenden Flugzeuge, sprich unsere Gäste und so weiter, in Empfang nimmt, sondern auch überwacht, dass hier alles in Ordnung ist«, ergänzte Smith.

Ich erinnerte mich an meine Ankunft wenige Stunden zuvor. Der Flug von New York nach Los Angeles und von dort mit einem Militärflugzeug auf die Insel, von der ich per Helikopter hierher befördert wurde. Bei der Landung hatte ich einige amerikanische Soldaten gesehen, zwei hatten mir beim Gepäck geholfen und mir die Örtlichkeiten gezeigt und erläutert. Auch das Haus, in dem ich während meines Aufenthaltes untergebracht war. Allein. Es gehörte zu einem Komplex, der von den Wissenschaftlern genutzt wurde, die zu Forschungszwecken auf der Insel waren. Die beiden Soldaten hatten mir ein paar allgemeine Instruktionen mit auf den Weg gegeben und mir gesagt, wenn ich etwas benötigen würde, sollte ich das Telefon im Haus benutzen. Ich wäre sofort mit der Zentrale verbunden, und von dort würden dann die weiteren Schritte in die Wege geleitet werden. Dann hatten sie mir noch den Hubschrauberlandeplatz gezeigt und mich mit John, dem Piloten bekannt gemacht, bevor sie sich wieder in ihren Bereich der Insel zurückgezogen hatten.

»Und sollte etwas nicht in Ordnung sein, setzen die sich in Bewegung. Sie haben vier Hubschrauber, die permanent einsatzbereit sind, und sie sind darauf trainiert, ebenfalls sofort einsatzbereit zu sein«, fuhr Kowalski fort. »Im Fall der Fälle sind die in fünf Minuten hier, sie können per Funkbefehl die Tür vom Oberdeck öffnen und sind im Ernstfall in der Lage, vollausgerüstet jeden Widerstand zu brechen.«

»Mit vollausgerüstet meinen Sie, dass die Waffen haben, oder?«

»Schlaues Mädchen«, lachte Smith. »Natürlich! Das komplette Programm. Da ist jeder Widerstand zwecklos. Wenn man nicht zufällig Superman ist, hat man nur die Wahl zwischen erschossen werden und sich gefangen nehmen lassen.«

Ich wusste, dass das Wachpersonal im Gefängnis lediglich mit Gewehren mit Gummigeschossen, Elektroschockgeräten und Pistolen mit Betäubungsmunition ausgerüstet war. Jegliches Risiko war somit ausgeschlossen, dass etwa eine Wache einen Gefangenen erschoss oder sich mehrere Gefangene Zugang zu einem Waffenarsenal verschaffen konnten, mit dem sie ernsthaft in der Lage wären, größeren Schaden anzurichten.

Schließlich waren wir in der ersten Etage angelangt.

»Die, die hier sitzen, sind am längsten unsere Gäste. Seit die Einrichtung eingeweiht wurde ..., also vor etwa vier Jahren kamen die ersten. Und dann ging es zügig weiter«, sagte Smith. »Und jetzt gehen wir nach ganz unten.«

Er öffnete eine Tür mit einer anderen Karte als der bisherigen und ging voran. Über eine weitere Treppe gelangten wir in den Keller, ins Stockwerk Null.

Kowalski betätigte einen Lichtschalter.

Über die Hälfte der Grundfläche wurde durch den Technischen Bereich eingenommen. Ich hörte ein leises Summen.

»Das stammt von den Generatoren«, erklärte Kowalski, der offenbar meinen Gesichtsausdruck gedeutet hatte. »Wir sind hier komplett autark, dank der neuesten Technologie zur Nutzung der Sonnenenergie und der Produktion von Frischwasser, können wir theoretisch monatelang unabhängig von der Außenwelt leben.«

»Als wären wir auf einem anderen Planeten«, fügte Smith hinzu.

»An allen Wänden des Gefängnisses sind Solarzellen angebracht, wir produzieren hier mehr Strom als wir benötigen. Dadurch kann auch die Forschungsstation betrieben werden, sowohl hier im Gebäude als auch auf der Insel.«

»Und die Abwässer?«

»Schadstoffe werden in einem recht aufwendigen Verfahren gefiltert und gelangen schließlich ins Meer, sofern sie biologisch abbaubar sind. Andere Schadstoffe werden gesammelt, dann auf der Insel zwischengelagert und einmal im Quartal von einer Frachtmaschine abgeholt. Aber die Maschine ist praktisch nie ausgelastet ..., wir produzieren äußerst wenig Schadstoffe. Das liegt auch an den eingesetzten Materialien.«

»Das ist Aufgabe der Wissenschaftler ..., und ich glaube, sie machen einen guten Job. Zu Hause habe ich jedenfalls erheblich mehr Müll produziert als hier, allein durch Verpackungsmaterial.«

»Okay ..., ich bin überzeugt. Das Geld scheint gut investiert zu sein ..., und die Zusammenarbeit mit den Wissenschaftlern eine sinnvolle Sache.«

»Ja ..., und durch deren Arbeit hat sich auch eine Idee in die Tat umgesetzt, die wahrscheinlich einzigartig ist. Dadurch wird das Gefängnis noch ausbruchsicherer, denn die Gefangenen haben mittlerweile gar keine Lust mehr zu fliehen.«

»Inwiefern?«

Er deutete nach links. In der Mitte der freien Grundfläche war durch Glas – Panzerglas, wie ich später erfuhr – eine Art Schacht abgetrennt. »Der geht bis hinauf in die achte Etage«, erklärte Kowalski. »Damit sorgen wir dafür, dass bei den Gefangenen erst gar keine Fluchtgedanken aufkommen.«

»Mit diesem Schacht? Sperren Sie diejenigen, die fliehen wollen, da ein? Da passt doch kein Mensch rein!«

»Nein! Es dient lediglich als ..., Durchgangsstation für etwas Besonderes.«

Smith und Kowalski wechselten einen Blick, der mir nicht entging.

»Sie haben meine volle Aufmerksamkeit«, erklärte ich und sah die beiden auffordernd an.

»Zeigen wir es ihr«, meinte Kowalski.

»Das volle Programm?«, fragte Smith.

»Warum nicht? Es wird ja auch nach oben übertragen ..., ist mal wieder eine Abwechslung und gleichzeitig Mahnung ..., auch für die Neuen.«

»Okay.«

»Was wollen Sie mir zeigen?«

Er nahm einige Einstellungen an einem Tablet vor. »Passen Sie gut auf ..., sehen Sie nach unten.«

Ich sah nach unten. Der Boden war dunkel, doch das musste eine Täuschung sein, denn auf einmal wurde er durchsichtig, und ich konnte das Meer unter uns sehen. Gleichzeitig wurde es an den Wänden lebendig, einige Bildschirme wurden sichtbar. Offenbar waren Kameras an den Pfeilern im unteren Bereich montiert, denn sie lieferten ein Bild aus nächster Nähe der Wasseroberfläche.

»Die Show kann losgehen«, sagte Smith und drückte auf einen Punkt an seinem Tablet.

Zunächst geschah nichts, doch dann hörte ich ein Geräusch. Ich konnte es allerdings nicht einordnen. »Was ist das?«

»Werden Sie gleich sehen«, meinte Kowalski. »Beobachten Sie den Schacht und das Wasser!«

Ich tat, wie mir geheißen, und da kam auch schon etwas durch den Schacht von oben herunter, das hinunter ins Meer fiel. Abfälle. Küchenabfälle, wie ich auf die Schnelle sehen konnte.

Und dann begann der eigentliche Showteil: Haie!

Gebannt starrte ich abwechselnd durch den Boden nach unten und auf die Fernsehbildschirme in der Wand. Es war ein bizarres Schauspiel, was sich da, vierzig Meter unter unseren Füßen, abspielte. Mehrere Haie stritten sich um die Abfälle, die ins Meer gespült worden waren.

Kowalski lachte. Er merkte, dass ihnen der Überraschungseffekt gelungen war. »Das sind unsere Haustiere. Wir haben sie gewissermaßen dressiert und darauf trainiert, alles, was aus diesem Gebäude ins Wasser fällt, als Futter zu betrachten. Das sind zwar nur Küchenabfälle ..., aber die Fische sind nicht wählerisch.«

»Die Wissenschaftler haben hier schon zig Haiarten entdeckt ..., und natürlich auch jede Menge andere Fische, Bonitos beispielsweise, die wir ab und zu auch zu essen bekommen«, ergänzte Smith.

Das Treiben im Wasser hatte mich völlig in seinen Bann gezogen. Ich konnte meinen Blick nur schwer wieder abwenden.

»Und? Was sagen Sie?«

Ich sagte zunächst gar nichts, war sprachlos.

»Dieses Schauspiel wird jedem Gefangenen bei seiner Einlieferung gezeigt. Es wirkt natürlich umso besser, je mehr und größere Haie hier auftauchen und mitmischen. Ich habe mir sagen lassen, dass die meisten Burschen da unten Ammenhaie und Blauhaie sind, aber auch Tigerhaie tauchen hier durchaus auf ..., und manchmal sogar ein Weißer Hai. Damit wird jeder Gedanke an einen Fluchtversuch im Keim erstickt, denn etwas derart Offensichtliches akzeptieren die meisten Leute. Stillschweigend.«

»Ich glaube, ich verstehe«, sagte ich dann. »Es ist auf Psychologie gebaut. Die Gefangenen müssten zunächst eine dreieinhalb Meter hohe Mauer überwinden, ohne von den Wachtposten gestört zu werden.«

»Was noch denkbar wäre«, schmunzelte Kowalski. »Es ist schließlich ein großes Areal, auch das Oberdeck. Wenn sich drei oder vier zusammentun und schnell sind, könnten ein oder zwei die Mauer überwinden, bevor ein Wachtposten sie daran hindern könnte.«

»Okay ..., ja ..., aber dann kommt der Sprung ins Wasser. Ein Sprung über einhundert Meter ins Wasser. Kann man den überhaupt überleben?«

»Von hundert schafft es einer«, sagte Kowalski. »Aber da sprechen wir noch nicht über den Zustand im Detail. Ist er ohne Prellungen, Schürfwunden und Knochenbrüche davongekommen? Oder hat er einen Arm oder ein Bein gebrochen?«

»Aber die alles entscheidende Frage lautet: Wie lange hat er, bis der erste Hai da ist? Zehn Sekunden? Eine halbe Minute? Eine Minute? Und wie lange dauert sein Todeskampf? Wird er langsam oder ...«

»Danke, Mister Smith ..., ich habe genug Fantasie«, unterbrach ich den Erzähler. »Nur ein Wahnsinniger würde den Sprung wagen.«

»Nein. Nicht einmal ein Wahnsinniger würde ihn wagen«, widersprach Kowalski. »Denn jeder weiß, wie es hier aussieht. Die Bilder, die Sie hier sehen, werden auch in allen Etagen auf den Wänden gezeigt. Jeder Gefangene bekommt die Show frei Haus geliefert, sobald Neue ankommen. Oder auch mal zwischendurch. So wie jetzt.«

»Okay. Das ist ..., beeindruckend. Da gibt es wahrscheinlich auch kaum Streitereien, oder?«

»Kaum. In der Tat. Und wenn doch ..., dann gibt es hier das Loch.«

»Das Loch?«

»Kommen Sie!«

Wir gingen an die nördliche Seite des Würfels, und fast wäre ich gegen eine Wand aus Glas gestoßen.

»Hier gibt es Zellen, drei mal drei mal drei Meter groß. Hier landet man, wenn man die Regeln gebrochen hat oder für Ärger sorgt. Und nachts denkt man, man ist im Vorhof zur Hölle.«

»Wieso?«

»Gehen Sie hinein, wir zeigen es Ihnen.«

Etwas verunsichert sah ich die beiden an.

»Keine Angst ..., Ihnen passiert nichts!«

»Okay ...« Ich ging in eine der Zellen. Sie schlossen die Glastür hinter mir. Elektronisch. Es gab kein Schloss, keine

Scharniere. Um etwas genaueres zu erkennen, war es zu dunkel in diesem Teil des Raumes.

»Und jetzt?« Ich setzte mich auf den Boden.

Statt einer Antwort hatte Smith wieder das Tablet bedient, und das Resultat erfuhr ich sofort: Der Boden bewegte sich und glitt zur Seite. Fast zu Tode erschrocken, sprang ich auf – um festzustellen, dass unter meinen Füßen ein Gitter sichtbar wurde, auf dem ich nun stand. Aber ganz plötzlich war die Lage eine andere. Die Luft, der Ton, ich konnte das Meer unter mir jetzt nicht nur sehen, sondern auch hören, riechen und schmecken.

Ein Summen verriet mir, dass der Boden wieder geschlossen wurde. Kowalski öffnete die Tür. »Da Sie ja Fantasie haben, werden Sie sich unschwer vorstellen können, dass man hier nur äußerst ungern eine ganze Nacht verbringt ...«

»Denn im Hinterkopf spielt immer der Gedanke eine Rolle, was wäre, wenn der Boden plötzlich ganz weg wäre und man ins Meer stürzen würde. In eine Meute hungriger Haie«, fügte Smith hinzu.

»Alles klar, und wieder ein bisschen Psychologie. Da haben Sie natürlich auch ein wirksames Mittel ..., bestimmt nachhaltiger als alle anderen Methoden.«

»So ist es. Mit denjenigen, die hier eine Nacht durchgemacht haben, haben wir keine Probleme mehr gehabt. Sie waren ganz brav danach.«

»Waren es denn schon viele?«

»Weniger als fünf. So etwas spricht sich schnell herum.«

Die Gefängnisbesichtigungstour war damit beendet, und wir gingen wieder nach oben, ins Büro des Direktors. Der verabschiedete mich mit einem freundlichen »Wir sehen uns morgen!« und ging in die Sporthalle. Das machte er jeden Tag, hatte er mir erklärt.

Darauf beschloss ich, dass ich für heute genug erfahren hatte und zur Insel zurück fliegen könnte. Kowalski sorgte für meinen Transport, und wenig später hatte ich mein Quartier bezogen. Ein Haus, eingerichtet für vier Personen. Ich war jedoch der einzige Bewohner. Mein Gepäck stand noch im Flur, und ich hatte mich gerade ein wenig eingerichtet, als jemand an die Tür klopfte und rief: »Miss Fernández? Hier ist Maik ..., Maik Broders! Sind Sie hier?«

Ich war gerade in meinem Schlafraum, schob den Koffer in die Ecke und ging in den Flur. Ich öffnete die Tür und ließ ihn herein.

»Ich wollte Sie nicht überfallen«, erklärte er, »aber wir treffen uns gleich zum Abendessen. Wenn Sie mögen, kommen Sie doch dazu!«

»Wer ist denn wir?«

»Oh ..., wir ..., damit meine ich das Forscherteam ..., die Wissenschaftler, die hier auf der Insel sind. Die Soldaten haben ihre eigenen Zeiten und Abläufe ..., und die Einheimischen ebenfalls. Wir sind da etwas freier. «

»Okay ..., danke. Ich komme gern.«

Ich schloss die Tür von außen und folgte ihm in eine der großen Baracken.

Hier waren bereits alle versammelt, Björn, den ich bereits kennen gelernt hatte, begrüßte mich mit einem Kopfnicken, und Maik stellte mir die anderen vor: »Hier haben wir das blaue Team von Professor Nilsson. Zu ihm gehören Doktor Emerson aus Brasilien, Harry aus Australien, Edwin aus den USA und Björn. Zum gelben Team um Professor McKinney gehören Doktor Rossi aus Italien, Stephen aus den USA, Jakob aus Kanada und Maurice aus Frankreich. Und zum roten Team von Professor Takahara gehören Doktor Silveira aus Portugal, Roberto aus Spanien, Daniel aus den USA und ich.«

»Hallo! Angenehm. Sophia Fernández, ich inspiziere das Gefängnis im Auftrag der UN«, stellte ich mich vor.

»Hallo und willkommen im größten Ozean der Welt, dem größten Lebensraum der Erde!«, riefen mir alle entgegen. Dann wurde gegessen.

Nach dem Essen fragte ich Maik: »Was hat es denn mit dem roten, gelben und blauen Team auf sich?«

»Och ..., das ist ganz wertneutral. Wir haben uns nur Farben ausgedacht ..., das ist eine Art interner Code. Bekanntermaßen kann man aus den drei Farben ja alle weiteren mischen, und wir denken, dass wir mit den beteiligten Disziplinen, die hier vertreten sind, auch das Geheimnis lösen werden ..., das Geheimnis des Lebens.«

»Ja ..., wir sind hier dem Geheimnis des Lebens auf der Spur. Und wir sind sehr zuversichtlich, dass wir das Rätsel bald lösen werden. Wo sonst erlebt man so hervorragende Bedingungen?«, mischte sich Professor Nilsson ein, der uns gegenüber saß.

»Genau!«, pflichtete sein Kollege McKinney ihm bei. »Wer wollte nicht dem Geheimnis des Lebens auf die Spur kommen? Unsere Existenz geht uns alle an ..., das lässt selbst die Häftlinge nicht kalt. Einige arbeiten sehr engagiert mit, andere weniger enthusiastisch, aber dennoch konstant. So arbeiten die Gefangenen für die Wissenschaft. Sie übernehmen Recherchearbeiten in der Bibliothek, arbeiten im technischen Bereich an verschiedenen Projekten oder unterstützen uns bei unseren Untersuchungen im Labor. Natürlich stets in Anwesenheit von Soldaten. Vielleicht hofft auch der eine oder andere, dass seine Probe aus dem Meer ein bisschen Gold enthält.« Er gestattete sich ein Lächeln. »Doch wie dem auch sei, die Gefangenen sollen nicht einfach nur die Zeit hier absitzen und auf ihr Ende warten, sie wollen es auch nicht. Jedenfalls eine große Anzahl von ihnen. Andere gehen natürlich auch lieber nur in die Sporthalle.«

»Viel mehr haben die hier ja auch nicht. Sport, Bücherei und Arbeit ..., mit uns«, murmelte Maik. Doch wir hatten ihn verstanden.

»Ja ..., aber genau das gehört zum Programm ..., sie sollen Geist, Seele und Körper in einer gewissen Harmonie entwickeln. Neueste Untersuchungen haben gezeigt, dass seelisch ausgeglichene Menschen weniger Verbrechen begehen.«

»Aber die, die hier gefangen sind, werden nie wieder ein Verbrechen begehen«, wagte ich einzuwenden.

»Es sei denn, es gibt doch eine Wiedergeburt ..., an die ja immerhin nicht wenige Menschen, beispielsweise Buddhisten und Hinduisten, glauben«, sagte Björn, der neben Maik saß.

»Tja ..., unser altes Thema!«, sagte Professor Takahara. »Durch meine Geburt bin ich Angehöriger des Buddhismus, ohne etwas dafür getan zu haben. Durch meine Ausbildung, mein Studium und meine Arbeit bin ich Wissenschaftler. Ich konnte im Grunde nicht anders, bei den Gegebenheiten. Japan besteht aus vier Hauptinseln und über dreitausend kleineren Inseln und ist eines der Länder mit den meisten Erdbeben. Es gibt über zweihundert Vulkane, von denen vierzig noch aktiv sind. Es ist also nicht immer so einfach, ruhig und besonnen zu sein ..., oder zu leben. Und die Lebensumstände werfen Fragen auf, insbesondere die geologischen. Aber auch die paläo-anthropologischen: Also, was geschieht mit einem Organismus, wenn er stirbt?«

»Er zerfällt ..., löst sich in seine Bestandteile auf ..., zerstiebt in seine Atome. Und letzten Endes bauen sich daraus wieder neue Moleküle und Zellen auf. Wir alle, die ganze

Erde, das ganze Universum, alles besteht aus Atomen«, meinte McKinney.

»Oder aus Protonen, Elektronen und Neutronen, mit denen man so hervorragende Bomben bauen kann«, meinte der Japaner.

»Und die wiederum aus noch kleineren Elementarteilchen, die nur hypothetisch im Labor nachgewiesen werden können. Aber die grundlegende Frage ist doch, was geschieht mit dem menschlichen Geist ..., und was mit der Seele, wenn der Mensch tot ist? Gibt es eine Art Weiterleben nach dem Tod?«, fragte Harry.

Völlig unverhofft war ich da in eine wissenschaftliche Debatte hinein geraten. Ich fühlte mich etwas unwohl. Das war dem wissenschaftlichen Leiter, Professor Nilsson, nicht entgangen. Er erhob sich und trat zu mir. »Ich mache einen kleinen Spaziergang. Wollen Sie mich ein Stück begleiten?«

Ich willigte sofort ein. »Gern.«

Er schlug den Weg zum Ufer ein, von dem aus man das Gefängnis sehen konnte. Den ganzen Weg über blieb er still, und auch ich hatte nicht das Verlangen, die Ruhe, die bereits über der Insel lag, zu stören. Am Ufer angekommen, blickten wir eine Weile auf das Meer hinaus. Das Gefängnis bot einen seltsamen Anblick dar, die ganze Szene wirkte surreal. *»Wie aus einer anderen Welt«*, dachte ich.

Ich blickte zu den Sternen empor, dann wieder auf das Meer. Nilsson war meinem Blick gefolgt. »Ein Mensch besteht zu über drei Vierteln aus Wasser. Auch die Oberfläche der Erde besteht zu rund drei Vierteln aus Wasser ..., eigentlich müsste der Planet nicht Erde heißen, sondern ...«

»Wasser!«

»Sehr richtig. Wasser ist die Quelle des Lebens. Es befindet sich in unseren Zellen ..., es hält uns am Leben ..., wir verlieren täglich Wasser und nehmen ebenso wieder welches zu uns. Wenn Sie keines trinken, werden Sie müde, unkonzentriert, die Muskeln werden nicht mehr mit den notwendigen Nährstoffen versorgt, das Gehirn auch nicht, sie bekommen Kopfschmerzen und schließlich ...«

»Exitus«, sagte ich leise.

»Richtig. Ohne Essen, ohne feste Nahrung, kann ein Mensch längere Zeit überleben ..., mehrere Wochen. Ohne Wasser maximal vier Tage.«

»Vier Tage«, wiederholte ich.

Wieder blieb es eine Weile still zwischen uns, keiner sprach ein Wort, wir lauschten dem Meeresrauschen.

Während wir wieder auf das Meer hinausblickten, suchte ich nach einem Einstieg für ein weiteres Gespräch. Ich wusste, dass Nilsson Evolutionsbiologe war und im Laufe seines Lebens viele Ehrungen und Auszeichnungen erhalten hatte. Und dass die Anzahl der Spötter und Neider groß, die seiner Bewunderer aber noch größer war. Er hatte in über zwölf Ländern gewirkt, und als er gefragt worden war, ob er die Leitung dieser Forschungsabteilung übernehmen wollte, hatte er nach nur einem Tag Bedenkzeit zugestimmt. »Warum haben Sie damals diesen Job angenommen, ..., vor vier Jahren?«

Er sah mich nachdenklich an. Nach einer Weile antwortete er: »Ich wollte schon als Kind Wissenschaftler werden. Damals wusste ich natürlich noch nicht, was das bedeutet. Aber ich wollte den Dingen auf den Grund gehen, und ich habe als Teenager unheimlich viel gelesen. Dabei war ein Buch, das von der Erforschung der Weltmeere handelte, die bereits Ende des Neunzehnten Jahrhunderts begann, als britische Wissenschaftler in den Siebziger Jahren mit einem umgebauten Kriegsschiff, der Challenger, dreieinhalb Jahre lang durch alle drei Ozeane fuhren und viele Proben aus diesem größten aller Lebensräume in ihrem Labor untersuchen konnten. Zu den Ergebnissen zählten die Messung der Wassertemperatur in Abhängigkeit von der Wassertiefe sowie auch direkte Wasserproben. Dabei konnten sie nachweisen, dass auch in der Tiefsee Leben existiert ..., sie fanden insgesamt über viertausend Arten von Lebewesen! Das hat mich unheimlich fasziniert, und ich glaube, das war der Grund für meinen Berufswunsch, den ich später dann auch in die Tat umgesetzt habe. Biogeochemische Prozesse, marine Geosysteme und hydrothermale Systeme sind meine Welt. Ich habe in den vergangenen fünfunddreißig Jahren in vielen Ländern auf allen fünf Kontinenten gearbeitet und geforscht. Dabei habe ich Menschen kennen gelernt, denen ich zutiefst verbunden bin, große Geister, wenn man so will. Seit einigen Jahren bin ich mir sicher, dass das Leben in der Tiefsee entstanden ist. Und so konnte ich nicht anders als dem Ruf hierher zu folgen ..., es war wie meine Bestimmung ..., Schicksal.«

»Die Meinung, dass das Leben im Meer entstanden ist, ist recht populär und wird auch von vielen anderen Wissenschaftlern vertreten. Ich habe während meines Studiums davon gehört, und das ist bereits zehn Jahre her.«

»So alt sind Sie doch noch gar nicht.«

»Danke für das Kompliment.«

Ich sah ihn an. Er lächelte. Doch dann kam er wieder auf das Thema, sein Thema zu sprechen. Ich hatte offenbar den richtigen Einstieg gefunden.

»Es gibt Prozesse in der chemischen Industrie, die, wie wir vermuten, auch in uralten Zeiten auf der Erde stattgefunden haben ..., und zwar in der Tiefsee. In Tiefseeschloten. Dort können organische Moleküle aus anorganischen Stoffen ..., den einfachsten Bausteinen der Materie, wenn Sie so wollen ..., erzeugt werden. Wir sprechen dabei von einer hydrothermalen organischen Synthese ..., Minerale lösen sich bei entsprechend hohem Druck in heißem Wasser auf, und die freigesetzten Atome können neue Bindungen eingehen.«

»Klingt ja fast wie eine Partnerschaft.«

»Nun ja ..., die Evolution ..., das Leben, hat schließlich irgendwie begonnen, nicht?«

»Und Sie meinen, es hat in der Tiefsee begonnen?«

»Ja, im Meer ..., im Ozean, waren schon immer die Elemente vorhanden, die man brauchte. Neben Sauerstoff, Wasserstoff und Kohlenstoff auch Stickstoff, Sulfide und Phosphate sowie einige Metalle, zum Beispiel Eisen, Nickel oder Zink. Und alle diese Stoffe gibt es reichlich in der Nähe von hydrothermalen Quellen. Dort herrschen ganz andere Bedingungen, die wir heutzutage im Labor simulieren können. Wie gesagt, allein schon der Wasserdruck ist enorm. Und die Welt dort unten hat für das Leben noch einen entscheidenden Vorteil: Es ist in gewisser Weise geschützt.«

»Geschützt? Wovor?«

»Nun ja ..., die junge Erde war nicht gerade ein lebensfreundlicher Ort. Es gab bedeutende Wetterphänomene, Stürme, Überschwemmungen, Feuersbrünste, Meteoriteneinschläge. Die Sonne war zeitweise von Wolken aus Asche und Staub verdeckt.«

»Klingt wie im Science-Fiction-Film. Endzeit.«

»Durchaus. Aber es ist die Vergangenheit. An der Erdoberfläche zu leben wäre damals kein Vergnügen gewesen.«

»Geschweige denn ein Ort, damit das Leben entstehen und sich erhalten konnte.«

»Korrekt. In der Tiefsee waren alle beteiligten Elemente, Komponenten in Sicherheit. Gewissermaßen gut behütet ..., oder bewacht.«

»Klingt wie unser Gefängnis!«, lachte ich.

»Ist aber gar nicht so abwegig. Denn der Mensch ist schließlich das höchstentwickelte Lebewesen auf diesem Planeten.«

»Und wo entstanden dann schließlich die ersten Menschen? Nicht in der Tiefsee, oder?«

Er sah mir an, das ich scherzte. »Hm ..., ich höre da einen leicht ironischen Unterton.«

»Nun ja, ich habe zwar Fantasie ..., aber mir solche Vorgänge über einen Zeitraum von Millionen von Jahren vorzustellen, übersteigt meinen Horizont.«

»Darum forschen wir ja. Darum wird überhaupt geforscht. Damit wir es besser verstehen ..., und vielleicht einmal tatsächlich einen Beweis finden.«

»Welche Beweise gibt es denn bisher?«

»Alle bisher gefundenen wirklich alten Überreste von Hominiden wurden in Afrika entdeckt. Die ältesten sind bis zu sieben Millionen Jahre alt und unsere Spezies ungefähr zweieinhalb Millionen Jahre. Allerdings waren das eher noch Affen als Menschen. Sie hatten noch nicht ein so hochentwickeltes Gehirn ..., von anderen Dingen einmal abgesehen. Aber im Laufe der Evolution hat sich das dann zu der heutigen Beschaffenheit entwickelt.«

»Hm.«

»Was meinen Sie?«

»Nichts. Ich überlege nur.«

»Tja ..., das ist etwas, was ich schon mein ganzes Leben lang tue. Und jetzt bin ich hier.«

Er schien etwas schwermütig zu werden. Ich störte ihn nicht in seinen Betrachtungen.

»Wollen wir wieder zurück gehen? Es ist ja auch schon spät geworden«, schlug er nach einer Weile vor.

»Oh ja ..., auf jeden Fall!«

Wir gingen schweigend zurück zu der Baracke.

Dort angekommen hörten wir, dass die Wissenschaftler noch immer in der Debatte begriffen waren. Soeben sprach Doktor Emerson: »Ohne das Meer wäre das alles Nichts! Die tiefsten Gräben, die höchsten Berge, finden sich in den Ozeanen. Und der größte ..., oder tiefste ..., Tiefseegraben der Welt ist der Marianengraben ..., mit über elftausend Metern. Und der wiederum liegt im größten Ozean der Welt, dem Pazifik. Er ist halb so groß wie alle Ozeane zusammen, größer als alle Landgebiete der Erde ..., womit er über ein Drittel der Erdoberfläche bedeckt ..., und im Durchschnitt vier Kilometer tief. Er beherbergt zahlreiche aktive Vulkane ..., vielleicht ist Ihnen der Feuerring des Pazifiks ein Begriff?«

»Ja ..., da habe ich schon von gehört«, antwortete Björn. Offenbar gab es hier eine Weiterbildung zu vorgerückter Stunde.

»Kein Wunder, ohne Vulkane gäbe es Hawaii nicht. Man stelle sich vor ..., kein Surfen, kein Hula-Hula ...,«, fiel Maik ein.

»Hee, es ist wieder eine Dame anwesend ..., benimm dich!«, hielt Björn dagegen.

Bevor sich Unmut breit machen konnte, erläuterte Professor McKinney: »Insgesamt gibt es drei Ozeane, den Atlantischen, den Indischen und den Pazifischen, mit einem Wasservolumen von eins Komma vier Milliarden Kubikkilometern.«

»Das braucht eine Weile zum Trockenlegen«, scherzte ich.

»Ha ha ..., es kommt ja eher etwas dazu«, lachte Nilsson. »Die Pole schmelzen seit dem Zwanzigsten Jahrhundert beständig, der Himalaya und andere Gebirge ebenfalls. Der Wasserspiegel steigt. Denken Sie nur an das Gefängnis ..., also an dessen Untergrund. Das war vor einer Generation noch eine bewohnte Insel mittlerer Größe.«

»Wie arbeiten Sie denn im Untergrund?«, fragte ich. Es sollte wieder ein Scherz sein, doch wurde meine Frage ernsthaft aufgefasst.

»Wir nutzen Hai-Käfige, sonst könnten wir unter Wasser oder im Wasser gar nicht arbeiten«, erklärte Doktor Rossi. »Haie sind zwar prinzipiell Einzelgänger ..., da jagt jeder für sich allein ..., aber wo einer ist, ist der nächste meist nicht weit entfernt.«

»Klingt ziemlich egoistisch.«

»Ha ha ..., ja so ist das im Tierreich. Die sind nicht so gestrickt wie wir Menschen!«

»Jedenfalls nicht alle. Es gibt solche und solche Tiere. Aber da sie alle Bewohner dieses Ozeans sind, müssen wir entweder mit Haikäfigen arbeiten ..., oder unser Goldstück einsetzen ..., ein Mini-Tauch-U-Boot für zwei Personen. Theoretisch könnten wir damit in den Marianengraben fahren ..., und zwar an den tiefsten Punkt des Ozeans. Aber da das Boot noch in der Erprobungsphase ist, belassen wir es vorerst bei tausend Metern. Das ist auch schon eine deutliche Belastung«, ergänzte McKinney.

»Denn der Wasserdruck steigt mit zunehmender Tiefe, gleichzeitig sinkt die Temperatur. Dennoch gibt es eine beispiellose Vielzahl von Lebewesen dort unten.« Jakob schien tief beeindruckt.

»Zum Beispiel Kraken ..., die sich nicht nur bei Kapitän Nemo, sondern in allen Seemannsgeschichten finden«, fügte Maurice hinzu. Er wollte wohl noch eine kleine Gute-Nacht-Geschichte zum besten geben.

»Na danke, da werde ich bestimmt gut schlafen heute«, scherzte ich.

»Sehr gern«, gab der Franzose lächelnd zurück.

»Ist halb so wild ..., wir schmecken nicht besonders ..., und als natürlicher Feind werden wir auch nicht wahrgenommen. Dafür sind wir zu klein. Man muss nur aufpassen, dass es zu keinem Unfall kommt ..., dass meinetwegen ein Pottwal den Weg kreuzt oder so«, wiegelte McKinney ab.

»Gilt da nicht rechts vor links?«

Diesmal kam mein Witz wieder an, es gab Gelächter in der Runde.

Mit belustigter Miene sagte Maurice daraufhin: »Verkehrsregeln gibt es da unten keine. Pottwale tauchen fast anderthalb Stunden und bis zu dreitausend Meter tief. Doch die sind nicht das Problem, auch nicht der Druck, die Dunkelheit oder die Temperatur. Das kriegen wir alles bewältigt mit unserem Tauchboot ..., es ist extra für solche Zwecke gebaut.«

Ich mochte etwas ratlos wirken, was kein Wunder war, hatte ich mich mit Tauchbooten doch noch nie beschäftigt, So sah sich Professor McKinney offenbar genötigt, ins Detail zu gehen: »Wenn wir von der Tiefsee sprechen, dann meinen wir Wasserschichten, die für normale Taucher nicht zu erreichen sind. Vierzig Meter sind beispielsweise für Sporttaucher kein Problem, und bis zu einer Tiefe von fünfhundert Metern können Menschen in Druckanzügen gelangen. Meeresschildkröten erreichen die dreifache Tiefe, anderthalb Kilometer, das ist für Menschen nicht mehr leistbar. Und Pottwale erreichen noch einmal das Doppelte, das ist schon sehr beachtlich. Die Titanic, die 1912 im Nordatlantik gesunken ist, liegt übrigens in dreitausendachthundert Metern Tiefe. Nur, damit Sie mal einen Vergleich haben. Unser Tauchboot ..., wir müssten korrekterweise eigentlich Tiefsee-U-Boot sagen ..., unterscheidet sich nun wiederum ganz wesentlich von den anderen, normalen U-Booten, wie sie das Militär verwendet. Die können Tiefen von sechshundert bis tausend Metern erreichen, manche auch ein bisschen mehr. Doch bemannte Tiefsee-U-Boote können bis zu sechstausend Meter und tiefer tauchen, und zahlreiche Nationen verfügen mittlerweile über entsprechende Boote. Frankreich, Japan, China und natürlich Russland und die USA beispielsweise. Der tiefste Punkt liegt im Marianengraben, rund elf Kilometer unter der Wasseroberfläche. Bisher sind nur wenige Menschen so tief getaucht, die ersten waren Jacques Piccard und Don Walsh 1960 mit ihrem Tauchboot "Trieste".«

»Okay ...«

»Unser Tauchboot ist sieben Meter lang, drei Meter breit und wiegt voll ausgerüstet zwölf Tonnen. Damit können wir drei Tage unter Wasser bleiben. Die Fenster bestehen aus Acryglas und sind extra für derartige Einsätze konzipiert. Mit den entsprechenden Kameras und Scheinwerfern können wir auch unter Wasser sehen.«

»Ja ..., die Zeit braucht ihr auch, bei dem Schneckentempo«, lästerte Roberto.

»Fußgängertempo wolltest du wohl sagen«, gab Maurice zurück und grinste dabei. »Außerdem soll man nichts übereilen ..., schau dir die Wale an! Die haben die Ruhe weg.«

»Denken Sie sich nichts dabei ..., die beiden meinen es nicht so. Es ist nur Spaß«, erklärte McKinney.

»Ach so! Na, auf jeden Fall danke ich für die Fortbildung! Aber wo liegt denn nun eigentlich das Problem für das Tauchboot, wenn weder Druck, noch Temperatur, Licht oder Pottwale eine Gefahr darstellen?«

Maurice sah mich mit einem spitzbübischen Grinsen an. »Es ist schlicht die Tatsache, dass der Pazifik so riesig ist. Aber was sage ich? Wollen Sie mal mitfahren?«

Ich hatte etwas Derartiges kommen sehen und antwortete prompt: »Gern. Wann?«

Ich sah nur verblüffte Gesichter und musste laut lachen. Genau diese Reaktion hatte ich erwartet. Und natürlich auch provoziert.

McKinney fing sich als Erster. »In drei Tagen werde ich wahrscheinlich eine Testfahrt um die Insel herum machen, und am Wochenende steht eine größere Tour auf dem Plan. Wenn Sie wollen, können Sie mitkommen ..., und sich mal ein anderes Reich ansehen.«

»Okay ..., vielen Dank. Wenn mein Zeitplan das hergibt, bin ich dabei!«

»Sehr gern. So richtig interessant wird es eigentlich erst ab einer Wassertiefe von zehn oder zwanzig Metern ..., bis zu zweihundert Metern. Das ist das Revier von den bekanntesten Meeresbewohnern ..., Walen und Delphinen, Seehunden, Robben, und natürlich zahlreichen Fischschwärmen. Und von Haien. Das sind ganz elegante Burschen. Sie haben doch durch unsere Erzählungen keine Angst bekommen, oder?«

»Angst? Vor Haien? Nicht, solange irgend etwas Festes zwischen uns ist.«

Die Männer lachten. »Keine Sorge, das Boot ist bissfest. «

Maik prostete mir zu und lächelte. Ich hob mein Glas und prostete zurück. »Auf die Abenteuerfahrt mit Kapitän Nemo ...«, rief er.

McKinney protestierte. »Ich habe weder so einen Bart, noch bin ich so alt.«

Diesmal konterte Maik nicht, sondern sah mich mit einem Augenzwinkern an. »*Flirtet er mit mir? Hier? Vor allen Leuten?*«

Während ich noch überlegte, sah auch Maurice mich mit einem eigenartigen Gesichtsausdruck an. »Finde ich gut, dass Sie mitfahren wollen. Das ist wirklich sehenswert. Mal sehen, wie es Ihnen gefällt. Pottwale sind schlicht Giganten und die größten Raubtiere der Welt. Sie sind bis zu zwanzig Meter lang, können bis zu vierzig Tonnen wiegen und haben keine natürlichen Feinde ..., abgesehen vielleicht von Riesenkalmaren. Die werden bis zu zweiundzwanzig Meter lang und sind die größten und höchstentwickelten wirbellosen Tiere der Welt.«

Es schien, als ob ihm meine Entscheidung Respekt eingeflößt hätte. Gleichzeitig hatte allerdings auch er einen Blick in den Augen, der mir sagte, dass er wohl sehr gerne eine Abenteuerfahrt mit mir unternehmen würde. Es war fast so etwas wie eine Konkurrenzsituation zwischen ihm und Maik entstanden. In der letzten halben Stunde hatte ich bemerkt, wie sich das Verhalten auch bei einigen anderen geändert hatte, und ich musste wiederum an die Worte des Direktors denken: »*Das ist kein Ort für eine Frau!*«

»Bevor wir schlafen gehen, hätte ich noch eine Frage«, meldete sich da Stephen zu Wort. Er zählte zu jenen, die mich bisher nicht mit einem gewissen Blick bedacht hatten.

»Nur zu.«

»Sie ..., Sie sind ja eine Frau!«

»Gut beobachtet.«

»Ja, für einen Biologen nicht schlecht«, spottete Maurice.

»Das hat er im ersten Semester gelernt«, lästerte Maik.

»Ha ha, sehr witzig. Was ich sagen wollte, ist, dass meine Freundin sich auch beworben hatte. Sie hatte sogar bessere Noten als ich. Aber man hat sie nicht genommen, weil sie eine Frau ist.«

»Aha.«

»Warum macht man bei Ihnen eine Ausnahme?«

»Ich weiß nicht ..., vielleicht weil ich nur eine oder zwei Wochen hier bleibe. Und ich bekomme von den Gefangenen auch niemanden direkt zu sehen. Und von der Besatzung eigentlich auch nicht unbedingt. Nur so weit es eben unumgänglich ist.«

»Hm ..., und weil Sie von der UNO sind wahrscheinlich.«

»Ja, auch das könnte ein Grund sein.«

»Nun ja ..., es ist ja auch ziemlich gefährlich hier. Im Wasser die Haie, im Gefängnis die Gefangenen ..., Mörder und Vergewaltiger und was weiß ich ...«

»Ja ..., was weißt du schon?«, rief Daniel.

»Es ist eigentlich kein Ort für eine Frau, wollen Sie damit sagen, oder?«

»Genau! Aber wir werden schon auf Sie aufpassen!«

»Genau! Das werden wir!«, rief Maik und erhob sich. »Soll ich Sie nach Hause bringen?«

Ich erhob mich ebenfalls und erwiderte mit einem leichten Lächeln: »Danke sehr, aber ich finde den Weg allein!«

Ich spürte die Blicke der Männer auf mir. *»Das ist kein Ort für eine Frau!«*

»Okay ..., dann gute Nacht!«, sagte Maik.

»Gute Nacht!«, riefen die anderen im Chor.

»Gute Nacht!«, sagte ich.

Zweites Kapitel

Rückblick

Ich erwachte, weil jemand meinen Namen rief.

»Maryam! Wach auf! Du träumst!«

Aus halb geöffneten Augen sah ich Sina, und sofort wusste ich, dass ich geträumt hatte. Sie sah mich mit einem sehr ernsten Blick an, den ich an ihr noch nicht bemerkt hatte. Wir kannten uns seit etwas mehr als einem Jahr und hatten uns bei der Wohnungssuche über ein Internetportal für WG-Mitbewohner gefunden.

Wir studierten beide an der FU Berlin.

»An diesem Ort ...«, murmelte ich noch, doch dann war ich hellwach.

»Alles klar?«, fragte Sina.

»Ja ..., doch ..., ich muss wohl geträumt haben. Habe ich dich geweckt?«

»Nur ein bisschen. Aber ich wollte sowieso gerade aufstehen. Es ist ja immerhin schon vier Uhr!«

»Ups, tschuldigung!«

»Kein Problem! Aber ich glaube, auch deine Haie hätten nichts dagegen, wenn wir noch zwei oder drei Stündchen schlafen würden.«

»Meine Haie?«

»Ja ..., du hast von Haien geträumt. Vielleicht ja auch von Großstadthaien«, kicherte sie.

»Oh ja ..., ich erinnere mich ..., das ist schon verrückt. Keine Ahnung, was das soll.«

»Egal ..., vergiss es, und schlaf weiter! Aber nicht zu lange ..., heute ist Dienstag, und wir müssen um neun an der Uni sein!«

»Okay ..., entschuldige nochmal.«

»Kein Problem. Auf in die zweite Runde!«

Sina tapste verschlafen aus meinem Zimmer und schloss die Tür hinter sich. Ich hörte sie in ihr Zimmer zurück gehen. Es wurde ruhig im Haus, dafür hatte ich jetzt alle Einzelheiten des Traums vor meinem inneren Auge und überlegte, ob ich einzelne Personen oder Orte oder Gegebenheiten wiedererkannte. Doch als ich nach einer Weile auf meinen Wecker sah, stellte ich fest, dass ich jetzt eine ganze Stunde lang überlegt und nichts gefunden hatte! Ich wälzte mich von links nach rechts und drehte mich vom Bauch auf den Rücken und wieder zurück. Doch es war zwecklos. Ich konnte nicht mehr einschlafen.

»Verflixt nochmal! Was war das für ein Traum?«

Ich stand auf, zog die Jalousie ein Stück hoch und sah aus dem Fenster.

Unsere Wohnung lag im Südwesten Berlins, in Zehlendorf, im dritten Stock eines Mehrfamilienhauses. Wir konnten mit dem Fahrrad zur Uni fahren, genauso wie zum Wannsee, wo ich im Sommer und speziell in den Semesterferien mindestens einmal pro Woche war.

Obwohl es erst halb sechs an diesem Dienstag Morgen war, herrschte bereits viel Verkehr. Ich hörte das Rauschen von der Autobahn und der Potsdamer Chaussee. Auch in unserer relativ kleinen Nebenstraße war bereits einiges los. Einige kamen von der Arbeit, andere gingen zur Arbeit.

Neuesten Prognosen zufolge wird Berlin in zehn Jahren vier Millionen Einwohner haben. Die Stadt wächst. Nicht nur durch die Flüchtlinge aus dem Nahen Osten, Nordafrika, Ost- und Südosteuropa, sondern auch durch die anhaltende Landflucht der hiesigen Bevölkerung. Berlin ist die deutsche Metropole schlechthin, eine Weltstadt. Als ich in der siebten Klasse war, hatten wir einen Schulausflug zu der ehemaligen innerdeutschen Grenze unternommen. Die Zeit des Kalten Krieges und die Ereignisse des Jahres 1989 sind wohl mit keiner anderen Stadt so verbunden wie Berlin, das nach dem Zweiten Weltkrieg in vier Sektoren aufgeteilt wurde. In einen sowjetischen, einen französischen, einen britischen und einen amerikanischen, oder später auch vereinfacht ausgedrückt in eine westliche und eine östliche Zone. Dazwischen war die Mauer, die achtundzwanzig Jahre lang ein Volk, Familien und Freunde trennte. Zahlreiche Dokumente sind bis zum heutigen Tag erhalten geblieben, so dass wir uns ein mehr als lebendiges Bild machen konnten. Es war wie Geschichte zum Anfassen. Damals, als Teenager, hatte ich es nicht verstanden, warum das, was im Zwanzigsten Jahrhundert in Deutschland geschehen ist, nicht auch in meinem Land oder irgendwo anders auf der Welt geschehen konnte – oder kann. Ein im Prinzip friedliches Miteinander, ein gemeinsames Grenzen-Überwinden. Auch heute noch verstehe ich nicht, wie es damals gelingen konnte, die Bevölkerung von zwei Ländern, denen man über Jahrzehnte eingetrichtert hatte, dass die anderen die Bösen sind, in einem vollkommen unblutigen Akt zu vereinen.

Ich ließ die Jalousie wieder nach unten gleiten. Jetzt war ich hellwach. Da es aber noch entschieden zu früh war um aufzustehen, griff ich zu meinem Handy und schaltete es ein. Ich hatte zwölf neue E-Mails und drei neue Nachrichten, eine von meinem Vater, eine von meiner Schwester und eine von Tim. Ich hatte ihn am Samstag auf einer Party kennen gelernt, wir hatten uns gut unterhalten und zum Schluss die Handy-Nummern ausgetauscht. »Guten Morgen, schon ausgeschlafen?«, lautete seine Frage, die ich umgehend mit einem »Schon lange wach, aber von ausgeschlafen kann keine Rede sein« beantwortete.

Meine Schwester Jasmin schrieb mir, dass sie im Januar nach Äthiopien und von dort wohl nach Somalia gehen würde, zunächst seien drei Monate geplant.

Mein Vater schrieb mir, dass er für die Feier des fünfzigsten Geburtstags meiner Mutter im nächsten Monat eine Idee hätte, die er mit mir und den anderen einmal besprechen wollte. Natürlich ohne meine Mutter, da es eine Überraschung werden sollte. Er schlug vor, dass wir nächste Woche Mittwoch abends in seine Praxis kommen sollten.

Mein Vater ist Arzt, nach unserer Ankunft in Berlin konnte er seine Arbeit aber nicht sofort aufnehmen, da wir auf der Flucht alle Papiere verloren hatten. Wir hatten nur das, was wir auf dem Leib trugen, und waren froh, als wir die lange Reise bis in die Türkei geschafft hatten. Dort mussten wir drei Monate in einem Flüchtlingscamp ausharren, bis wir zusammen mit vielen anderen Flüchtlingen weiter durften. Nach Griechenland, und von dort über Mazedonien, Serbien und Montenegro, Ungarn und Österreich bis nach Deutschland. Zu Fuß und mit dem Zug, doch an Einzelheiten habe ich keine Erinnerungen mehr. Insgesamt waren wir sechs Monate unterwegs. Wir landeten schließlich in Berlin und mussten wiederum lange Zeit warten. Niemand wusste, wo wir unsere Flucht beenden würden. Doch das Schicksal meinte es gut mit uns. Da mein Vater in Deutschland studiert hatte, noch immer sehr gut Deutsch sprach und während unserer Wartezeit Kontakt zu einem alten Freund aufnehmen konnte, der inzwischen als Arzt in Berlin lebte und arbeitete, konnten wir hier bleiben. Wir bekamen eine Wohnung zugewiesen, in Kreuzberg. Dort leben meine Eltern noch heute, sie fühlen sich dort zu Hause.

Nach über einem halben Jahr mit sehr vielen Behördengängen und noch mehr Bürokratismus - Verwaltungsirrsinn, wie meine Mutter einmal gesagt hatte – konnte mein Vater wieder als Arzt praktizieren. Er konnte in der Praxis von seinem Freund anfangen, und mittlerweile hat er die Praxis übernommen, da der Freund mit seiner Frau nach Amerika gezogen ist.

Meine Mutter ist zuerst zu Hause geblieben und hat sich um uns Kinder gekümmert. Um meine älteren Brüder Safi und Aaron, meine ältere Schwester Jasmin und mich.

Safi war bereits sechzehn, als wir aus unserem Heimatland flohen, und nach einem Schuljahr machte er hier die Mittlere Reife und anschließend eine Lehre zum Kfz-Mechatroniker. Er war sehr zielstrebig und wusste schon immer, was er wollte. Er wohnte seit kurzem mit seiner Freundin zusammen, in Wilmersdorf.

Aaron hingegen besuchte wie später auch wir Mädchen ein Gymnasium und war nach dem Abitur zunächst unsicher, was er machen wollte. Nach einigem Zögern und Überlegen hat er sich dann dazu entschlossen, Journalist zu werden. Nach den Ereignissen im Flüchtlingscamp, die er als Dreizehnjähriger erlebt hatte, war er der Meinung, dass die Welt, die Menschen, immer die Wahrheit erfahren müssen. Auch zukünftig. Dabei war einer seiner Grundsätze, dass er sich nie als Sprachrohr missbrauchen lassen, sondern immer gut recherchieren wollte, bevor er etwas berichtete. Nach Stationen in Leipzig, Hamburg und München war er letztes Jahr nach Köln gegangen und hatte dort sein Journalistik-Studium abgeschlossen. Er hat sich auf Online-Journalismus spezialisiert, und er ist gut in seinem Job. Das Internet ist seine Welt, da kennt er sich aus. Selbst erfahrene Journalisten und Redakteure staunen bisweilen über seine Recherche-Ergebnisse. Inzwischen ist Aaron siebenundzwanzig, wohnt in Charlottenburg und arbeitet bei einer großen Zeitung in der Online-Redaktion.

Meine Schwester Jasmin ist drei Jahre älter als ich und war schon immer der emotionale, einfühlsame Typ. Sie wollte seit unserem Aufenthalt im Flüchtlingscamp in der Türkei Krankenschwester werden, da sie sich dort mit einer angefreundet hatte und später einmal alles machen wollte, was sie auch machte. Nach dem Abitur machte sie eine Ausbildung zur Krankenpflegerin, parallel studierte sie Gesundheits- und Pflegemanagement und bewarb sich anschließend beim UN-Flüchtlingshilfswerk. Sie wurde sofort genommen, nicht nur wegen des immensen Bedarfs an Fachkräften im Pflegebereich, sondern auch wegen ihrer Sprachkenntnisse. Wir alle waren diesbezüglich sehr erfahren, da wir sowohl Arabisch und Türkisch wie auch Englisch und Deutsch sprachen. Zudem hatten wir Grundkenntnisse in einigen anderen Sprachen wie Französisch und Kurdisch. Der lange Aufenthalt in dem Flüchtlingscamp sowie unser neues Zuhause in Berlin und speziell in Kreuzberg waren in dieser Hinsicht sehr lehrreich, und wir haben als Kinder alles aufgesogen, was uns begegnete. Manchmal wenn wir mittags nach Hause kamen und unsere Mutter mit den neuesten sprachlichen Errungenschaften konfrontierten, hatte sie gescherzt, dass wir später einmal eine Weltreise machen und uns mit jedem verständigen könnten, der uns dabei begegnete. Jasmin wohnt noch immer in Kreuzberg, sie hat ein Zimmer in einer WG mit zwei Frauen, die auch Krankenschwestern sind. Allerdings war sie im Laufe des letzten Jahres viel unterwegs, drei Monate in der Türkei, im Irak, in Syrien und Ägypten, und drei Monate in Kenia und im Sudan.

Als ich sechzehn war, hatte meine Mutter angefangen, halbtags zu arbeiten, und als ich letztes Jahr als letztes Kind der Familie in meine eigene Wohnung zog, wechselte sie die Stelle und arbeitet jetzt ganztags.

Ich schrieb meinem Vater zurück, dass ich nächsten Mittwoch kommen würde und auf die Überraschung schon sehr gespannt sei. Wir hatten schon immer ein sehr enges familiäres Verhältnis, und auch wenn wir jetzt räumlich getrennt voneinander lebten, so waren wir doch alle in Berlin, und es fanden sich zu derartigen Anlässen alle wieder zu Hause ein. Rückblickend betrachtet hatte die gemeinsame Flucht uns noch stärker gemacht, und ich erinnerte mich an ein Gespräch mit meinem Vater, in dem er mir erklärt hatte, dass ich das vierte Kind gewesen sei, und dass mit meiner Geburt in gewisser Weise die Zukunft oder die Gegenwart der Familie begonnen hatte. Denn einerseits hielten er und meine Mutter es für sinnvoll, dass ihre Kinder nicht in einem Traumschloss aufwuchsen, sondern sich durchaus mit der Realität auseinandersetzten, andererseits zählte auch die Sicherheit. Die beste Realität nutzt nichts, wenn man tot ist. Insofern hatten meine Eltern sich schließlich dazu entschlossen, das Land zu verlassen. Da war ich sieben Jahre alt. Mein Vater hat als Arzt schlimme Dinge gesehen, und eine Zeitlang war er sehr ruhig und zurückgezogen. Er hielt sich von mir und überhaupt von uns Kindern fern, wie ich fand. Wie ich später von meiner Mutter erfuhr, war das die Zeit, in der das Krankenhaus, in dem er arbeitete, bombardiert und zerstört worden war. Er hatte an dem Tag frei, doch viele seiner Kollegen und viele Patienten waren damals ums Leben gekommen. Wie er mir später einmal sagte, war dies auch ein Grund, warum er sich zur Flucht entschlossen hatte. Nach seiner Meinung waren gewisse ausländische Mächte nicht wirklich darauf aus, den Bürgerkrieg zu beenden, dem Gerede von Politikern schenkte er von da an nur noch wenig Beachtung. Damals hatte ich seine Worte nicht verstanden, doch als ich mir nach dem Abitur vor Ort selbst ein Bild der Umstände machen konnte, musste ich an ihn denken. Und ich fand so manche Äußerung bestätigt. Und im Rückblick verstand ich jetzt auch einige Zusammenhänge und sah vieles in einem anderen Licht. Einige Menschen wollten offenbar tatsächlich nicht, dass es besser wird. Doch andere wiederum packten an, wie man sagt, es musste schließlich vorwärts gehen! Nach meiner Rückkehr nach Deutschland stellte ich mit Bedauern fest, dass man von hier aus tatsächlich nur in geringem Maße die Verhältnisse in anderen Ländern verbessern konnte. In Relation zu dem, was darüber gesprochen und diskutiert wurde, stand es in keinem Fall! Da beschloss ich für mich, dass ich bald wieder dorthin fahren würde, ich hatte mehrere Menschen dort kennen gelernt, die so dachten wie ich, und mit denen ich auch noch in Kontakt war. Per E-Mail oder sogar telefonisch.

Anschließend warf ich einen Blick auf meine E-Mails, stellte fest, dass ich weder ein Haus noch ein Auto kaufen, keine neue Wunder-Diät ausprobieren und auch keine Reise nach Südostasien, Kanada oder in die Karibik gewinnen wollte, überlegte kurz, ob ich den Absendern schreiben sollte, dass sie meine E-Mail-Adresse gern aus ihrem Verteiler löschen könnten, verwarf den Gedanken jedoch als unrealistisch und löschte die Mails einfach. Private E-Mails hatte ich keine.

Da hörte ich, wie Sina ihre Tür öffnete und ins Bad ging. Ein Blick auf den Wecker verriet mir, dass es tatsächlich Zeit wurde, wenn ich den heutigen Tag nicht im Bett verbringen wollte. Ich stand auf, ging in die Küche und bereitete unser Frühstück vor.

Sina kam aus Würzburg, hatte dort aber keinen Studienplatz bekommen und hatte sich dann auch für Berlin beworben. Hier hatte es geklappt, und bei der ersten Begegnung während der Wohnungssuche hatten wir uns auf Anhieb gut verstanden.

Sie ist Italienerin, geboren und aufgewachsen in Norditalien, in einem kleinen Kaff in der Nähe von Mailand, und mindestens so interkulturell wie ich veranlagt. Als sie elf Jahre alt war, starb ihr Vater bei einem Unfall in der Fabrik, in der er gearbeitet hatte. Sie half daraufhin ihrer Mutter im Haushalt und ein wenig auch bei der Erziehung ihrer jüngeren Brüder, die damals neun und sechs Jahre alt waren. Ihre Mutter ist Französin und arbeitete halbtags, aber das ging schließlich nicht mehr, da ihr kleiner Bruder schwer erkrankte und ein halbes Schuljahr zu Hause und im Krankenhaus verbringen musste. Als er wieder gesund war, wagte sie einen Neuanfang und folgte einer Freundin nach Würzburg, die ihr dort einen Job besorgen konnte. Die Freundin hatte einen Deutschen geheiratet, die beiden betrieben eine Pizzeria, und ihre Mutter hat das Angebot dankend angenommen. Sie konnte dort mitarbeiten, in der Buchhaltung und im Service bei freier Zeiteinteilung, und sich um ihre drei Kinder kümmern. Sina wuchs so dreisprachig auf und nun studierte sie Deutsch, Französisch und Italienisch auf Lehramt. Sprachen fielen ihr leicht, meinte sie, sie war auch ein echtes Temperamentsbündel und hatte natürlich in der Schule Englisch und nebenbei auch noch Spanisch und Portugiesisch gelernt. Damit sie dort später mal Urlaub machen konnte, wie sie meinte.

Wir bildeten jetzt bereits seit einem Jahr eine Wohngemeinschaft und waren sehr gute Freunde geworden. Sie hatte eine Art von Humor, die ich mochte. Als ich ihr erklärte, dass ich nicht weiß, wo Würzburg liegt, meinte sie, da wo sich die Autobahnen sieben und drei kreuzen. Sie hatte eine eigene Art, wirkliche Dinge bildhaft oder plastisch zu erläutern und mit einer Prise Humor zu würzen.

So konnte selbst ich mir das merken, die ich zwar einen Führerschein, aber kein Auto besaß, und auch noch nie in dem Gebiet unterwegs gewesen war.

Als Sina im Bad fertig war, ging ich hinein, und sie zog sich an und ging zum Bäcker bei uns um die Ecke. Ich wusste, dass sie eigentlich keine Brötchen mochte, aber sie fand den neuen Typen beim Bäcker so süß, deswegen hatten wir uns zu Beginn des Semesters darauf verständigt, dass sie immer Brötchen holen durfte. Leider war er nur Dienstags und Donnerstags im Geschäft, und immer nur am Vormittag. Und da dort immer sehr viel los war, hatte sich bisher noch keine Gelegenheit für sie ergeben, ihn mal anzusprechen – abseits vom Business.

»Das muss sich langsam entwickeln«, hatte sie mir erklärt, und ich hatte nicht weiter nachgefragt.

Wenig später saßen wir beim Frühstück, mit Brötchen, Brot, Rührei, Butter, Käse, Aufschnitt und Obst. Sina trank Kaffee, ich Tee.

Als um halb neun die Nachrichten im Radio verlesen wurden, brachen wir auf. Heute war Fahrradfahren angesagt. Obwohl es bereits Oktober war, war es ein fast herrlicher Spätsommertag, ein goldener Oktober, wie ich kürzlich im Internet gelesen hatte. Ich hatte mir den Begriff gemerkt, da ich ihn bisher nie gehört hatte. An der Uni trennten sich unsere Wege, einer Vorlesung folgte ein Seminar, und zum Mittag traf ich Sina wieder in der Mensa. Es war sehr voll, doch wir fanden schließlich einen Tisch, wo noch zwei Plätze frei waren. Nach dem Essen ging es auf dem direkten Weg in die Caféteria. Hier bestellte sich Sina einen Kaffee, während ich mich schon zu Franziska und Amelie setzte, die einen Vierertisch am Fenster besetzt hielten.

Als Sina mit ihrem Kaffee kam, nahm das Gespräch Fahrt auf, und nachdem wir eine Weile Belangloses ausgetauscht hatten, fragte Amelie: »Und wann triffst du ihn wieder?«

Obwohl ich ahnte, wen sie meinte, spielte ich die Verblüffte: »Wen?«

»Ach ..., nun tu nicht so! Du weißt schon ..., den Typen, den du am Samstag auf der Party kennen gelernt hast. Tim.«

»Ach ..., Tim ..., ja ...«

»Sie hat den ganzen Sonntag mit ihm gemailt«, schoss es da förmlich aus Sina heraus.

»Stimmt ja gar nicht!« Ich tat empört.

»Den ganzen Nachmittag!«

»Gar nicht wahr!«

»Und ob!«

»Und wenn schon!«

»Und dann?«

»Dann haben wir uns zum Telefonieren verabredet. Für gestern.«

»Gestern hat Maryam den ganzen Abend telefoniert. Ich schwöre!«, erklärte Sina mit feierlicher Miene.

»Gut, dass es Handys gibt«, prustete Franziska los. »Sonst wäre die Leitung dauerbesetzt gewesen. Hat der Akku so lange gehalten?«

»Ha ha«, machte ich. »Sehr komisch.«

Plötzlich verstummten die anderen. Hinter mir hörte ich jemanden, dann eine Stimme: »Und ..., erzähl ...! Du hast einen Typen kennen gelernt?«

Ich sah mich um. Hinter mir stand Viktoria.

Sina, Franziska, Amelie und ich wechselten einen Blick. Viktoria gehörte nicht zu unserer Clique, aber wir kannten uns vom Studium. Sie war so alt wie wir, einundzwanzig, ebenfalls im dritten Semester und wollte auch Lehrerin werden.

»Ja, am Samstag auf der Party. Es war schon recht spät, und ich wollte noch eben etwas zu trinken für uns organisieren. Doch das wollten viele, und ich stand lange allein in der Schlange ..., und auf einmal stand er neben mir.«

»Und hat er dich angesprochen?«

»Ich weiß gar nicht mehr ..., irgendwie kamen wir ins Gespräch und ...«

»Er ist schon vierundzwanzig«, bemerkte Amelie.

»Ich weiß, ich kenne ihn.«

Wie mit einem Reflex griff ich zu meinem Wasser und nahm einen großen Schluck. »*Wieso kennt sie Tim?*«

»Du kennst ihn? Woher?«, fragte Sina.

Viktoria sah sie mit hoheitsvoller Miene an. »Es ist immer gut, wenn man auf dem Laufenden ist«, erklärte sie in einem Tonfall, als würde sie gerade die Relativitätstheorie vor einer Gruppe von Teenagern erörtern.

»Bist du auf der Suche?«, fragte Amelie.

Ich verschluckte mich fast an meinem Wasser, gleichzeitig bemerkte ich, wie Sinas Gesichtsmuskeln zu tanzen begannen. Sie übte sich offenbar in Selbstbeherrschung, ich kannte das von ihr.

Viktoria schien sich jedoch nicht einmal ansatzweise angegriffen zu fühlen. »Vielleicht«, gab sie mit einem Gesichtsausdruck zurück, der undefinierbar war. »Das mit Fabian ist jedenfalls vorbei.«

»Das hat dann ja nicht lange gedauert«, meinte Amelie.

Ich sah sie erstaunt an.

»Was? Es ist immer gut, wenn man auf dem Laufenden ist. Hast du doch eben gehört!«

»Okay ...«

»Ich wusste gar nicht, dass du für die CIA arbeitest«, warf Sina ein.

»NSA«, korrigierte Franziska.

»Egal für wen ..., ihr macht mir Angst«, sagte ich. »Steht das irgendwo im Internet ..., oder hängt am Schwarzen Brett eine Info, wer hier wann mit wem geht, auf der Suche ist, Schluss macht oder dabei ist, Schluss zu machen?«

»Ja, das steht alles im Internet ..., dort gibt es eine große Suchdatenbank ...«

»Erzähl doch keinen Blödsinn«, unterbrach Viktoria Amelie. »Du bist mit Fabian befreundet ..., seit dem ersten Semester. Das weißt du doch alles bestimmt von ihm ..., aus erster Hand!«

Amelie prustete los. »Erwischt«, gab sie dann zu.

»Leute, Leute!«, staunte Sina.

»Ohne Worte!«, sagte ich und schüttelte den Kopf.

»Tja ..., du musst halt wissen, wen du fragen kannst«, meinte Franziska.

»Kommt auf die Sache an«, erklärte Sina.

»Richtig, für Affären haben wir ja jetzt jemanden, der besser informiert ist als CIA und NSA gemeinsam«, fügte ich hinzu und grinste dabei.

»Seht ihr ..., ihr kennt mich eigentlich gar nicht«, witzelte Amelie.

»Wer kennt schon den anderen wirklich?«, sinnierte Franziska.

»Gleich müssen wir zur Paartherapie«, spottete Sina.

»Gruppentherapie«, korrigierte Viktoria.

»Oder so.«

Ich erhob mich. »Leute ..., danke für das Gespräch, aber ich muss jetzt weiter. Gleich ist noch eine Vorlesung ..., dann muss ich zum Sport, dann arbeiten ..., und dann muss ich noch für die Klausur lernen. Ich habe nur noch zwei Tage Zeit!«

»Wir auch«, meinte Sina, schob ihren Stuhl demonstrativ nach hinten und stand ebenfalls auf.

»Okay ..., wir sehen uns«, sagte Viktoria und verließ unseren Tisch.

»Wollt ihr wirklich schon los?«, fragte Franziska.

»Ja ..., habt ihr denn keine Vorlesung gleich?«

»Nee ..., ich habe noch eine Stunde frei ..., aber es lohnt sich nicht, nach Hause zu fahren. Denn danach habe ich noch vier Stunden. Zwei Vorlesungen. Dienstag ist echt der schlimmste Tag!«

»Und erst die Nacht!«, warf Sina ein und sah mich an.

»Genau! Du musst nachher noch arbeiten, nicht?«, fragte Amelie. Das ging an mich.

»Ja ..., bis ein Uhr«, bestätigte ich.

»Na dann ..., sehen wir uns morgen, ja?«

»Aber klar ..., bis dahin! Ciao!«

»Ciao!«

Sina und ich traten den Weg zur letzten Vorlesung des Tages an. Psychologie stand auf dem Lehrplan. Wir sollten lernen, wie unterschiedlich der Umgang mit Erwachsenen und Kindern sein kann.

Auf dem Weg zum Hörsaal fragte ich sie: »Und ..., was war heute Morgen beim Bäcker? War er da? War er nicht da? Hast du ihn gesehen?«

»Wen?«

Ich räusperte mich ein wenig.

Sie verstand sofort. »Ach ..., ja ..., nee, doch. Ja, er war da. Aber er hatte keine Zeit. Es war zu viel los.«

»Hat er dich bemerkt?«

»Das will ich doch hoffen! Ich habe sechs Brötchen bei ihm gekauft!«

Ich musste lachen. »Ach so ..., darum die große Tüte. Vier hätten auch gereicht.«

»Aber er hat mir noch eine ganz spezielle Sorte empfohlen ..., da konnte ich doch nicht ablehnen.«

»Natürlich nicht. Und deswegen hast du auch gleich zwei Stück genommen. Für mich auch.«

»Genau!«

»Was soll bloß werden, wenn er mal nicht mehr da arbeitet? Dann macht der Bäcker direkt pleite! Mit Sicherheit.«

»Ach, du spinnst doch!« Sina grinste. Sie hatte längst gemerkt, dass ich sie auf den Arm nahm.

Wir alberten noch weiter herum und kamen in guter Stimmung beim Hörsaal an. Die Vorlesung war sehr kurzweilig, und trotzdem ertappte ich mich ab und zu dabei, wie ich nach der Uhrzeit sah. Als die Veranstaltung vorbei war, ging ich ohne Umwege zu meinem Fahrrad, fuhr nach Hause, packte meine Sporttasche mit Trainingsklamotten und fuhr ins Fitness-Studio.

Dort angekommen, zog ich mich um, schloss meine Sachen in meinen Schrank und ging in die Halle. Ich traf einige Bekannte, die ebenfalls wie ich regelmäßig hierher kamen und schon einige Übungen absolviert hatten. Doch ich ließ mich auf keine tiefergehenden Gespräche ein, ich wollte mein Pensum absolvieren und dann schnell wieder nach Hause. Nach einer Stunde hatte ich mich an fünf verschiedenen Geräten ausgepowert, fühlte mich aber auch fast wie neugeboren. Ich ging unter die Dusche, anschließend zog ich mich wieder an und radelte nach Hause. Ich lag gut in der Zeit und spürte, wie die Lebensenergie meinen Körper durchpulste. Es war ein gutes Gefühl.

Als ich wieder zu Hause ankam, war Sina schon da. »Hey, ich bin es!«

»Habe ich mir schon gedacht!«, tönte es aus dem Wohnzimmer zurück.

»Hast du schon gegessen?«

»Nein, ich habe auf dich gewartet.«

»Danke. Das ist nett. Wollen wir denn jetzt etwas essen? Ich habe Hunger.«

»Na klar. Ich auch. Ich habe auch schon einiges vorbereitet.«

»Brötchen?« Ich konnte mir die Bemerkung nicht verkneifen.

Sina war nur für eine Sekunde verblüfft, dann begriff sie. »Brötchen gehören auf den Frühstückstisch. Abends gibt es Baguette. Oder Brot. Die Brötchen, die heute Morgen übrig geblieben sind, werden morgen früh aufgebacken.« Sie grinste.

»Okay. Dann also Brot ...«, meinte ich mit einem Lachen und öffnete den Kühlschrank.

Nach dem Abendbrot half ich Sina beim Saubermachen der Küche, dann leistete ich ihr noch eine Viertelstunde Gesellschaft im Wohnzimmer, bevor ich mich umzog und zur Arbeit fuhr. Wieder mit dem Fahrrad. Es hatte sich etwas abgekühlt, mich empfing eine angenehme Abendluft.

Ich arbeitete in einem Lokal, das auf Grund seiner hervorragenden Lage und sehr guten Küche sowohl von Touristen als auch Einheimischen und Studenten besucht wurde, als Kellnerin. Dienstags von abends um neun bis Mittwoch morgens um eins und Freitags von abends um neun bis Samstag morgens um drei. Insgesamt zehn Stunden pro Woche. Damit verdiente ich vierhundert Euro im Monat, gewissermaßen eine Art Grundgehalt während des Semesters. Sonderschichten und Trinkgelder gingen extra, und bisher hatte ich noch keinen Monat unter fünfhundert Euro verdient.

Ich wurde bereits erwartet. Von Sebastian, er war der Chef. »Hey, Maryam ..., gut, dass du da bist. Fatima ist krank. Du musst den hinteren Bereich heute Abend allein übernehmen.«

Sebastian war fünfzig Jahre alt, Ur-Berliner und beschäftigte neben Studenten, die oft für eine Saison oder ein Semester blieben, hauptsächlich Festangestellte. Von dem zwölfköpfigen Service-Team arbeiteten momentan nur zwei stundenweise, Lisa und ich. Lisa studierte an der Humboldt-Uni Medizin, wohnte aber bei ihrem Freund in Dahlem. Er studierte an der FU, wie ich, schrieb allerdings schon an seiner Master-Arbeit. Ich hatte ihn auch noch nie gesehen, kannte ihn im Grunde nur von Lisas Erzählungen. Sofern man so etwas "kennen" nennen kann. Die vier, die neben mir heute Abend Dienst hatten, waren Juan, der Koch, Britta, Alexandra und eben Fatima. Sie alle waren Stammkräfte.

Fatima und mich verband ein besonderes Schicksal. Wir hatten uns nach meinem Abitur in einem Flüchtlingscamp kennen gelernt, sie arbeitete dort schon länger als Flüchtlingshelferin, war sechs Jahre älter als ich und gab mir erste wertvolle Hinweise. Hinweise von einer Frau, die mich verstand, mitten im Leben stand, aber nicht meine Mutter war. Sie war Sunnitin und kam aus dem Irak. Nach meiner Rückkehr nach Deutschland blieben wir in Kontakt, wir schrieben uns regelmäßig E-Mails, und nach drei Monaten erfuhr ich, dass sie sich verliebt hatte. Sein Name war Abdullah, er war Iraner, arbeitete auch in der Flüchtlingshilfe und war kurz nach meiner Abreise dort angekommen. Er war Schiit, und somit war für die beiden ein normales Zusammenleben nahezu unmöglich. Da erinnerte sich Fatima an meine Erzählungen über Deutschland und Berlin und schlug Abdullah vor, nach Berlin zu gehen. Sie erklärte ihm, dass Berlin zwar groß sei, er sich aber nicht fürchten müsse, denn immerhin sei Bagdad mit drei Millionen Einwohnern auch nicht gerade klein, und wenn er an seine Heimatstadt Teheran dachte, würde sich das noch stärker relativieren, denn dort lebten immerhin sieben Millionen Menschen.

Er hatte nach einigem Zögern eingewilligt, und sie hatte mich gefragt, ob ich ihr einen Tipp geben könnte, wie man in Berlin einen Job bekommen und all die Formalitäten und Sachen, die zu tun waren, erledigen konnte. Aus dem Ausland. Ich hatte ihr geschrieben, dass ich mich kümmern würde und sofort meine Eltern gefragt. Meine Mutter hatte die richtige Idee: Sie hatte gehört, dass an zahlreichen Berliner Schulen Projekte liefen, für die eigentlich laufend Mitarbeiter mit Sprachkenntnissen, wie sie Fatima und Abdullah vorweisen konnten, gesucht wurden. Ich hatte die Information weitergegeben, und die beiden hatten sich umgehend beworben, an zwei verschiedenen Schulen. Sie wurden zu einem Vorstellungsgespräch eingeladen, da hatten wir uns nach längerer Zeit wiedergesehen, und ich lernte auch Abdullah persönlich kennen. Die Chemie stimmte, und beide wurden genommen. So kamen sie tatsächlich nach Berlin und bekamen zunächst eine Aufenthaltserlaubnis für ein Jahr. So lange sollte das Projekt noch laufen, und dann bestand gute Aussicht auf Verlängerung. Tatsächlich wurden nach wie vor in vielen Berliner Schulen Menschen mit ihren Erfahrungen und Sprachkenntnissen gesucht. Abdullah erhielt dann bald eine Festanstellung, doch Fatimas Schule sollte nach neuen Plänen mittelfristig geschlossen werden. Es fehlte Geld. Damit war absehbar, dass ihr Vertrag nicht verlängert werden würde, und ihr drohte damit nach Ende des Projektes die Ausweisung. Doch sie ließ den Kopf nicht hängen und bewarb sich sofort, als sie davon erfahren hatte, bei anderen Unternehmen und Firmen, quer durch alle Branchen. Auf eine Annonce von Sebastian antwortete sie nicht per Brief oder E-Mail, sondern ging spontan hin. Sie überzeugte ihn auf Anhieb, auch wenn sie noch nie in der Gastronomie gearbeitet hatte, doch er meinte, allein ihre Ausstrahlung und ihre anderen Kenntnisse würden sie qualifizieren. Den Rest würde er ihr schon beibringen. Es gab nichts, was sie nicht lernen konnte.

Und Fatima hatte nicht nur gelernt, sie war in dem Sinne auch eine gute Lehrerin. Als ich nach meinem ersten Semester einen Job suchte, hatte sie mich mit allem bekannt gemacht, der Kneipe, den Abläufen und mich den anderen vorgestellt. Sebastian hatte sie bei meiner Bewerbung darauf hingewiesen, dass ich vier Sprachen spreche und ihre beste Freundin sei. Da hatte er nicht mehr lange überlegt und mir den Job gegeben. Das war in den letzten Semesterferien, und nach einer Testphase von vier Wochen hatte er mich sozusagen fest engagiert. Meine Eltern hatten mir zum Studium einen Zuschuss für das erste Jahr gegeben, monatlich fünfhundert Euro. Doch jetzt musste und wollte ich auch selber wieder Geld verdienen, da ich meine Ersparnisse etwas dezimiert hatte.

Das war aber den Umständen geschuldet, denn ich war im Sommer auf einer Hochzeit eingeladen. Fatima und Abdullah hatten geheiratet – im Kreis ihrer Freunde. Von den Familien war niemand gekommen. Das, was Fatima also befürchtet und mir vor einiger Zeit per E-Mail mitgeteilt hatte, war wirklich eingetreten. Doch sie hatten in Berlin mittlerweile einen so großen Freundeskreis, dass es trotzdem eine große Feier war. Und dafür brauchte ich selbstverständlich auch etwas Schickes zum Anziehen! So plünderte ich mein Sparbuch, dass meine Eltern für mich vor zehn Jahren angelegt hatten, und auf dem durch meine Arbeit nach dem Abitur im Ausland eine nach meinen Begriffen größere Summe auf diese Gelegenheit quasi gewartet hatte. Der Rest, die eiserne Reserve, war für meinen nächsten Urlaub und für Notfälle gedacht. Die würde ich nicht anrühren.

Fatima war inzwischen siebenundzwanzig, so alt wie mein Bruder Aaron, und ein burschikoser Typ. Sie hatte große, dunkle Augen und eine wallende Mähne, die sie nur mit einer Bürste bändigen konnte. Ich beneidete sie insgeheim ein wenig, denn die Aufmerksamkeit der Männer war ihr gewiss – egal wo sie hinkam. Auch bei uns in der Kneipe hatte sie schon so manchen Verehrer, doch meistens blieb es bei blöden Sprüchen, die sie stets schlagfertig konterte. Sie konnte aber auch sehr resolut sein. Als bei einem Typen sehr spät in der Nacht keine Sprüche mehr halfen, und er die Hände nicht von ihr lassen wollte, hatte sie ihm ein Glas Wasser über den Kopf geschüttet und ihn aufgefordert, dass er sich erst mal abkühlen sollte. Er war wütend aufgesprungen, doch sie bedachte ihn mit einem so verächtlichen Blick, dass er sie nicht anrührte. Als sich dann auch noch Alexandra neben sie stellte, hatte er fluchend die Kneipe verlassen.

Alexandra ist die dienstälteste Mitarbeiterin von Sebastian, groß, schlank, athletisch, Mutter von zwei Kindern, nicht auf den Mund gefallen und hätte mit ihren langen blonden Haaren und den blauen Augen auch Model werden können. Meiner Meinung nach. Sie konnte aber mit ihren Augen offenbar nicht nur nett in die Kamera lächeln, sondern hatte auch diesen eiskalten Blick drauf, der einem das Blut in den Adern gefrieren lässt. Mit einem solchen Blick hatte sie den Typen bedacht.

Das war offenbar zuviel für ihn, und Sebastian hatte die beiden kurzerhand für soviel Frauenpower gelobt und dem Kerl Hausverbot erteilt. Als Abdullah die Geschichte hörte, wäre er am liebsten dabei gewesen und hätte dem Typen seine Version von Power gezeigt. Doch als er Alexandra wenig später kennen lernte, hatte er verstanden, dass es auch anders geht. Sie hatte ihn mit einem Blick gebändigt, wie mir Fatima hinterher erzählte, und im Scherz hatte sie Alexandra gefragt, ob sie ihr nicht mal ihre Augen im Bedarfsfall ausleihen könnte.

Dass Fatima krank war, überraschte und beunruhigte mich. Sie hatte mir nichts geschrieben, und normalerweise mailten wir gerade in solchen Fällen. Ich absolvierte die Schicht mit einer gewissen Routine, die vier Stunden vergingen, doch es kam keine Nachricht von ihr. Auch Sebastian und die anderen hatten nichts wieder von ihr gehört.

»Ich werde mich erkundigen«, versprach ich, als wir uns um zehn nach eins verabschiedeten, und fuhr auf dem schnellsten Weg nach Hause.

Sina schlief bereits, wie ich feststellte, und ich ging schnell ins Bad. Anschließend ging ich in mein Zimmer, griff zu meinem Handy und schickte Fatima eine Mail: »Hi! Geht es dir gut? Ich habe gehört, du seiest krank?«

Ich musste nicht lange auf eine Antwort warten: »Wie man es nimmt. Ich hatte heute ein Gefühl, das ich noch nie hatte, und mir ist auf der Straße etwas schwindlig geworden. Da bin ich zu meinem Arzt gegangen, und der hat mich ins Krankenhaus geschickt, da er nichts Ungewöhnliches festgestellt hat. Und im Krankenhaus musste ich lange warten, aber dann hat mich ein Arzt untersucht, der war wirklich sehr nett. Und er hat festgestellt, dass ich schwanger bin!«

Ich atmete tief und beruhigt durch. Dann schrieb ich zurück: »Das ist ja toll! Das freut mich für dich. Und für euch!«

Sie antwortete umgehend: »Danke dir. Ich freue mich auch. Abdullah auch. Ich habe ihn aus dem Krankenhaus angerufen, und er kam gleich nach Feierabend vorbei und hat mich abgeholt. Aber es ist doch schon spät. Du musst bestimmt schlafen, oder?«

»Das stimmt, aber wer soll bei solchen Neuigkeiten schlafen?«, schrieb ich zurück und fügte noch einige Smileys hinzu.

Ihre Antwort bestand aus einem Smiley.

»Ich melde mich morgen. Gute Nacht!«, schrieb ich und wollte mein Handy ausstellen. Da kam eine Mail von Tim: »Gute Nacht, schlaf gut.«

Er wusste, dass ich heute gearbeitet und jetzt erst zu Hause sein würde. Er hatte an mich gedacht.

Drittes Kapitel

Die ersten Gespräche

»Guten Morgen!«

»Guten Morgen!«

»Gut geschlafen?«

»Ja ..., danke der Nachfrage. Und selbst?«

»So weit, so gut. Wir hatten ja bereits ein wenig Zeit, die Quartiere und die nächtlichen Geräusche kennen zu lernen.«

Ich hatte eben das Haus verlassen und war dabei, den Platz zu inspizieren. Auf einer Fläche von rund hundert Quadratmetern standen zehn Häuser und vier große Baracken oder Hallen. In zwei Hallen waren Labore eingerichtet, in der dritten wurde technisches Equipment gelagert, und die vierte beinhaltete einen Aufenthaltsraum, einen großen Essbereich, eine Küche und sanitäre Einrichtungen. Von der letztgenannten kamen mir Professor Takahara, Daniel und Maik entgegen. »Wir haben schon gefrühstückt. Wir müssen auch gleich los. Das Wetter ist heute Morgen optimal für einen Tauchgang«, erklärte Maik, der die Begrüßung übernommen hatte.

»Ah! Na, dann wünsche ich viel Vergnügen!«

»Danke sehr«, gab Takahara zurück. »Ihnen auch einen schönen Tag!«

»Ja, viel Spaß mit Ihren Gefangenen!«

»Das sind nicht meine Gefangenen. Ich soll nur das Gefängnis untersuchen«, korrigierte ich Maik mit ironischem Unterton.

»Okay ..., also ..., wir sehen uns!«

»Ja ..., bis später!«

»Ciao!«, rief Daniel, dann waren die drei verschwunden.

Wir waren knapp nördlich des Äquators, unweit der Datumsgrenze. Auf dem Flug von L. A. hierher hatte der Pilot mich informiert, als wir den kleinen Zeitsprung machten, der natürlich rein virtuell war. Aber letzten Endes waren wir de facto einen Tag weiter hier. Das Klima hatte tropischen Charakter, nicht ohne Grund waren früher tausende von Touristen, hauptsächlich aus den USA und Japan, in dieses Gebiet gekommen. Zwischen zehn und vierzig Grad Celsius lagen die Extremwerte der Temperaturen im Laufe eines Jahres, den Großteil des Jahres waren es zwischen zwanzig und dreißig Grad.

Das Camp auf der anderen Seite der Insel war dauerhaft von US-amerikanischen Soldaten bewohnt, einer Einheit des United States Marine Corps, und wie ich gestern erfahren hatte, hielten sie sich hauptsächlich in ihrem Bereich auf. Mit Professor Nilsson als wissenschaftlichem Leiter und den anderen Mitgliedern seines Teams sowie den in monatlichem Turnus wechselnden Studenten waren kompetente Wissenschaftler vor Ort. An der Westküste der Insel war ein Ankerplatz für ihr Forschungsschiff, ausgerüstet mit allem erdenklichen Equipment. Flora und Fauna in diesem Teil der Erde hatten sich trotz der Kernwaffentests rund ums Bikini-Atoll weiter entwickelt, und die Forscher wollten untersuchen, ob es Abweichungen in der DNS zu anderen Spezies gab. Professor Takahara war dabei auf der Suche nach einem Heilmittel für Strahlenopfer, das er der Natur abzulauschen gedachte. Nilsson hingegen war Biologe, Evolutionsbiologe und dem Geheimnis des Lebens auf der Spur, das von vielen Wissenschaftlern in der Tiefsee vermutet wird. Dieses Ansinnen hatte er mir gegenüber ja gestern Abend nachhaltig erläutert, und genau dieser Aspekt war auch der Anreiz für Maik und Björn hierher zu kommen und ihr Labor draußen in der Natur aufzuschlagen. Maik schrieb gerade seine Doktorarbeit, Björn arbeitete an einem Projekt im Rahmen seines Master-Studiums, in diesem Semester einen Monat hier und einen Monat in Australien.

Was wahrscheinlich keiner von ihnen ahnte, war, dass ich über alles und auch die Personen selbst bereits bestens informiert war, als ich zu der Insel geflogen war. Mein Chef hatte mir alle verfügbaren Informationen zusammenstellen lassen. Nur über die Insassen des Gefängnisses hatte er mir keine Details genannt. Die sollte ich vor Ort, unvoreingenommen, in Erfahrung bringen.

Als ich gefrühstückt und mich zum Aufbruch bereit gemacht hatte, ging ich zum Hubschrauberlandeplatz. Dort wartete John, der Pilot. Er mochte etwa zehn Jahre älter sein als ich und versprühte einen speziellen Charme, den ich auch bei anderen Piloten beobachtet hatte. Irgendwo an der Grenze zwischen Chauvinismus und Fürsorge, Sich-kümmern und die-Welt-retten.

John war wider Erwarten nicht allein. Vier Soldaten in schwarzem Kampfanzug standen neben ihm und blickten mir mit stoischer Miene entgegen. Sie wirkten recht martialisch.

Ich zögerte, doch er winkte mir, und ich legte die letzten Schritte rasch zurück. »Guten Morgen! Haben Sie noch eine andere Tour vor?«

»Guten Morgen, Miss Fernández ..., nein, das habe ich nicht. Die Herren werden mitfliegen und Sie zum Gefängnis begleiten.«

»Ah!«

Jeder der von ihm so genannten Herren war mit einer Maschinenpistole bewaffnet, was mich zu der Frage trieb: »Ich denke, im Gefängnis sind Waffen verboten?«

»Generell ja. Aber wir wollen sicher gehen, dass alles so ruhig bleibt, wie es ist. Reine Routine.«

Was wahrscheinlich zu meiner Beruhigung gedacht war, stimmte mich nur noch nachdenklicher. »*Reine Routine? Pfff! Wenn die Typen wegen einer Routinekontrolle kommen, bin ich Mary Poppins!*«

Doch ich nickte, als ob ich mich mit seiner Erklärung zufrieden geben würde. Was hätte ich auch schon tun können! Also stieg ich ein.

Die Soldaten folgten mir umgehend, und auch John stieg ein. Kurz darauf begann mein zweiter Flug zum Gefängnis, zum Würfel.

Der Würfel, wie er genannt wurde, war sechzig Meter lang, breit und hoch. Die Pfeiler, auf denen er stand, ragten durchschnittlich vierzig Meter aus dem Meer empor, doch waren sie weit länger und im Boden des einstigen Atolls, das seit dem letzten Meeresspiegelanstieg um bis zu fünfzehn Meter unter Wasser lag, verankert. Die Baukosten von ursprünglich geplanten sechsundsechzig Millionen Dollar hatten sich letzten Endes verzehnfacht, und jedes Jahr kosteten Unterhalt und Instandsetzung weitere zehn Millionen Dollar. Diese Summen ließen sich nur durch die Zusammenarbeit mit großen Industrieunternehmen aufbringen, die durch entsprechende Verträge für einhundert Jahre an die Vereinten Nationen gebunden waren. Man wollte langfristig planen.

Ich selbst hielt die Pläne für Irrsinn, doch wie mein Chef mir gesagt hatte, ging es nicht darum, was ich oder er davon hielten oder dazu sagten. Wir mussten mit den Gegebenheiten leben.

Der Flug war wie tags zuvor nur von kurzer Dauer, doch einen Unterschied konnte ich während der Landung schnell feststellen: Im Gegensatz zu gestern war das Oberdeck nahezu menschenleer, es war nur eine Person dort, die meine Begleiter und mich empfing: der Direktor.

Ohne ein Wort der Erklärung geleitete Thompson mich zu der Treppe und die Stufen hinab. Die vier Soldaten folgten uns, während John zurückflog. Thompson öffnete die Tür. Es hatte etwas Verschwörerisches, wie er jetzt in den Gang spähte, bevor er uns mit einem entschlossenen Schritt voranging. Wir folgten ihm in sein Büro. Es begegnete uns kein Mensch, lediglich die Kameras verrieten mir, dass es im Gebäude noch andere Menschen geben könnte.

»Was ist hier los?«, fragte ich mich.

In seinem Büro stellte sich der Direktor hinter seinen Schreibtisch und legte ein Tablet dort ab, drei Soldaten postierten sich an der Tür, einer trat an meine Seite. Er schien so etwas wie der Chef der kleinen Gruppe zu sein.

Thompson bot mir einen Stuhl an. Ich blieb demonstrativ stehen. Er runzelte die Stirn.

»Sie können es ihr nicht übel nehmen, Sir!«, sagte der Soldat neben mir.

»Sieh an, er kann ja sprechen«, dachte ich und vermutete sofort einen Amerikaner in ihm. *»Vom Dialekt her stammt er irgendwo aus der Gegend zwischen San Francisco und Los Angeles«*, tippte ich. Ich taufte ihn in Gedanken Brad. Ich kannte einmal einen Brad. Ich hatte ein Jahr in den USA, in Kalifornien, studiert und dort viele Leute kennen gelernt. Brad war Footballspieler, Quarterback, der Kopf der Mannschaft und so eine Art Modellathlet. Dieser Soldat sah nicht nur so aus wie er, er wirkte auch so.

»Wahrscheinlich nicht ..., hm ...«, brummte Thompson. Es schien, als ob er mich mit seinem Blick durchdringen wollte.

Mein Nebenmann setzte sich. Ich reagierte nicht, sondern sah den Direktor auffordernd an.

»Na gut ..., wenn Sie es so wollen ..., dann werde ich Ihnen einiges mitteilen. Aber unter der Voraussetzung, dass es unter uns bleibt. Vorerst.«

»Okay.«

Er holte tief Luft. »Es ist uns zugetragen worden, dass heute wahrscheinlich ein Ausbruch unternommen werden soll.«

Ungläubig starrte ich den Direktor an.

»Ja ja ...«, versicherte er mir, »so habe ich auch geschaut, als ich darüber informiert worden bin. Aber die Anzeichen sind eindeutig, und mittlerweile können wir sogar das Zeitfenster eingrenzen.«

»Wann?«, fragte ich. Es war wie ein Reflex.

»Heute Mittag, zwischen ein und zwei Uhr«, antwortete mein Nachbar, Brad, der noch immer völlig entspannt auf seinem Stuhl saß.

Jetzt setzte ich mich auch.

Für einige Sekunden trat eine erwartungsvolle Stille ein, und es hatte etwas Theatralisches, als Thompson seine Hände auf den Schreibtisch stützte und mich mit durchdringendem Blick betrachtete. »Die Information ist absolut Top Secret! Wir sechs in diesem Raum sind die Einzigen in diesem Gebäude, die davon wissen. Mit Ausnahme des Gefangenen, der befreit werden soll, und desjenigen, der ihm bei seiner Flucht helfen soll.«

»Wir sind hier, um ihn auf frischer Tat zu ertappen«, ergänzte Brad an meiner Seite. »Zum einen als unmittelbar zu wertendes Schuldeingeständnis ..., immerhin könnte er sonst alles abstreiten, wenn wir ihn vorher damit konfrontieren würden, und der Prozess würde auf Indizien beruhen ...«

»Und zum anderen als Abschreckung!«, stieß ich hervor.

»Sehr richtig.«

»Damit haben Sie ins Schwarze getroffen«, sagte der Direktor.

»Und daher soll alles nach Routine aussehen ..., so wie immer?«

»Genau. Derjenige, der dem Häftling helfen soll, weiß noch nicht, dass er unter Beobachtung steht. Und er wird keinen wirklichen Schaden anrichten ..., daher sind diese Herren hier. Sie sind Angehörige eines Spezialkommandos der US-Marines.«

Ich verstand. Sie sahen nicht nur so aus, sie waren exakt jene Typen, von denen mir gestern Smith und Kowalski erzählt hatten. Jetzt hatte ich sie in Fleisch und Blut vor mir.

»Wie sind Sie auf die geplante Aktion aufmerksam geworden?«

»Geld.«

»Wie bitte?«

»Einer unserer Mitarbeiter hat kürzlich eine größere Summe auf sein Konto erhalten ..., eine Überweisung aus dem Ausland, aus der Schweiz. Dort saß ein Mittelsmann, der wiederum im Auftrag von Leuten handelte, die ihn bezahlten.«

»Ich verstehe. Und wissen Sie auch, wer befreit werden soll?«

Es setzte eine kleine Pause ein. Die Männer wechselten einen Blick.

»Ja, das wissen wir«, sagte Thompson schließlich. »Aber bitte haben Sie Verständnis dafür, dass ich es Ihnen jetzt nicht sage.«

»Warum?«

»Sie könnten es ..., verraten. Auch indirekt.«

»Ich verstehe. Es soll aber alles nach Routine aussehen, richtig?«

»Genau.«

»Ob bewusst oder unbewusst ..., ich würde mich wahrscheinlich anders verhalten. Und nur der kleinste Verdacht auf Seiten derjenigen, die in die Aktion involviert sind, könnte alles gefährden.«

»Sie sind die Psychologin.«

»Okay ..., dann schlage ich vor, ich gehe an meine Arbeit.«

Er nickte, und wie auf Kommando erhob sich mein Nachbar. »Wir begeben uns jetzt in den Raum, den Sie für uns vorbereitet haben. Wir haben ja noch etwas Zeit, und wir stehen permanent mit unseren Leuten auf der Insel in Kontakt.«

»In Ordnung.«

In Gedanken strich ich den Namen Brad wieder. Der Brad, den ich während meines Studiums kennen gelernt hatte, war sicherlich ein guter Sportler und guter Student. Doch das war die College-Zeit. Hier und heute war ich mit der Realität konfrontiert, und dieser Typ war aus anderem Holz geschnitzt. Wie hatte der Direktor gesagt? Ein Spezialkommando der US-Marines. Das war noch die Steigerung der Steigerung. Ich war in dem Moment froh, dass sie nicht meinetwegen hier waren.

Die vier Soldaten verließen den Raum. Als wir allein waren, fragte ich: »Hatten Sie mir nicht gestern gesagt, dass es hier keine Waffen geben solle? Und schon am nächsten Tag sehe ich diese vier Soldaten in voller Ausrüstung. Ich dachte heute Morgen, es sei über Nacht Krieg ausgebrochen!«

»Das ist nur für den äußeren Eindruck.« Er klang überraschend ruhig.

Ich setzte noch einen drauf: »Sie werden verstehen, dass ich das in meinen Bericht aufnehmen muss. Das ist ein klarer Verstoß gegen die Vorschriften. Was könnte nicht alles passieren, wenn die Aktion schief geht? Wenn es noch einen zweiten Helfer geben sollte? Wenn es den anderen gelingen sollte, Ihre Soldaten vom Spezialkommando zu entwaffnen ..., dann wären Sie im Besitz von automatischen Waffen! Nicht auszudenken!«

»Der äußere Eindruck kann täuschen.«

Ich wurde ruhiger. »Was soll das heißen?«

Er gestattete sich ein Lächeln. Es war nicht überheblich, eher eine gesunde Portion Realitätssinn. »Die Waffen sind nicht geladen.«

»Wie bitte?«

»Die Vorschriften werden nicht missachtet, denn die Waffen sind nicht geladen. Die Soldaten haben keine Munition dabei.«

»Aber ...«

»Keine Sorge. Ich weiß, was ich tue. Und der Kommandeur dieser Truppe, der auf der Insel die Dinge steuert, ebenso.«

»Aber wie sollen die dann den Helfershelfer festnehmen? Wenn der bewaffnet sein sollte ...?«

»Sie brauchen wirklich keine Sorge zu haben. Er ist nicht bewaffnet, und er rechnet nicht mit unserem Eingreifen. Und was das Wichtigste ist ...«

»Ja?«

»Es ist keine Frage des "Wie?", es ist höchstens eine Frage des "Wie lange?". Wie lange werden die Marines brauchen, um ihn festzunehmen? Der Kommandeur meint, nach einer Minute sei die Aktion geklärt. Ich halte die Wette und sage, dass es länger als eine Minute dauern wird. Er hat die Verhältnisse vor Ort, die Lage der Zelle beispielsweise, oder auch die Tatsache, dass sich der Fluchthelfer in dem Gebäude sehr gut auskennt, nicht in die Rechnung mit einbezogen. Sie können in die Wette einsteigen, wenn Sie wollen. Es geht um eine gute Flasche Wein.«

»Danke. Ich lasse mich ..., glaube ich ..., einfach überraschen.«

»Wie Sie meinen. Also, dann gehen wir jetzt zur Tagesordnung über?«

Ich nickte.

»Wie wollen Sie vorgehen?«

Ich musste nicht lange überlegen. Der Grund meines Besuchs war klar umrissen. »Mein Auftrag lautet, dass ich mir von dem Gefängnis einen tiefergehenden Eindruck verschaffen und dabei auch mit mehreren Insassen sprechen soll. Nach Möglichkeit mit unterschiedlich langen Gefängnis-Zeiten ..., also Aufenthalt bei Ihnen.«

Er öffnete eine Schublade, holte einen Schlüssel heraus und reichte ihn mir. Er deutete auf einen einzeln stehenden PC. »Auf diesem Computer sind die Akten ..., bitte suchen Sie sich jemanden aus.«

»Alles in elektronischer Form, hm?«

»Aber sicher, hier läuft alles elektronisch. Ist enorm Platz-sparend.«

Ich setzte mich an den Tisch, steckte den Schlüssel ins Schloss, drehte ihn und startete den Computer. »Können Sie jemanden empfehlen?«

»Tja ..., was schwebt Ihnen denn so vor?«

Ein kurzes Schulterzucken meinerseits animierte ihn zum Erzählen: »Also ..., um mit der ersten Etage zu beginnen ..., da hätten wir sicherlich als interessantesten Typen einen osteuropäischen Waffenhändler. Er ist seit Beginn dabei, war einer der ersten Insassen, Nummer fünfzehn. Die, die auf der Liste vor ihm sind, sind eigentlich halbwegs gewöhnliche Verbrecher, auch Kriegsverbrecher. Aber Nummer fünfzehn ist wirklich eine Nummer. Einige Regierungen, die CIA und andere Geheimdienste dachten wohl lange Zeit, sie hätten ihn unter Kontrolle ..., aber das war ein Irrtum. Ihm wurden ausgezeichnete Kontakte zur Mafia, zu den Triaden, zur Yakuza, zu afrikanischen Warlords sowie zu mehreren europäischen und außereuropäischen Regierungen nachgesagt ..., auch zur russischen und amerikanischen ..., doch fanden sich keine Beweise. Die hat er, wie er selbst gesagt hat, in sicherer Verwahrung, und sollte ihm etwas geschehen, würden die Beweise ans Tageslicht kommen. Und dann würden Regierungen stürzen.«

»Oha! Das klingt ja, als hätte man dieses Gefängnis nur seinetwegen gebaut ..., um ihn lebenslang wegzusperren, aber nicht umzubringen.«

»Na, Fantasie haben Sie ja.«

»Ja, ist eine meiner Stärken.«

»Hm.«

»Was, hm? Das liegt doch klar auf der Hand, dass ihn jemand loswerden wollte. Wahrscheinlich sogar mehrere. Wie ist er denn in Ihre ..., Obhut ..., geraten, wenn es keine Beweise gab? Was werfen Sie ihm vor?«

»Die Anklage lautete auf Menschenhandel in besonders schwerem Fall, Waffenhandel und ..., und das ist das eigentlich schwerwiegendste Argument ..., Mord.«

»Mord? Wen hat er denn ermordet?«

»Seine Frau. Angeblich.«

»Wieso angeblich?«

»Nun ..., er behauptete stets, es nicht getan zu haben, sondern dass ihm das jemand in die Schuhe geschoben hätte und es inszeniert worden sei.«

»Um ihn zu treffen.«

»Selbstverständlich.«

»Aus welchem Land kam die Anklage?«

»Aus Russland.«

»Aha.«

Ich blätterte in der elektronischen Akte. Der Bericht umfasste mehrere hundert Seiten. »Wer soll das alles lesen? Da sind ja viele Schreiben von ausländischen Polizeidienststellen dabei.«

»Ja, das ist richtig. Zum Schluss gibt es übrigens eine Anekdote über seine Persönlichkeit. Er hatte zwei Kinder mit seiner Frau ...«

»Die er ermordet haben soll ...«

»Ja ..., die auf jeden Fall tot ist ..., und das eine Kind, ein Junge ist ebenfalls bei der Ermordung seiner Frau gestorben. Er wurde umgebracht ..., ich vermute, um ihn zum Schweigen zu bringen. Also als Drohung.«

»Und seine Tochter ist das Faustpfand.«

»Ich sehe, Sie verstehen das Spiel.«

»Natürlich, ich bin alt genug und habe schon einiges gesehen und erlebt.« Ich sah Thompson direkt in die Augen. »Solange sie lebt, wird er nichts sagen, oder?«

»Ich denke, nein. Realistisch betrachtet kann niemand für die Sicherheit seiner Tochter garantieren, kein Staat dieser Erde.«

»Das ist Vaterliebe ..., geht für seine Tochter für den Rest seines Lebens in dieses Gefängnis, obwohl er doch alles auffliegen lassen könnte! Vermutlich.«

»Tja, die menschlichen Regungen sind unergründlich.«

»Er hat also mit dem Feuer gespielt und sich verbrannt. Sie haben Recht, das klingt auf jeden Fall interessant ..., und eine solche Persönlichkeit trifft man sicherlich nicht alle Tage. Ich würde gern mit ihm anfangen.«

»Gut. Ich lasse ihn in einen Spezialraum nebenan bringen. Sie können ihn von hier aus sehen, er Sie aber nicht. Wenn Sie mit ihm sprechen, dann wird Ihre Stimme durch einen Computer verzerrt. So ist es ihm nicht möglich, Sie zu erkennen.«

»Weil ich ja eine Frau bin.«

»Ja, weil Sie eine Frau sind.«

Der Direktor griff zum Telefon und betätigte eine Taste. »Gefangener Nummer fünfzehn bitte in Raum Sigma Bravo.«

Ich bemerkte, wie sich die rechte Wand lautlos verschob. Ein großes Fenster wurde sichtbar und ermöglichte den Blick in einen dunklen Raum, in dem plötzlich einige Lichter angingen. Nun erkannte ich weitere Einzelheiten: Einen Schreibtisch, einen Stuhl. Der Raum mochte etwa zwanzig Quadratmeter groß sein. Auf dem Schreibtisch war ein Mikrofon angebracht.

Wir warteten etwa zehn Minuten, dann wurde die Tür nebenan geöffnet. Ein Wachtposten führte einen Gefangenen herein. Das Erscheinungsbild deckte sich mit meiner Erwartung. Der Ankömmling war mittelgroß, hatte dunkle Haare, mochte einige Jahre älter sein als ich und ging weder schnell noch langsam, weder widerwillig, noch übertrieben euphorisch. Er schien sich mit seiner Lage seit längerer Zeit abgefunden zu haben. Er setzte sich auf den Stuhl und hob die Hände. Offensichtlich war ihm das Prozedere bekannt. Der Wachtposten befestigte die Handschellen des Gefangenen an einem eisernen Ring, der vor dem Mikrofon in den Tisch eingelassen war. Dann verließ er den Raum.

»Er bezieht draußen Posten«, erklärte Thompson.

Wir hatten es uns inzwischen so weit wie möglich bequem gemacht. Thompson saß in dem Stuhl, den zuvor der US-Marine belegt hatte. Er hatte ihn leicht gedreht, so dass wir nun beide das Fenster und den Raum im Blick hatten. Vor uns war ein kleiner Tisch mit einem Mikrofon installiert.

»Wollen Sie beginnen?«, fragte er.

»Vielleicht fangen Sie lieber an und erklären ihm, dass jemand von den Vereinten Nationen hier ist und einige Fragen an ihn hat. So als Einstieg wäre das, glaube ich, die beste Variante.«

»Meinetwegen.« Er schaltete das Mikrofon an, das vor uns auf dem Schreibtisch stand. »Guten Morgen, Nummer fünfzehn.«

»Guten Morgen«, lautete die Antwort.

»Sie haben Besuch.«

»Besuch? Ich? Von wem?«

»Die Vereinten Nationen haben einen Sonderermittler zu uns geschickt, der sich über die Verhältnisse vor Ort informieren soll. Das Gefängnis gibt es seit nunmehr vier Jahren, und Sie sind einer der ersten Insassen. Für den Bericht, der im Laufe des Jahres entstehen soll, sollen auch einige Gefangene befragt werden. Wären Sie damit einverstanden?«

»Hm.«

Der Direktor und ich sahen uns schweigend an. Der Gefangene schien zu überlegen. Er wirkte für einige Augenblicke recht geistesabwesend, doch dann gab er sein Einverständnis: »Sicher. Warum nicht?«

»In Ordnung.«

Thompson sah mich auffordernd an.

»Guten Morgen«, sagte ich.

»Guten Morgen!«

»Ich danke Ihnen für Ihre Bereitschaft, uns bei unseren Untersuchungen zu unterstützen. Sofern Sie es wünschen, können wir das Gespräch jederzeit unterbrechen. Oder auch abbrechen.«

»Verstanden.«

Ich ließ zwei, drei Sekunden verstreichen, dann fuhr ich fort: »Ihr Name ist Oleg Khokhlov, Sie sind siebenundvierzig Jahre alt, wurden in Krasnodar geboren, wuchsen im Grenzgebiet von Russland, der Ukraine und Georgien auf und haben im Alter von zwölf Jahren Ihre erste Waffe verkauft. Eine Pistole, die Sie gefunden hatten, tauschten Sie gegen eine warme Mahlzeit. Ist das soweit zutreffend?«

»Ja.«

»Haben Sie dazu etwas zu sagen?«

»Nein.«

»Nach meiner Einschätzung waren Sie sich der Konsequenzen damals nicht einmal halb bewusst, Sie waren sehr wahrscheinlich nur an dem Essen interessiert, oder?«

»Ich erinnere mich nicht mehr so genau. Aber es könnte so gewesen sein.«

»Nun gut. Als Sie zwanzig waren, hatten Sie bereits eine kleine Karriere gemacht. Sie verkauften nun alles, was Geld brachte, um was es sich handelte, war nicht von Belang. Mit dreiundzwanzig verlegten Sie Ihren Wohnsitz dann nach Odessa, in die Ukraine. Mit direktem Zugang zum Schwarzen Meer, einem der Grundbausteine für das Imperium, das Sie in den nächsten zwanzig Jahren errichtet haben.«

Ich unterbrach meine Schilderung und wartete auf eine Reaktion. Doch da kam nichts.

Ich konnte sein Schweigen nicht deuten. Überlegte er? Hörte er mir überhaupt noch zu? Hatte ich sein Gewissen erreicht?

Als er nach einer weiteren Minute noch immer nichts gesagt hatte, nahm ich den Faden wieder auf: »Die Geschäfte liefen von da an noch besser, glänzend könnte man sagen. Sie hatten zahlreiche ..., nun, nennen wir sie Angestellte ..., und Sie exportierten in alle Welt. Amerika, Asien, Afrika, Europa. Sogar bis nach Australien hat Interpol Ihre Aktivitäten verfolgt. Können Sie mir sagen, wie das möglich war, ohne dass Sie in all den Jahren jemals angeklagt oder verurteilt worden sind?«

Er hob leicht den Kopf und schaute direkt in das Fenster. Doch er blieb auch jetzt stumm.

»Sie brauchen mir nichts zu erklären. Sie hatten sehr mächtige Verbündete, denn diese zählten zum Teil selbst zu den Abnehmern ..., zu Ihren Kunden. Einige Regierungen, einige Geheimdienste ...«

Er sagte auch jetzt nichts. Doch sein Blick sprach Bände!

Ich seufzte. »Nun gut. Vielleicht sind Sie ja mehr der direkte Typ. Also: Sind Sie der Ansicht, dass Sie zurecht in diesem Gefängnis sind?«

Jetzt hatte ich unbestritten seine volle Aufmerksamkeit gewonnen. Und die von Thompson ebenfalls. Das spürte ich. Also legte ich nach: »Sie sind jetzt bereits vier Jahre hier. Wie konnte das passieren? Über einen Zeitraum von zwei Jahrzehnten zählen Sie zu den raffiniertesten, mächtigsten Waffenhändlern der Welt, und auf einmal hat sich das Schicksal gegen Sie verschworen? Ach, kommen Sie! Da muss doch etwas passiert sein. Haben Sie einem Ihrer Geschäftspartner in die Suppe gespuckt? Konnten Sie eine Lieferung nicht rechtzeitig zustellen? War die Konkurrenz schneller? Oder billiger? Wollten Sie zuviel? Hat jemand aus Ihrer eigenen Organisation den Chef diskreditiert und wollte den Laden übernehmen? Die Geschäfte gehen doch weiter, nicht wahr? Auch ohne Sie.«

Jetzt kam eine Antwort. Doch war er noch weit davon entfernt, emotional zu reagieren. »Es gab keine Beweise dafür, dass ich illegal mit Waffen gehandelt habe. Alles, was ich tat, war legal.«

Ich musste anders vorgehen, wenn ich ihn aus der Reserve locken wollte. Über sein Geschäft und seine Geschäftspraktiken war das nicht zu bewerkstelligen. Also vielleicht über die persönliche Schiene? »Aber trotzdem sind Sie jetzt im Gefängnis. Wusste Ihre Frau von Ihren Geschäften? Und von Ihren Geschäftspartnern?«

Jetzt hatte ich ihn! Wäre er nicht gefesselt gewesen, wäre er mit Sicherheit aufgesprungen. »Lassen Sie meine Frau aus dem Spiel! Sie hat damit nichts zu tun!«

»Sie haben Sie ermordet. Warum? Wegen nichts?« Ich hatte in meine Stimme so viel Verachtung und Kälte gelegt, wie ich konnte. Und es wirkte!

»Ich habe Sie nicht ermordet! Nein! Das war ..., das war ein ..., ...« Er verstummte.

»Ein Unfall?«, hakte ich nach.

Keine Reaktion.

»Ihr Sohn Aleksandr wurde auch umgebracht. War das auch ein Unfall?«

Immer noch keine Reaktion. Er schien sich wieder in der Gewalt zu haben. Es war nur ein kurzes Aufflackern seiner Emotionen, dann fiel er fast wieder in sich zusammen, wirkte fast unbeteiligt.

»Nach Ansicht der Staatsanwaltschaft Ihres Heimatlandes haben Sie genug Beweise dafür gesammelt, dass zahlreiche Hintermänner, die in nicht unbedeutenden Positionen des wirtschaftlichen, kulturellen und politischen Lebens stehen, zu Ihren Kunden zählten. Doch Sie haben die Beweise nie präsentiert. Warum nicht? Hätte es Sie nicht entlasten können?«

Kopfschütteln. Er senkte den Kopf, wie um nachzudenken.

»Warum sind Sie nach Russland gereist? Es musste Ihnen eigentlich klar sein, dass man Sie dort verhaften würde.«

Es war nicht festzustellen, ob er mich gehört hatte, er zeigte wieder keinerlei Reaktion.

»Wissen Sie, wo Ihre Tochter ist?«

Jetzt blickte er wieder auf. Ich meinte, so etwas wie Verzweiflung in seinem Gesicht zu erkennen. Doch er sagte noch immer nichts.

»Ich will Ihnen sagen, warum Sie die Beweise nicht vorgelegt haben. Weil Ihre Tochter irgendwo da draußen ist. Allein und hilflos. Und Sie können Sie nicht beschützen.«

Er blickte direkt auf das Fenster, nicht auf mich. Und er hatte sich seine Worte sehr genau überlegt, das merkte ich. »Das haben Sie sehr gut erkannt. Und Sie wissen sicherlich auch, dass ich Ihnen nicht mehr sagen werde. Ich kann nicht.«

»Haben Sie eine Vorstellung davon, was mit den Waffen angerichtet worden ist, die Sie verkauft haben? Wieviele Menschen damit getötet worden sind?«

Keine Reaktion.

Es war, wie wir anfangs vermutet hatten. Ich beschloss, das Gespräch zu beenden, hier kam ich nicht weiter. Ich sah Thompson an und schaltete das Mikrofon aus. »Ich denke, das reicht mir. Er wird nicht mehr sagen.«

»Das ist auch meine Meinung. Dann lasse ich ihn wieder in seine Zelle bringen, wenn Sie einverstanden sind.«

»Ja, bitte.«

Er drückte einen Knopf. Ich konnte nicht sehen, was dadurch bewirkt oder ausgelöst wurde, aber es musste ein Signal sein, denn der Wachtposten betrat den Raum, ging zum Stuhl des Gefangenen, löste seine Fesseln und führte ihn nach draußen.

Als der Raum leer war, brauchte ich einige Sekunden, dann stand ich auf und ging wieder zu dem Computer.

Thompson folgte mir. »Von der zweiten Etage könnte ich Ihnen einen südamerikanischen Drogenboss sozusagen empfehlen. Nummer einhundertachtundsechzig. Auch bei ihm hat die CIA wohl lange Zeit gedacht, sie hätte ihn unter Kontrolle ..., und auch das war ein Irrtum. Er hat sich im Laufe der Jahre eine nette, kleine Privatarmee aufgebaut, ausgerüstet mit US-amerikanischen Waffen und technischem Equipment im Werte von mehreren hundert Millionen Dollar. Bezahlt hat er mit Geld, das er aus Drogenverkäufen eingenommen hat, weltweit, auch in den USA. Das ist der Kreislauf des Geldes. Irgendwie absurd. Als der neue Präsident sein Amt antrat, wurde in der CIA einiges geändert, etliche Posten wurden neu besetzt, bestehende Geschäftsbeziehungen neu überdacht ..., wie das so ist. Tja, und so geriet er, der jahrelang ein treuer Verbündeter war, auf die Abschussliste, und als sie ihn dann schließlich beseitigen wollten, ist er ausgebrochen. Zunächst hatte jemand in der Agency die brillante Idee, ihm in seinem Land den Prozess machen zu lassen. Immerhin war er nicht nur für mehrere Dutzend Morde verantwortlich, die seine Leute in seinem Auftrag begangen hatten, sondern hatte nachweislich auch selbst mindestens fünf Morde begangen. Er wurde auch angeklagt und verurteilt. Doch das Gefängnis war seiner nicht würdig ..., es war nicht mal eine mittelgroße Herausforderung für seine Leute, ihn da herauszuholen.«

»Und wie haben Sie ihn dann hierher bekommen?«

»Er hat zwei Fehler begangen. Nach seiner Befreiung. Der erste war, dass er zu seinem wohl größten Geschäft persönlich in die USA einreiste. Wir wussten noch vor seiner Ankunft am Flughafen, dass er kommen würde. Seine Verhaftung wurde populär und medienwirksam inszeniert, es war eine große Show.«

»Natürlich ohne mit jemandem von der Presse vorher gesprochen zu haben. Dann wären womöglich die Deals mit der CIA aufgeflogen, die so lange so gut liefen.«

»Selbstverständlich. Im Übrigen war nicht nur die CIA einer seiner Geschäftspartner, sondern auch einige andere Geheimdienste ..., in Europa und Asien.«

»Und wieso ist er nun bei Ihnen Gast?«

»Er ist wieder geflohen. Mit äußerster Brutalität ..., bei der Überführung in ein Bundesgefängnis ist er wiederum befreit worden. Er hatte und hat mächtige Verbündete, auch in den USA. Bei seiner zweiten Flucht starben vier FBI-Beamte und sechs Polizisten sowie sechs weitere Häftlinge. Fünf gelang neben ihm die Flucht ..., sie sind später aber alle wieder gefasst worden.«

»Auch unser Drogenboss?«

»Zunächst nicht ..., er ist untergetaucht ..., war wochenlang von der Bildfläche verschwunden. Das FBI vermutete, dass er die USA nicht verlassen hatte, und die NSA bestätigte den Verdacht. Sie hatte Telefonate mitgeschnitten, bei denen seine Stimme identifiziert werden konnte. Die CIA hingegen fischte im Trüben.«

»Ist ja auch ein Auslandsgeheimdienst«, scherzte ich, »was können die schon über innere Aktivitäten sagen?«

Thompson lachte. »Ja, gar nicht so schlecht. Das FBI war ihm jedenfalls dicht auf den Fersen, und der entscheidende Tipp kam dann von der NSA. Wiederum war ein Telefonat abgehört worden, er wollte das Land verlassen.«

»Richtung Südamerika?«

»Nein ..., nach Europa. Doch das war eine Finte, er rechnete damit, dass er abgehört wurde und fuhr zweigleisig. Er hatte einen Flug nach London zur Ablenkung ersonnen, der auch tatsächlich erfolgte. Doch er war nicht an Bord.«

»Sondern?«

»Er war an Bord eines Schiffes, das Kurs Richtung Kuba einschlagen sollte. Von dort wäre er mit einem Flugzeug dann in heimische Gefilde gelangt.«

»Sie sagten, das Schiff sollte den Kurs einschlagen. Demnach hat es das nicht?«

»Gut beobachtet. Die NSA hat auch seine anderen Telefonate überwacht und so von den Plänen erfahren. Er fühlte sich zu sicher.«

»Das war also der zweite Fehler.«

»Richtig. Hochmut kommt bekanntlich vor dem Fall. Und bevor er noch wusste, was los war, war er auf dem Weg nach L. A., und von dort wurde er hierher gebracht. Und damit ist seine Flucht zu Ende.«

»Und nun ist er Ihr Gast.«

»So ist es.«

»Klingt interessant. Ich würde gern mit ihm sprechen.«

Der Direktor griff wieder zum Telefon und betätigte die Taste. »Gefangener Nummer einhundertachtundsechzig bitte in Raum Sigma Bravo.«

Diesmal mussten wir lediglich fünf Minuten warten, bis der Wachtposten einen Gefangenen herein führte. Er war mittelgroß, breitschultrig und kräftig gebaut. Seine schwarzen Haare und sein dunkler Teint bestätigten die Einschätzung, dass er Südamerikaner war. Auch ihm war das Prozedere offensichtlich bekannt, er setzte sich auf den Stuhl und hob die Hände. Der Wachtposten befestigte die Handschellen des Gefangenen wie gehabt an demselben eisernen Ring und verließ den Raum.

»Soll ich wieder beginnen?«, fragte der Direktor.

»Gerne.«

Er schaltete das Mikrofon an. »Guten Morgen, Nummer einhundertachtundsechzig.«

»Guten Morgen.«

»Sie haben Besuch.«

Die Reaktion des Gefangenen fiel zweifelsohne völlig anders aus, als ich erwartet hatte. Es ging wie ein Ruck durch seine Gestalt, und für einen Moment schien es mir, als ob er sich losreißen wollte. Doch in der nächsten Sekunde wirkte er so ruhig wie zuvor und fragte: »Ich? Besuch? Wen?«

Thompson lächelte. »Die Vereinten Nationen haben einen Sonderermittler zu uns geschickt, der sich über die Verhältnisse vor Ort informieren soll. Das Gefängnis gibt es seit nunmehr vier Jahren, und Sie sind seit drei Jahren hier, haben also vielleicht einiges Wissenswertes zu berichten. Für den Bericht, der im Laufe des Jahres entstehen soll, sollen auch einige Gefangene befragt werden. Wären Sie damit einverstanden?«

Es erfolgte keine Antwort. Das war ich gewohnt. Der Gefangene schien zu überlegen. Aber im Gegensatz zu Nummer fünfzehn vor ihm schien er irgendwie nervös zu sein. »*Warum?*«, fragte ich mich und sah Thompson an.

Seine Mimik blieb unbewegt. »Wären Sie damit einverstanden?«, wiederholte er.

Ein abermaliger Ruck ging durch den Gefangenen. »Okay ...«

»Gut.« Der Direktor sah mich auffordernd an.

»Guten Morgen«, begann ich das Gespräch.

»Guten Morgen!«

»Ich danke Ihnen für Ihre Bereitschaft, uns bei unseren Untersuchungen zu unterstützen. Sofern Sie es wünschen, können wir das Gespräch jederzeit unterbrechen. Oder auch abbrechen.«

»Okay!«

»Bevor wir beginnen, würde ich gern über Ihre Identität sprechen. Sie sind verurteilt als Alberto Fernando Sanchez, Alter zweiundfünfzig, Geburtsort Bogota, Kolumbien. Es standen aber auch noch zwei andere Identitäten im Raum, gemäß der einen wären Sie fünfundfünfzig Jahre alt und in

Caracas, Venezuela, geboren. Und gemäß der anderen stammen Sie aus Chile und sind einundfünfzig Jahre alt. Da die Geburtsregister bei Unruhen und ..., sagen wir, im Zuge eines Übergriffes ..., vernichtet worden sind, ließ sich auch in dem Prozess vor drei Jahren keine eindeutige Identität ermitteln. Die Anklageschrift erstreckt sich jedenfalls auf alle drei Identitäten, geführt werden Sie, wie gesagt, als Alberto Sanchez. Soll ich bei dem Namen bleiben?«

Ein überlegenes Lächeln spielte um seine Lippen. »Ich habe mich inzwischen an Nummer hundertachtundsechzig gewöhnt. Aber wenn Sie wollen, dass ich Sanchez heiße ..., heiße ich Sanchez.«

Ich ging nicht auf seine Provokation ein, sondern fiel diesmal gleich mit der Tür ins Haus. »Also gut, Señor Sanchez, meine erste Frage lautet: Sind Sie der Ansicht, dass Sie zurecht in diesem Gefängnis sind?«

»Was bedeutet zurecht?«

»Der Gerechtigkeit wegen. Sie haben zahlreiche Verbrechen begangen, man konnte Ihnen fünf Morde nachweisen. Meinen Sie, dass Ihre Verurteilung und Ihr Aufenthalt hier in diesem Gefängnis ein angemessenes Strafmaß sind?«

»Strafmaß? Ich bin unschuldig! Und das werde ich der Welt noch beweisen!«

»Aha. Danke ..., aber das dürfte schwierig werden. Oder leugnen Sie die Morde an ...«

Ich warf einen Blick auf den hinter mir stehenden Computer und wollte eben die Namen aufzählen, da fiel er mir ins Wort: »Ich leugne gar nichts. Die so genannten Morde! Pah! Das war Notwehr und notwendig! Paolo und Carlos hatten mich betrogen und verraten. Und genauso Carmen, diese ...« Er besann sich und verschluckte den Rest.

Ich griff den Faden schnell auf: »Hm ..., Carmen und Esmeralda, Ihre Frau und Ihre Freundin. Paolo und Carlos,

Ihre Geschäftspartner. Tja ..., und dann wäre da noch Ricardo Silva, der mächtigste Gangster in Südamerika. Einstmals muss man wohl sagen, da er jetzt tot ist. Er hatte Sie eingeladen ..., zu einem ..., Sondierungsgespräch. Wollten Sie die Gebiete untereinander aufteilen? War das seine Idee? Nun, wie auch immer ..., jetzt sind Sie der mächtigste Mann in Südamerika. Doch ..., nein! Nicht mehr. Sie sind jetzt Gefangener.«

»Verflucht nochmal! Die CIA wusste von dem Treffen. Die haben insistiert, dass es gut wäre, wenn Ricardo in den Ruhestand treten oder besser ganz verschwinden würde.«

»So so. Und da haben Sie das ganze etwas beschleunigt? Zum Wohle aller?«

»Nonsens! Fragen Sie doch in Langley nach! Das war deren Idee!«

»Ich verstehe. Und wessen Idee waren die Ermordung von Ihren Geschäftspartnern? Hatte die CIA da auch die Hand im Spiel? Oder ein anderer Geheimdienst? Oder ist Ihnen das allein eingefallen? Und was ist mit Ihrer Frau und Ihrer Freundin? Warum haben Sie die umgebracht? Wussten Sie zuviel? Von Ihren Geschäften, die sich auf alle Kontinente erstrecken! Sie sind ein Global Player. Nein, ich müsste wohl sagen, Sie waren ein Global Player. Jetzt sind Sie hier Gast.«

Er hatte sich bisher mühsam beherrscht. Jetzt war es damit vorbei. »Caramba! Warum muss ich mir das hier eigentlich anhören?«

»Müssen Sie nicht. Das habe ich Ihnen anfangs gesagt.«

»Bueno. Dann werde ich das Gespräch jetzt beenden. Ich verschwende meine Zeit. Und Sie auch!«

»In Ordnung.« Ich schaltete das Mikro aus. »Hm. Das dürfte es gewesen sein.«

»Sind Sie sicher?«

»Durchaus ..., für mich reicht es, und für meinen Bericht wird es auch reichen.«

»Wenn Sie meinen.« Thompson drückte den Knopf, der Wachtposten betrat den Raum, ging zum Stuhl des Gefangenen, löste seine Fesseln und führte ihn nach draußen.

Diesmal ging ich nicht zum Computer, sondern sagte nach einem Blick auf meine Uhr: »Es ist Mittagszeit. Würden Sie mich zum Essen begleiten?«

»Sehr gern.« Er griff zu seinem Tablet, gab einen Code ein und schaute für ungefähr eine Minute auf den Bildschirm. Dann sagte er: »Wir können in Ruhe Mittag essen, bis die potentiellen Fluchthelfer hier sind, werden noch anderthalb Stunden vergehen.«

»Wenn Sie meinen. Ich verlasse mich da ganz auf Sie.«

»Kein Problem.«

Mir war nicht ganz wohl bei dem Gedanken, dass demnächst eine Gewaltaktion bevorstand und ich überhaupt nichts machen konnte. Doch ließ ich mir nichts anmerken. Wir gingen in die Kantine.

Nach einem wirklich guten Essen – es gab Fisch mit Kartoffeln und Salat – zogen wir uns wieder in sein Büro zurück. Sein erster Griff galt dem Tablet.

Ich setzte mich. Es folgte eine längere Pause, in der er sehr beschäftigt schien. Seiner Mimik konnte ich nichts entnehmen. Das war meiner Meinung nach entschieden zu wenig an Informationen, die ich gerne gehabt hätte. In einem halbwegs gleichgültig klingenden Tonfall erkundigte ich mich: »Wo sind eigentlich die vier Soldaten abgeblieben, die heute Morgen mit mir hierher geflogen sind?«

»Vermissen Sie sie?« Er gestattete sich ein Lächeln. »Sie haben sich gut versteckt. Sie sind in einem Labor, dass heute nicht benutzt wird, da die Wissenschaftler alle draußen sind. Nur die beiden Ärzte sind hier.«

»Draußen? Alle? Aber wenn wir angegriffen werden ...,
dann sind die in Gefahr!«

»Keineswegs. Da besteht nicht die geringste Gefahr. «

Doch das reichte mir nicht. Ich erhob mich. »Entweder
sagen Sie mir jetzt endlich, was geplant ist, oder ich werde
ein Gespräch mit New York führen!«

»Sie sind wirklich hartnäckig.« Ich hörte so etwas wie
Bewunderung in seiner Stimme. Dann ein Seufzen. »Also
gut. Bitte ..., setzen Sie sich wieder.«

Ich setzte mich.

»Was wollen Sie wissen?«

»Alles. Von Anfang an.«

»Alles. Natürlich.« Er setzte sich umständlich in seinen
Stuhl, lehnte sich zurück und nahm einige Einstellungen
auf seinem Tablet vor. »Wenn Sie gestatten, werde ich einige Bilder auf die große Wand projizieren, denn die Zeit ist
nun gekommen. Es wird gleich losgehen. Sowohl draußen
als auch drinnen.«

Ich warf einen Blick auf die Wand, die sich jetzt in eine
Art Riesenbildschirm verwandelte. Er war geteilt. Insgesamt verfolgten wir vier Szenen. Eine Kamera zeigte das
Oberdeck, eine weitere eine Zelle hier im Gefängnis. Den
Insassen konnte ich nicht erkennen, da auch der Flur mit
erfasst wurde und der Winkel etwas ungünstig war. Das
dritte Bild kam von der Insel, dort wurde die Landebahn
gezeigt. Das vierte Bild schien ein Satellitenbild zu sein. Ich
hatte so etwas noch nie gesehen.

»Sie werden sich wahrscheinlich fragen, was auf dem
unteren rechten Bild zu sehen ist. Nun, dieses Bild ent-
stammt gewissermaßen einer Liveschaltung von oben. Wie
Ihnen bekannt sein dürfte, gibt es eine beträchtliche Anzahl
an Satelliten im All, von denen wiederum eine nicht unbe-
trächtliche Anzahl militärischen Zwecken dient. De facto

ist die Technik heute in der Lage, jeden Punkt der Erde zu überwachen. Lückenlos. Für unseren Sektor gibt es auch eine vierundzwanzig-Stunden-Überwachung. Die Live-Bilder werden nicht nur ins NSA-Hauptquartier, ins Pentagon und nach New York übertragen, sondern auch hierher. Der Kommandeur auf der Insel verfügt ebenfalls über die Berechtigung, und er ..., oder genauer gesagt, einige seiner Leute, überwachen uns rund um die Uhr. Ich habe Ihnen ja gesagt, Sie sind hier in Sicherheit.«

»Die totale Überwachung«, stieß ich hervor.

»Wenn Sie so wollen. Das Bild ist beliebig vergrößerbar, und wenn wir den Radius etwas weiter ziehen, dann ...«

Er bearbeitete sein Tablet. »Ah! Da haben wir sie ja!«

Er deutete auf einige Punkte, die sich offenbar mit unterschiedlichen Geschwindigkeiten unserer Insel und dem Gefängnis näherten. Sie waren verschiedenfarbig, von verschiedener Größe und hatten kleine Nummern an ihrer rechten, unteren Seite. »Vor drei Monaten wurden in mehreren Ländern neunundneunzig Männer angeheuert. Ihr Auftrag lautete, einen Gefangenen aus diesem Gefängnis zu befreien. Dazu sollten Sie Hilfe von einem Insider erhalten, einem Wachtposten, der bestochen worden ist und seinerseits den Auftrag hat, zu einem festgelegten Zeitpunkt mit dem Gefangenen auf dem Oberdeck zu erscheinen. Neunundneunzig Soldaten ..., oder sagen wir besser Söldner, sind innerhalb der letzten zwei Wochen in Australien eingetroffen. Sie kamen aus Asien, aus Europa, aus den USA, aus Mittel- und Südamerika. Hätten wir es nicht gewusst, wäre es kaum aufgefallen. Die meisten von ihnen sind gestern mit einer eigenen Maschine, einer Boeing sieben drei sieben, weiter nach Nauru geflogen. Nauru liegt etwa viertausend Kilometer nordöstlich von Australien und damit nur rund tausend Kilometer von hier entfernt.

Es ist die kleinste Republik der Welt, hat rund zehntausend Einwohner und ist von Australien vollkommen abhängig und angewiesen auf Importe, da die Rohstoffreserven schon lange erschöpft sind. Es liegt fernab jeder Tourismusroute und wurde in den letzten Stunden Schauplatz bedeutender Ereignisse.«

Ich sah den Direktor gespannt an. Er schien es ein wenig zu genießen, dass er alles im Griff hatte und fuhr mit einem Hauch von Selbstzufriedenheit fort: »Die Söldner sollten nach ihrer Landung den Flughafen unter Kontrolle bringen. Heute in den frühen Morgenstunden haben dann drei Männer den monatlich erfolgenden Versorgungsflug von Sydney zu unserer Insel gekapert. Sie zwangen die Piloten, wie vorgesehen den Flug durchzuführen, aber in Nauru zwischen zu landen. Der Flugsicherung sollten sie mitteilen, dass es Probleme mit der Treibstoffzufuhr gab. Das würde jeder verstehen, denn kein Pilot will über dem Pazifik ohne Treibstoff durch die Lüfte schweben.«

Jetzt wurde mir doch ein wenig mulmig. »Verständlich«, sagte ich. »Und ist das Flugzeug entführt worden?«

»Selbstverständlich. Und es ist auch in Nauru gelandet. Und mittlerweile ist es auf dem Weg hierher ..., dieser kleine Punkt dort ..., das ist es.«

»Oh nein!«

»Keine Sorge ..., in Nauru lief nicht alles nach dem Plan der Kidnapper. Eigentlich lief dort gar nichts nach deren Plan.«

»Wieso?«

»Wir haben sie erwartet. Wir wussten, dass sie kommen, bevor sie in Australien gelandet sind. Es war eine Spezialeinheit der US-Marines vor Ort. Hundertprozentig effizient. Alle Söldner befinden sich inzwischen gut bewacht auf dem Weg in ihre Heimatländer.«

»Warum nicht hierher? Hier ist ein gutes Gefängnis.«

»Aber kein Richter. Außerdem ist dieses Gefängnis ..., mit Verlaub ..., zu teuer für derartige Handlanger.«

»Oh ..., da passiert etwas. Kamera zwei!«

Tatsächlich war eine Person in dem Flur zu sehen, wo die Zelle mit dem Gefangenen lag. Ein Wachtposten in der Uniform des Wachpersonals näherte sich der Zelle und versuchte sie zu öffnen.

Es blieb bei dem Versuch. Wie aus heiterem Himmel standen plötzlich die vier Soldaten, die mich heute Morgen begleitet hatten, neben ihm. Es gab ein kurzes Handgemenge, dann lag der Wachtposten am Boden, seine Hände auf dem Rücken mit Handschellen gefesselt. Einer der Soldaten half ihm aufzustehen.

»Die Wette habe ich wohl verloren, das waren keine sechzig Sekunden. Hm. Die Burschen sind wirklich gut.«

»Wo kamen die auf einmal her?«

»Sie sind so lange in dem Labor geblieben, bis es Zeit wurde, hinunter zu gehen. Dann haben sie im Treppenhaus gewartet. Der Verräter hat das Treppenhaus und die Räume zwar aus dem Wachraum sehen können, doch musste er ihn ja verlassen, um zu dem Gefangenen gehen zu können. Und genau darauf haben die Marines gewartet. Und sofort zugeschlagen.«

»Sie haben auch lange genug gewartet. Genau wie die anderen auf Nauru.«

»Genau. Geduld wird belohnt. In diesem Fall wollten wir es ihm auch so einfach wie möglich machen. Gestern habe ich für den zweiten Wachtposten, der gerade mit ihm Dienst hat, einen Termin für ein Mitarbeitergespräch bekannt gegeben. Dieses Gespräch findet seit einer Viertelstunde statt. Das denkt jedenfalls der Verräter. So musste er sich keine Gedanken machen, wie er seinen Kollegen los wird, sondern er konnte einfach den Mannschaftsraum zusperren und die Zellverriegelung für den Gefangenen öffnen. Der nächste Schritt wäre dann gewesen, den Gefangenen aus der Zelle zu holen und auf das Oberdeck zu bringen. Tja. Dazu hat es dann nicht mehr gereicht, wie wir gesehen haben.«

»Ich verstehe. Und die Sicherheit war nie gefährdet?«

»Des Gefängnisses? Der Gefangenen? Der Soldaten? Nein. Nie.«

»Hm. Dann war deren Plan doch wohl nicht so perfekt.«

»Er war gut, aber nicht perfekt. Sie wollten mit dem Transportflugzeug auf der Insel landen, sie unter Kontrolle bringen und dann mit dem Hubschrauber zu uns fliegen und den Gefangenen befreien. Mit ihm wären sie nach Nauru geflogen und von dort mit einer Boeing sieben vier sieben nach Papua-Neuguinea, Port Moresby. Es war schon alles gut durchdacht ..., bis zum Wachtposten.«

»Ja ..., der Wachtposten, der ihn jetzt nach oben bringen sollte. Sie würden sonst kaum in das Innere gelangen, um ihn zu holen, nicht?«

»In der Tat. Nicht ohne eine gewisse Gegenwehr. Und nicht ohne einen großen Zeitverlust. Zeit für die Navy ..., apropos ..., wo bleiben die eigentlich?«

In dem Moment donnerten zwei Kampfjets über das Gefängnis und die Insel hinweg. Im Tiefflug. Sie waren schneller als der Schall, wodurch ich sie erst sah und dann das Donnergrollen hörte.

Thompson sah auf seine Uhr. »Dass diese Jungs immer so angeben müssen«, stöhnte er.

»Ich schätze, es wird jeder gehört haben. Und das war ja wohl auch die Absicht.«

Er lächelte. »Durchaus. Damit ist jetzt jedem Gefangenen in diesem Gebäude bewusst vor Augen geführt worden, dass ein Ausbruch selbst unter Einsatz enormer finanzieller Mittel ..., sprich Geld, und personeller Ressourcen ..., also mit Unterstützung von innen und außen, unmöglich ist. Denn jedem dürfte klar sein, dass die Jets ihn entweder vom Himmel pusten oder ..., sollte er mit einem Schiff zu fliehen versuchen, dieses in seine Bestandteile zerlegen würden. Dem modernsten Kampfflugzeug der Welt kann man nicht entkommen. Diejenigen auf der Etage zwei, die die Aktion der Marines mitbekommen haben, werden natürlich darüber reden. Mit anderen. Nicht einmal die Presseabteilung des Pentagon könnte diese Geschichte schneller und nachhaltiger in diesem Gebäude bekannt machen, als die Insassen, die es sozusagen live mitbekommen haben. Denn es gibt eben einen entscheidenden Unterschied: Sie haben es miterlebt und sind gegenüber den anderen hundertprozentig glaubhaft!«

Ich nickte. »Das ist wohl so. Eine großartige Demonstration der Macht und Stärke. Im Grunde sehr geeignet für meinen Bericht ..., und da kommt die Transportmaschine!«, rief ich. Ich hatte wieder auf den Bildschirm geschaut. »Wer fliegt die denn jetzt?«

»Natürlich die Piloten, die in Australien gestartet sind. Es handelt sich allerdings nicht um gewöhnliche Piloten, sie gehören zum Team der Marines, die auf Nauru das Empfangskomitee gespielt haben.«

»Unglaublich!«

»Freut mich, wenn Ihnen die Geschichte gefallen hat.«

»Wer war denn eigentlich der Gefangene, der befreit werden sollte?«

»Haben Sie ihn nicht erkannt? Es handelte sich um den Drogenboss, Nummer einhundertachtundsechzig. Sie haben vorhin noch mit ihm gesprochen.«

Mir blieb für Sekunden die Luft weg.

Thompson hatte es mitbekommen. »Keine Angst, Sie sind hier in Sicherheit. Ich denke, Sie haben heute den besten Beweis erhalten, den man sich denken kann. Sie haben es erlebt. Denn grau ist alle Theorie!«

»Da ist was dran. Vielen Dank. Das kommt auf jeden Fall in meinen Bericht. Auch wenn der Aufwand wegen eines Mannes doch recht hoch war, oder? Was das alles ..., der ganze Einsatz kostet, darf man keinem erzählen!«

»Nicht so viel, wie das, was unser Gefangener seinen potentiellen Befreiern gezahlt hat. Jeder hat hunderttausend Dollar bekommen, macht die schöne runde Summe von zehn Millionen Dollar aus. Das Geld ist natürlich konfisziert worden. Damit ist der Einsatz in finanzieller Hinsicht voll gedeckt. Es ist perfekt.«

»Hm. So kann man es natürlich auch betrachten. Nun gut.« Ich atmete tief durch. »Und nun?«

»Haben Sie genug für heute? Oder wollen Sie noch einen Gefangenen befragen? Ich könnte mir vorstellen, dass sie im Moment alle in einer gewissen Gemütsverfassung sind, die Ihre Befragung vereinfachen könnte.«

»Vielleicht.« Ich sah auf meine Uhr. »Na, so spät ist es noch nicht. Ich würde mir noch einen vornehmen. Vielleicht die nächste Etage?«

»Sehr gern. Die dritte Etage ist mittlerweile ebenfalls voll besetzt, alle hundertelf Zellen sind belegt, die meisten sind jetzt etwas über ein Jahr hier.«

Ich überflog die Titel der Akten. Bei einem stutzte ich.

»Der Schlächter von Damaskus. Wer ist das?«

Der Direktor seufzte. »Oh, Nummer zweihundertfünfundneunzig ..., das Sie den raussuchen, war fast zu befürchten. Aber vielleicht überlegen Sie es sich noch einmal und wählen einen anderen. Es könnte auch für Sie zuviel sein.«

»Wieso? Was hat er getan?«

»Sein Name verrät es schon: Der Schlächter von Damaskus. Er ist ein mehrfacher brutaler Mörder, die einstige rechte Hand eines äußerlich nie in Erscheinung tretenden Clan-Chefs im Nahen Osten. Weder NSA noch CIA wissen etwas Konkretes über ihn, man nimmt lediglich an, dass es ihn gibt. Doch er hält sich stets im Hintergrund, seine Existenz ist geheim, und damit auch seine Identität.«

»Woher wissen Sie das dann alles, wenn es geheim war?«

»Der Schlächter hat alle seine Taten ..., seine Verbrechen, auf Video aufgenommen ...«

»Und die sind im Internet aufgetaucht ...?«, fiel ich ihm ins Wort.

Er schüttelte den Kopf. »Nein. Er hatte eine Privatsammlung. Die konnten wir bei seiner Verhaftung sicherstellen.«

»Verhaftung? Wer hat ihn denn verhaftet?«

»Eine Spezialeinheit der US-Armee. Die CIA hatte einen Tipp vom Mossad bekommen ..., offenbar war er seinem Boss ..., dem Strippenzieher ..., zu mächtig geworden ..., und in geradezu bewundernswerter Schnelligkeit spielte sich alles ab. Er hatte keine Zeit zu fliehen oder seine über Jahre sorgfältig angelegte Sammlung zu vernichten.«

»Das bedeutet, sie haben ihn zu Hause verhaftet?«

»Ja, das ist richtig. In seinem Haus in Beirut.«

»Er hat im Libanon gewohnt?«

»Ja, aber er ist kein Libanese.«

»Sondern?«

»Amerikaner.«

»US-Amerikaner?«

»Ja.«

War schon die vorletzte Antwort mit einigen Sekunden Verzögerung gekommen, so die letzte ebenfalls, verbunden mit einem überaus gequälten Gesichtsausdruck. Ich hakte nach: »Ist er konvertiert? Zum Islam übergetreten? Terrorist geworden?«

»Nein, zum Islam ist er nicht übergetreten ..., er hat sich gewissermaßen seine eigene Religion bereitet ..., wenn man so will.«

»Inwiefern?«

»Geld, Macht und Angst.«

Ich wusste, was er meinte. Es gibt Faktoren, die konfessionsunabhängig funktionieren. »Damit konnte er in dieser Gegend so lange unbehelligt bleiben?«

»Ja ..., das scheint kein Problem gewesen zu sein. Er wirkt auf seine Umgebung allein schon durch seine physische Präsenz.«

Ich öffnete die Akte und hatte schnell gefunden, was der Direktor meinte. »Sechs Fuß elf Zoll, oha! Zwei Meter elf groß, hundertsechzig Kilogramm ..., dreihundertzwanzig Pfund schwer. Jetzt weiß ich, was Sie meinen.«

»Ja, das ist aber nicht alles. Er scheint die Kraft von drei Männern zu besitzen und ist auch Willens und in der Lage, diese physischen Kräfte einzusetzen. Und er tat es auf abscheulichste Art und Weise. Vielleicht sollten Sie wirklich jemand anderen aus der dritten Etage aussuchen. Es sitzt dort zum Beispiel auch ein hochrangiger chinesischer Politiker, der auch international einige Spitzenämter bekleidete. Doch leider war er nicht nur korrupt, sondern hat auch Kinder missbraucht, und zum Schluss war er nicht mehr zu halten. Es gab im ZK ein Erdbeben und einige Posten wurden neu besetzt. Und jetzt ist er unser Gast.«

Er sah mich mit durchdringendem Blick an, so etwa wie ein Vater seine Tochter ansieht, wenn sie das erste Mal allein unterwegs ist. Doch ich ließ nicht locker. »Das klingt ja auch ganz interessant, doch warum soll ich mich mit jemand anderem als dem Schlächter beschäftigen? Diese Geschichte scheint für meine Untersuchungen geradezu prädestiniert zu sein.«

»Ich müsste Ihnen für ein entsprechendes Hintergrundwissen einige Videos zeigen.«

»Ich habe eine Sicherheitsüberprüfung seitens der UNO bestanden und zusätzlich eine Sicherheitserklärung unterschrieben, bevor ich hierher reisen durfte. Ich werde weder Kopien von den Videos anfertigen, noch mit Dritten darüber sprechen.«

Er schüttelte den Kopf. Ein freudloses Lachen zeigte mir, dass er diese Formalien nicht im Sinn hatte. Und richtig! Thompson hatte wieder diesen besorgten-Vater-Tonfall: »In der Beziehung habe ich keinerlei Bedenken. Es geht um den Inhalt der Videos. Es ist das pure Grauen, ein Abstieg in die Hölle!«

Mir lief es kalt den Rücken herunter, doch ich fasste mich und erwiderte mit fester Stimme: »Ich will es sehen. Es ist mein Job!«

Er lehnte sich in seinem Stuhl zurück und schien gedanklich weit entfernt zu sein. Nach einer kleinen Ewigkeit seufzte er und holte einen Schlüssel aus seiner Tasche, mit dem er ein Fach in seinem Schreibtisch öffnete. Dort holte er eine Karte heraus und ging mit dieser zu der langen Wand seines Büros. Er legte die Karte mit der linken Hand auf die Wand und hielt seine rechte Hand daneben. Mit einem leisen Surren öffnete sich ein verstecktes Fenster, hinter dem ein Safe sichtbar wurde. Er tippte eine Zahlenkombination ein und öffnete. Ich konnte nicht sehen, was in dem Safe war. Er griff hinein und holte eine Festplatte heraus. Er schloss den Safe und das Fenster wieder und kam mit langsamen, bedächtigen Schritten zu mir zurück. Er schloss die Festplatte an den Computer an, gab zwei

Passwörter ein und sagte: »Bitte sehr. Im Ordner zweihundertfünfundneunzig befinden sich fünfzig Videos, die er oder seine Kumpane erstellt haben, und fünf Videos, die vom US-Militär und Angehörigen der UNO angefertigt worden sind. Letztere beginnen alle mit den Buchstaben "UN", danach folgt das Datum der Aufnahme.«

Ich öffnete den Ordner und suchte mir als erste eine Datei mit dem UN-Kürzel, die ich öffnete. Das Video startete. Das erste, was ich sah, war ein Haus mit einem kleinen Garten in einer ansonsten wohl recht sandigen, steinigen, trockenen Gegend. Gedanklich war ich in Beirut.

Jetzt kamen viele Soldaten ins Bild, sie stürmten das Haus. Der Kameramann war offenbar nicht so schnell gewesen, wie das Team, dem er folgte. Es folgten einige Szenen, zu schnell für das menschliche Auge, doch war klar, dass er dem Team folgte. In das Haus und bis in einen Keller, wie sich herausstellte.

Da hörte ich die Stimme des Direktors neben mir. Leise, monoton, emotionslos, aber mühsam beherrscht: »In dem Keller hatte er seine private Folterkammer, und in einem weiteren Raum war seine Videosammlung untergebracht. Es wurden über sechshundert DVDs sichergestellt, die Behörden haben Wochen gebraucht, um alles zu sichten. Einige Mitarbeiter der UNO waren den Szenen nicht gewachsen, so dass andere die Auswertung übernehmen mussten. Wollen Sie wirklich weitermachen?«

»Ja!«

Kein Seufzen, kein Kopfschütteln. Während der Film weiterlief, kommentierte er: »Das ist seine Folterkammer, der Stuhl, die Bank, die Stange, alle mit Manschetten versehen. Gefangene konnten hier derart gefesselt werden, dass sie sich nicht einen Millimeter mehr bewegen konnten und ohne Aussicht auf Entkommen gefoltert werden.«

Ein Kameraschwenk zeigte eine Art Werkzeugbank. »Mit diesen Instrumenten hat er seine Opfer gequält ..., in ihre Körper, ihre Organe gestochen und geschnitten, und es scheint ihm einen Hochgenuss bereitet zu haben, wie man auf einigen Videos sehen kann.«

Jetzt wurde mir doch ein bisschen flau im Magen, doch ich hatte es ja gewollt. Star blieb mein Blick auf dem Bildschirm. Die nächste Szene zeigte einen neuen Raum, groß, hell, und in der Mitte eine große Badewanne.

»Sie sehen hier eine Art Swimmingpool. Drei mal drei Meter groß und auch drei Meter tief ..., zu tief zum Stehen. Er hat seine Gefangenen mit auf dem Rücken gefesselten Händen ins Wasser geworfen und ihnen bei einem langen, langen Todeskampf zugesehen. Während das Blut aus den vielen Wunden rann und damit das Leben ihren Körper verließ und das Wasser rot färbte, saß er in einem Stuhl am Rand des Beckens und ergötzte sich an deren Qualen.«

Ich schluckte. »*Was für ein Ungeheuer!*«

Thompson fuhr fort: »Die Wände des Pools stiegen schätzungsweise einen halben Meter über dem Wasserspiegel empor, so dass für die Gefangenen keine Chance bestand, den Pool zu verlassen. Sie konnten sich nur immer wieder vom Boden abstoßen, wenn sie gesunken waren, um nach Luft zu schnappen. Solange genug Kraft in den Beinen war. Doch irgendwann war die Kraft aufgebraucht, und sie sind nicht mehr hochgekommen.«

»Er hat sie elend ertrinken lassen. Schrecklich, wenn sich langsam die Lunge mit Wasser füllt.« Ich spürte einen Druck in der Brust.

»Ja, Wasser ist sein Element ..., er hat es gewissermaßen als Waffe benutzt, um bei den Opfern große Qualen hervorzurufen. Aber das ist noch nicht alles. An den Seiten war ein Gitter angebracht, das er automatisch wie ein waagerechtes Rolltor schließen konnte. Und zwar knapp über der Wasseroberfläche. Die Bedieneinheit für das Gitter war neben seinem Sessel angebracht.«

Ich starrte Thompson ungläubig an. Meine Fantasie ging mit mir durch und gaukelte mir Bilder von nach Luft schnappenden, durch Blutverlust geschwächten Gefangenen vor, die mit gefesselten Händen allein mit ihren Beinen versuchten, den Kopf in eine Position zu bringen, dass sie zwischen Wasser und Gitter atmen konnten. Solange, bis auch die Kräftigsten keine Kraft mehr hatten.

Er schien zu ahnen, was in mir vorging. »Ich habe es Ihnen ja gesagt ..., das ist nichts für schwache Nerven.«

Ich atmete tief durch, verscheuchte meine negativen Gedanken und Vorstellungen und zwang mich dazu, gelassen zu wirken, Emotionen auszublenden. Noch einmal atmete ich tief durch, dann sagte ich mit fester Stimme: »Das alles erklärt aber noch nicht seinen Namen: Schlächter von Damaskus.«

Der Direktor wirkte zumindest ein bisschen überrascht. »Das ist richtig«, meinte er nach einer kurzen Pause, »den Namen verdankt er seinem letzten ..., Mord.«

»Es war nicht einfach nur ein Mord, oder?«

»Nein.«

»Hat er auch das auf Video festgehalten?«

»Ja, das hat er.«

»Welches ist es? Ich will es sehen!«

Er zögerte. Ich sah ihn auffordernd an. Schließlich gab er nach. »Das letzte, Nummer fünfzig. Aber sagen Sie hinterher nicht, ich hätte Sie nicht gewarnt!«

»Werde ich nicht. Danke!«

Ich startete das letzte Video.

Viertes Kapitel

Traum und Wirklichkeit

»Maryam! Wach auf! Wach auf!«

Die Stimme kam wie aus weiter Ferne, und ich fühlte mich am Arm gepackt. Gefühlt dauerte es Minuten, bis ich wusste, was los war, in Wirklichkeit waren es nur wenige Sekunden.

Sina stand neben meinem Bett und sah mich besorgt an.

»Du hattest einen Albtraum«, erklärte sie mit Tränen in den Augen. »Ich habe alles gehört. Die Kinder, die er abgeschlachtet hat ..., ich ...«

Sie ging, nein, rannte aus meinem Zimmer. Auf die Toilette.

Ich war nun ganz wach und rekapitulierte. Ich hatte wieder geträumt. Und wie es aussah, dieses Mal sehr heftig. *»Die Träume werden immer realer«*, dachte ich, *»wo soll das noch hinführen?«*

Ich war klitschnass, mein Shirt war durchgeschwitzt.

Sina stand wieder in meinem Zimmer. »Alles klar bei dir?«

»Und bei dir?«

»Ja ..., ja, ich denke schon.«

»Was habe ich geträumt? Ich kann mich noch an ein Video erinnern ...«

Mir stockte der Atem. Mit einem Schlag hatte ich meinen ganzen Traum vor Augen. Es überwältigte mich, und ich brach in Tränen aus. Sina, die sich gerade wieder etwas gefangen hatte, fiel in das Heulen ein.

Als ich mich beruhigt hatte, merkte ich, dass sie meine Hand hielt. Ihre tränennassen, verquollenen Augen zeigten mir, dass ich nicht allein war, um den Traum aufzuarbeiten.

»Als wir uns letztes Jahr kennen gelernt haben, hast du mir erzählt, dass du als Kind mit deiner Familie geflohen bist, weil in eurem Land Bürgerkrieg war. Aber du hattest so schreckliche Dinge erlebt, die ein Kind gar nicht verstehen oder verarbeiten kann, dass du später in psychotherapeutischer Betreuung warst.«

»Ja, da war ich zehn, elf Jahre alt ..., da kamen die Erinnerungen an diese schlimme Zeit wieder hoch. Aber rückblickend hat es mir wohl geholfen, darüber zu sprechen. Jedenfalls dachte ich das immer. Bis heute.«

»Willst du wieder darüber sprechen?«

»Willst du mein Psychologe sein?«

»Nein. Nur jemand, der zuhört. Eine Freundin.«

»Okay ..., ich will es versuchen.«

»In Ordnung ..., erzähl mir alles ..., von Anfang an!«

Sie setzte sich ans Fußende meines Bettes, und ich erzählte ihr meinen Traum der letzten Nacht. Als ich an die Stelle kam, an der der Direktor mich nochmals warnte, ich jedoch das letzte Video startete, fragte Sina, die mich bisher mit keinem Wort unterbrochen hatte: »Hast du das wirklich erlebt? Früher? Oder hat dir jemand so etwas erzählt?«

Ich schüttelte den Kopf. »Nein. Jedenfalls nicht, dass ich wüsste.«

»Was war auf dem Video zu sehen?«

»Der absolute Horror«, flüsterte ich.

»Erzähl weiter!«

»Es ist von einem seiner Kumpane aufgenommen worden und zeigt, wie er mit fünf Männern in ein Haus eindringt ..., in das Haus einer Familie ..., Vater, Mutter, ein Sohn, eine Tochter und noch ein Sohn.«

»Also drei Kinder.«

»Genau ..., und der jüngste Sohn dürfte so ungefähr fünf oder sechs Jahre alt gewesen sein. Der Vater wurde verdächtigt, ein Geheimnis verraten zu haben. Auf jeden Fall hat das der Schlächter seinen Leuten gesagt, und sie wollten ihn verhören, wem er etwas erzählt hatte. Dazu haben sie die ganze Familie in das größte Zimmer des Hauses gebracht, die Kinder auf der einen Seite, die Eltern auf der anderen, alle an Händen und Füßen gefesselt. Jeder der Typen hat ihnen dann einige Tritte verpasst, und dann hat der Schlächter das Kommando übernommen ..., das Verhör geleitet. Und als der Vater nichts gesagt hat, wurde er in der Mitte des Zimmers mit ausgestreckten Armen an einen Haken in der Decke gefesselt. Das Seil war gerade lang genug, dass er stehen konnte. Und dann haben sie ihn geschlagen, minutenlang, ohne Unterbrechung. In den Bauch, ins Gesicht, auf den Rücken, zwischen die Beine, überall. Vor den Augen seiner Familie.«

»Schlimm!«

»Das war noch gar nichts. Als er auch jetzt noch nichts sagen wollte, haben sie ihn zurück an die Wand geschafft und seine Frau aufgehängt ..., in derselben Position. Sie konnte gerade noch auf den Zehenspitzen stehen. Doch bevor der erste zuschlagen konnte, hat einer bemerkt, dass es schade wäre, weil sie sehr hübsch war, und man mit ihr doch etwas anderes anstellen könne.«

»Oh Gott, ich ahne was!« Sina starrte mich mit aufgerissenen Augen an.

Ich nickte nur. »Ja, sie haben ihr die Klamotten vom Körper gerissen, sie vom Haken losgemacht, auf den Boden gelegt und der Reihe nach vergewaltigt. Die anderen haben ihre Arme und Beine festgehalten, denn sie wollte sich wehren, hatte aber keine Chance. Sie hat geschrieen, der Vater hat geschrieen, die Kinder haben geschrieen. Doch die Typen kannten keine Gnade, es hat sie nicht im Geringsten beeindruckt. Als sie mit ihr fertig waren, haben sie sie wieder an den Haken gehängt, splitternackt. Und dann haben sie sie ausgepeitscht. Sofern überhaupt möglich, hat sie jetzt noch mehr geschrieen, doch sie haben immer weiter gemacht, bis sie ohnmächtig wurde. Dann ist der Schlächter zu dem Vater gegangen und hat ihn gefragt, ob er jetzt verraten werde, was er wissen will, doch der Vater hat gesagt, er wisse es nicht. Völlig verzweifelt. Er hat getobt und geheult und hätte am liebsten seine Fesseln zerrissen. Doch es war unmöglich. Da ist diese Bestie zu den Kindern hinüber gegangen und hat jedem Kind einen Finger abgeschnitten. Ganz langsam. Mit seinem Messer. Wie man ein Stück Fleisch schneidet. Und es scheint ihm einen Hochgenuss bereitet zu haben, den Kindern Schmerzen zuzufügen. Da wurde der Vater fast irrsinnig, denn die Kinder haben so laut geschrieen und geheult! Es war grauenhaft.«

Ich schauderte, doch merkte ich gleichzeitig, dass es mir gut tat, darüber zu sprechen. Es war wie Ballast, den man abwirft.

Sina krabbelte auf meine Seite. Längst rannen ihr die Tränen über die Wangen, doch hatte sie mich mit keinem Wort unterbrochen. »Erzähl weiter.«

»Die abgeschnittenen Finger hat er dem Vater vor die Füße gelegt und gesagt, er werde jede Minute einen weiteren Finger abschneiden, wenn er nicht reden würde. Und da redete der Vater, der nur so eine Chance sah, seine Familie zu retten. Doch wie sich herausstellte, hat er eine Geschichte erfunden, und das hat der Schlächter schnell gemerkt. Daraufhin hat er dem Vater die Zunge rausgeschnitten und dann den Mund zugeklebt. Dann ist er zu den Kindern gegangen, hat ihnen die Handfesseln gelöst, den rechten Arm auf einem Tisch festgebunden, und dann hat er jedem Kind die rechte Hand abgeschlagen, mit einem Beil, das einer seiner Kumpane bei sich trug. Dem Vater traten trotz eigener heftiger Schmerzen fast die Augen aus den Höhlen, er blutete an den Handgelenken, weil seine Fesseln ins Fleisch schnitten, und er stöhnte in ohnmächtiger Wut. Aber er konnte nichts machen.«

»Und die Mutter?«

»Die ist aus ihrer Ohnmacht wieder erwacht, gerade als ihren Kinder die Hände abgehackt wurden. Da schrie sie wieder so laut um Hilfe, dass es eigentlich jeder hätte hören müssen. Doch es kam niemand zu Hilfe, und sie haben sie wieder ausgepeitscht. Und diesmal haben sie nicht aufgehört, solange sie geschrieen hat. Und als sie ruhig war, war sie tot. Und dann wurde es noch schlimmer, es war wie eine Art Blutgier. Einer von den anderen Typen packte die Tochter, riss ihr die Kleider vom Leib und hat auch sie vergewaltigt. Die anderen waren schnell dabei und haben sich anschließend auch an ihr vergangen. Nur der Schlächter blieb diesmal abseits, an der Seite des Vaters und beobachtete seine seelische Pein aus nächster Nähe. Und er beobachtete seine Kumpane ..., so als ob er sie beaufsichtigen wollte. Als die Typen mit der Tochter fertig waren, ging er zu ihr und stieß ihr sein Messer in die Brust und in den Bauch, wieder und wieder. Schließlich war auch sie tot. Dann ging er zu dem ältesten Sohn, griff ihn im Nacken und hielt ihn hoch wie eine Trophäe. Und dann hat er ihn langsam erdrosselt. Er zappelte noch mit den Beinen, aber er konnte sich ja nicht richtig wehren, da die gefesselt waren.«

»Was für ein Monster!« Sinas Stimme klang wie aus weiter Ferne, dabei saß sie doch neben mir! Sie flüsterte nur noch.

»Die Leiche des Sohnes hat er auf die der Mutter geworfen und ist dann zum Vater gegangen. Ohne Vorwarnung hat er ihm sein Messer in den Bauch gerammt, wieder und wieder. Dann in die Genitalien und in die Brust. Dann in die Beine und Arme und zuletzt in den Kopf. Dann hat er von seinem Kumpan das Beil genommen, den Kopf abgeschlagen und dem jüngsten Sohn vor die Füße geworfen.«

»Nein! Dem Kleinen? Nein!«

»Doch ..., und dann sind sie gegangen. Einfach gegangen.«

»Und haben den Kleinen da gelassen? Mitten in der Hölle?«

»Ja. Und ich frage dich: Wenn es das alles überlebt, wie soll dieses Kind jemals ein normales Leben führen? Es ist doch völlig traumatisiert.«

»Keine Chance! Wenn es das überhaupt überlebt hat, dann nur mit fremder Hilfe, in jedweder Hinsicht. Aber was soll später aus ihm werden?«

»Sofern Hass und Rachegedanken überhand nehmen, ist es fast schon offensichtlich: ein Terrorist.«

»Auge um Auge, Blut um Blut«, murmelte Sina.

Längere Zeit sprach keine von uns ein Wort. Als ich mich etwas beruhigt hatte, überlegte ich laut: »Ob es wohl Zufall ist, dass ich Lehrerin werden will?«

»Was meinst du?«

»Das war ja nur ein Traum ..., natürlich ein sehr schlimmer Traum ..., aber eben nur ein Traum. Aber es gibt bestimmt Leute, die derartige Dinge erlebt haben. Und ich habe vielleicht irgend etwas als Kind mitbekommen. Vielleicht will ich ja deswegen Lehrerin werden. Um den Kindern zu helfen, die es selbst nicht können.«

Für eine kleine Weile war wieder Stille und jeder hing seinen Gedanken nach. Dann raffte sich Sina plötzlich auf:

»Dieses Haus, in dem die Familie wohnte ..., das war in Damaskus?«

»Ja. Das Massaker wurde später bemerkt, und es erschien auch ein Bericht in den Medien darüber. Aber die Täter wurden lange Zeit nicht gefasst. Erst als die Videosammlung entdeckt und ausgewertet worden war, wurden sie per internationalem Haftbefehl gesucht.«

»Und auch gefunden?«

»Das weiß ich nicht. Auf jeden Fall haben sie den Haupttäter, den Schlächter.«

Sina nahm mich in den Arm, und eine Zeitlang saßen wir nur einfach so da, sprachen kein Wort.

Als eine Kirchturmuhr ertönte, sah sie auf ihre Uhr. »Oh, du ..., wir müssen allmählich los. Geht es dir jetzt wieder besser?«

»Ja ..., dank dir. Es ist schön, dass du da bist ..., dass ich eine Freundin habe.«

»Das hätte ich auch sagen können. Aber komm, lass uns zur Uni gehen! Da kommst du auf andere Gedanken.«

»Na, du hoffentlich auch!«

Jetzt lachten wir beide, doch es war ein eher nüchternes, freudloses Lachen. Wir würden bestimmt noch eine Weile brauchen, um die Geschichte zu verdauen.

Ich ging als erste ins Bad, und nach einer erfrischenden, ja geradezu belebenden Dusche hatte ich den Traum schon fast wieder vergessen.

»Frei!«, rief ich, als ich das Bad verließ.

»Okay!«, war Sinas Erwiderung.

Ich ging in die Küche. Sina hatte die zwei Brötchen vom Vortag bereits auf den Toaster gelegt, ich musste ihn nur noch anschalten. Der Tisch war bis auf einige Kleinigkeiten gedeckt. Als ich hörte, wie die Badezimmertür geöffnet wurde, betätigte ich den Schalter des Toasters. Fünf Minuten später saßen wir zusammen am Küchentisch und frühstückten. Allerdings schien uns mein Traum doch stärker beeinflusst zu haben, als wir zunächst gedacht hatten. Wir hatten nicht wirklich Hunger, nach den beiden Brötchen waren wir satt. Daher beschlossen wir, zur Uni zu fahren, um auf andere Gedanken zu kommen, wie Sina sich ausgedrückt hatte.

Und wir kamen sehr schnell auf andere Gedanken, hatten wir heute Morgen doch eines unserer Lieblingsfächer! Jeder musste während seines Lehramt-Studiums ein Wahlfach belegen, das nichts mit Pädagogik oder den anderen Fächern zu tun hatte. Man wollte keine einseitig ausgebildeten Lehrer. Sina und ich hatten uns für Physik entschieden, mal etwas ganz anderes. Jeden Mittwoch um neun Uhr hielt ein Physik-Professor eine zweistündige Vorlesung, in der über einhundert Studenten saßen. Mit völlig unterschiedlichen Fächerkombinationen. Wir hatten nur eines gemeinsam: Wir alle wollten Lehrer werden. Anschließend gab es ein Seminar, ebenfalls zwei Stunden, durchgeführt von vier wissenschaftlichen Mitarbeitern, wodurch unsere große Gruppe geviertelt wurde. Sina und ich waren bei Susan Kurokawa in der Gruppe. Sie war gerade dabei, ihre Doktorarbeit zu schreiben und sah nicht aus wie eine Physikerin. Jedenfalls nicht so, wie ich es mir lange vorgestellt hatte. Sie war kleiner als ich, wirkte zart und fast zerbrechlich, doch war sie ein Energiebündel und wusste, was sie wollte.

Wir Studenten mochten sie, sie hatte Verständnis für uns Nicht-Physiker, die wir auch manchmal bei den einfachsten naturwissenschaftlichen Grundthemen ein bisschen mehr Zeit brauchten. Besonders die Männer mochten sie, denn sie hatte nebenbei auch noch das bezauberndste Lächeln Asiens, wie Mark einmal gesagt hatte. Sie war die

Tochter eines Japaners und einer Deutschen, in Düsseldorf geboren und aufgewachsen, hatte nach dem Abitur in Berlin einen Studienplatz bekommen – und war hier geblieben.

»Hallo, ich bin Susan!«, hatte sie uns am ersten Tag begrüßt. »Ich werde dieses Semester versuchen, euch die Theorie ein bisschen durch die Praxis zu veranschaulichen. Schließlich seid ihr nicht nur hier, um ein paar Credits zu sammeln oder die Klausur am Ende des Semesters zu bestehen, sondern auch, um etwas fürs Leben zu lernen!«

Ihr forsches Auftreten hatte uns alle in den Bann gezogen, und die sonstige Gepflogenheit, dass der vordere Teil des Hörsaals einen höheren weiblichen Anteil und der hintere einen höheren männlichen Anteil an Zuhörern aufwies, war hier nicht zu beobachten.

Nach einer kurzen Pause fanden sich alle aus unserer Gruppe in dem Hörsaal ein, und wir hatten uns gerade hingesetzt, als Susan herein kam. Wie es ihre Art war, kam sie nach einer kurzen Begrüßung schnell zur Sache: »Auch wenn es schon eine Woche her ist, dass wir uns das letzte Mal gesehen haben ..., aber weiß noch jemand, was im Jahre 1919 geschehen ist?«

»Der erste Weltkrieg war endlich vorüber!«, rief Oliver.

»Na toll, Herr Geschichtslehrer«, ließ sich Saskia vernehmen. »Das war bestimmt nicht das, was Susan erwartet hat!«

Wie unsere ganze Gruppe wusste, hatte es zwischen den beiden in den Semesterferien mehr oder weniger gefunkt. Sie waren momentan im Status "was sich neckt, das liebt sich", und wir alle waren gespannt, wann das erste Date fällig war.

Mark meldete sich. »Es gab eine Sonnenfinsternis. Im Mai. Und die Wissenschaftler konnten feststellen, dass das

Licht eines weit entfernten Sterns durch die Sonne abgelenkt wurde. Dadurch ist Einstein berühmt geworden, weil es ein Bestandteil der Allgemeinen Relativitätstheorie war, die er kurz davor aufgestellt hatte.«

»Sehr gut! Jawoll! Wo und wann hat er denn die Allgemeine Relativitätstheorie erarbeitet?«

»Einstein kam auf Anregung von Max Planck 1914 nach Berlin und wurde Mitglied der Preußischen Akademie der Wissenschaften. Das blieb er bis 1933, also fast zwanzig Jahre ..., solange, bis die Nationalsozialisten die Macht ergriffen und er auf Grund seiner jüdischen Abstammung schließlich in die USA auswanderte. Ich glaube ..., die amerikanische Staatsbürgerschaft war seine vierte oder so. Er war ja schon Deutscher, Schweizer und Österreicher. Im Grunde war er also ein Flüchtling«, sagte Oliver und blickte stolz in die Runde, so als ob er sagen wollte, dass Geschichte doch ganz interessant sein kann.

Saskia blieb diesmal still. Sie hätte allerdings auch keine Chance gehabt, irgendwie waren die Jungs auf einmal in ihrem Element.

»Bevor er wieder nach Deutschland kam, hat er am Patentamt in Bern, in der Schweiz, gearbeitet. Und an den Universitäten in Prag und Zürich. Und 1913 hat er dann Max Planck getroffen«, setzte Oliver seine Antwort fort.

»Er wohnte in Berlin-Dahlem, gar nicht weit von hier«, sagte Niklas. »Dort hat er von 1914 bis 1916 die Allgemeine Relativitätstheorie erarbeitet. Er gehörte der Berliner Universität an ..., verfügte über eine Lehrberechtigung ..., aber nahm keine Lehrtätigkeit wahr, sondern hatte Zeit und Ruhe für seine Arbeit.«

»Und ich muss vier Stunden pro Woche mit euch und euren Kommilitonen im fünften Semester verbringen und auch noch meine Doktorarbeit schreiben«, scherzte Susan.

»Aber du machst das doch bestimmt gern, oder?«, fragte Ahmet.

»Na klar, sonst würde mir was fehlen.«

Ich wusste nicht, ob beide das im Ernst oder im Scherz gesagt hatten, doch Julia hielt es offenbar für komisch. Sie kicherte. Andere stimmten in das Lachen ein, doch bevor der Lärmpegel zu sehr anschwellen konnte, brachte Susan das Gespräch wieder zurück auf die Physik: »Kennt jemand noch eine andere Arbeit von Einstein?«

»Die Spezielle Relativitätstheorie!«

Olaf hatte sich nicht erst gemeldet, er stellte das einfach mal so in den Raum.

»Genau! Und die beinhaltet die wohl berühmteste Formel der Welt, E gleich m mal c im Quadrat, also Energie ist gleich Masse mal Lichtgeschwindigkeit im Quadrat«, ergänzte Niklas. »Das ist der Zusammenhang von Masse und Energie, ohne die unsere Welt nicht existieren würde. Und wir auch nicht.«

»Und ohne Relativität kämen wir heutzutage gar nicht mehr aus ..., sie wirkt überall, gerade bei der Zeit. Die ist doch im Grunde individuell zu betrachten. Als Kind hatten wir unermesslich viel Zeit, und heute fehlt sie uns an allen Ecken und Enden!«, klagte Jessica.

»Richtig! Wir kennen das Phänomen von Olympischen Spielen oder auch Fußball-Weltmeisterschaften«, rief Mark.

»Oder aus 'm Urlaub«, warf Jessica ein und erntete Gelächter.

»So so. Also, ihr scheint damit bestens vertraut zu sein. Wie spät ist es denn jetzt in Los Angeles?«

»Kleine Fangfrage, was? Da ist es immer neun Stunden später als hier. Einstein hat 1921 den Nobelpreis für Physik erhalten. Und er hat eine Reise in die USA gemacht, als Kulturbotschafter. Das war eben noch vor der Zeit des faschistischen Regimes in Deutschland, die goldenen Zwanziger Jahre«, grinste Olaf.

»Und was zeichnete ihn neben seinen Theorien noch aus? Gab es etwas allgemein ..., Menschliches?«

»Er hat Fragen gestellt!«, rief Niklas.

»Er hat alles ..., oder manches Bestehende in Frage gestellt!«, fügte Ahmet hinzu.

»Er hat weitergemacht, wo andere aufgehört haben!«, meinte Mark.

»Er hat weiter geforscht!«, betonte Olaf.

»Er war neugierig!«, sagte Saskia.

»Ach so ..., neugierig. So wie die Frauen?«, lästerte Oliver und grinste bis über beide Ohren.

»Vielleicht. Neugierde kann auch eine positive Eigenschaft sein ..., in Form von Wissensdurst. Einige von uns wollen ja schließlich auch etwas fürs Leben lernen!«, konterte Saskia schlagfertig.

Die Mädchen lachten, die Jungs blieben ruhig.

»Na, das freut mich zu hören, dass ihr noch nicht alles wieder vergessen habt. Bis zuletzt war er übrigens auf der Suche nach der Weltformel ..., danach, wonach alle bis heute suchen«, ergriff Susan wieder das Wort und sah erwartungsvoll in die Runde.

Da stieß Sina mich in die Seite und flüsterte: »Ich glaube, die Jungs fahren voll auf diese Ironie ab. Es reizt sie.«

»Was? Susan oder die Ironie?«

»Ha ha! Beides wahrscheinlich. Aber ich meinte die Ironie. Ich finde es auch gut. Lebendig!«

Als ich meine Aufmerksamkeit wieder unserer Dozentin zuwandte, stellte ich fest, dass wir inzwischen ein paar Schritte weiter waren. Susan sprach: »Der Durchmesser unserer Sonne, die für die Ablenkung des Lichts einer anderen Sonne oder eines Sterns verantwortlich sein kann, beträgt eins Komma vier Millionen Kilometer ..., damit ist sie rund vierhundertmal so groß wie der Mond. Wer weiß noch, wie groß die Erde ist?«

Niklas meldete sich. »Zwölftausendsiebenhundert Kilometer im Durchmesser.«

»Richtig! Und weißt du auch noch, wodurch die vier Jahreszeiten entstehen, und warum auf der Erde keine Langeweile entsteht?«

»Durch die Ekliptik ..., die Neigung der Erdachse ..., um dreiundzwanzig Grad ..., so in etwa.«

»Genau. Das kann man an jedem Globus sehen ..., zum Beispiel an diesem hier.«

Sie hielt einen Globus in die Höhe, der hinter dem Tisch gestanden hatte und stellte ihn auf den Tisch.

»Und jetzt werde ich euch zeigen, warum Physik so faszinierend ist. Denn man kann sich damit den großen Rätseln des Daseins nähern. Des menschlichen Daseins, dem Leben und der Entstehung der Welt.«

»Klingt spannend«, meinte Niklas ohne Ironie und sprach aus, was alle dachten, denn er erntete Zustimmung.

»Das Universum funktioniert wie ein hochpräzises Uhrwerk. Und der Mensch ist dem ganz ähnlich. Auf jede Ursache gibt es eine Wirkung. Die Frage, die die Menschen seit Jahrtausenden beschäftigt, ist also: Gab es für beides einen Uhrmacher, oder sind Universum und Mensch gewissermaßen von allein entstanden ..., im Laufe der Zeit?«

»Ursache und Uhrsache«, scherzte Sven zwei Reihen vor mir.

»Sehr witzig«, meinte Susan, schenkte ihm aber ein Lächeln.

»Ursache und Wirkung finden sich im indischen Raum als Karma ..., da war ich schon mal«, erklärte Simon, der neben Sven saß.

»Ja ..., das entspricht der orientalischen Weltanschauung. Die Bewohner des Orients sind von Grund auf durchaus religiös geprägt. Wir in Europa dagegen ..., und da schließe ich mich mit ein ..., verfolgen eher den wissenschaftlichen Ansatz. Meiner Einschätzung nach wird es eine Aufgabe der zukünftigen Menschheit sein, beides in Einklang zu bringen.«

Susan sah in die Runde. »Doch kommen wir jetzt zurück zu unserem Sonnensystem. Weiß noch jemand die durchschnittliche Entfernung von der Erde zum Mond ..., oder zur Sonne?«

Niklas meldete sich diesmal nicht. »Zum Mond sind es ungefähr dreihundertachtzigtausend Kilometer ..., zur Sonne hundertachtundvierzig Millionen.«

Sein Nachbar, Mark, er studierte Mathe und Englisch auf Lehramt, fügte hinzu: »Was in etwa dem dreihundertneunzigfachen entspricht ..., und somit fast dem vierhundertfachen. Und dadurch erscheint es uns am Himmel so, dass die beiden ungefähr gleich groß wären.«

»Jawoll! Sehr gut. Und jetzt wollen wir uns das mal in der Praxis anschauen. Dazu brauche ich ein paar starke Männer!«

Sie hatte es kaum ausgesprochen, da standen alle männlichen Seminarteilnehmer vor ihrem Tisch. Sina sah mich an und verdrehte die Augen. Ich musste im Stillen lachen.

Unsere Dozentin wies auf einen Gegenstand am Boden. »Hier sind ein Kompressor und eine Kabeltrommel ..., die wollen wir mit nach draußen nehmen. Und dort im Schrank ist ein Paket ..., das muss auch mit. Wahrscheinlich müsst ihr das zu zweit tragen.«

»Kein Problem!«

Wir gingen alle nach draußen, Susan hinterher. Sie trug den Globus. Niklas und Ahmet schleppten den Kompressor und die Kabeltrommel, Mark und Oliver das Paket. Auf einem Platz, unweit des Ausgangs und unseres Hörsaals, blieb sie stehen. »Hier haben wir genug Platz. Bitte stellt alles hier hin!«

Die vier stellten Paket, Kompressor und Kabeltrommel ab und stellten sich dann zu uns anderen, die wir uns im Halbkreis aufgestellt hatten.

Susan blickte in die Runde. »Wir werden uns heute einmal ein Sonnensystem bauen ..., unser Sonnensystem.«

»Gibt es dafür auch Credit Points?«, fragte Sina.

Die Gruppe lachte.

Susan erklärte mit einem Lächeln. »Anteilig. Und gleichzeitig lernt ihr etwas über die Welt ..., die Welt zu verstehen. Denn schließlich sind wir nicht nur Deutsche, Amerikaner, Araber oder Japaner ..., sondern auch Erdenbewohner in diesem unendlichen Kosmos.«

»Scotty ..., beam me up!«

Mark erntete mit seinem Spruch Gelächter, doch Susan nahm ihn gleich in die Pflicht und hielt ihm den Stecker von der Kabeltrommel vor die Nase: »Auch auf der Enterprise läuft ohne Energie nichts. Sorgst du für Strom?«

Er nahm den Stecker entgegen und schaute sich etwas ratlos um.

Sie deutete in Richtung unseres Hörsaals. »Dort ist eine Steckdose für diesen Bereich. Sie ist allerdings gesichert ..., und hier ist der Schlüssel.«

»Danke!« Er nahm den Schlüssel in die eine, die Kabeltrommel in die andere Hand und trabte Richtung Hauswand.

Susan deutete auf das Paket. »So ..., dann brauche ich nochmal zwei starke Männer für die Sonne. Wer will?«

»Das machen wir«, sagte Ahmet und gab seinem Kumpel Niklas einen Stoß.

»Okay. Hier drin ist ein großer Ballon ..., zusammengelegt. Wenn Mark für Strom gesorgt hat, und der Kompressor läuft, könnt ihr den Ballon aufpumpen. Aber vorsichtig. Wir wollen nicht, dass die Sonne explodiert!«

»Ist klar«, meinte Ahmet.

Er und Niklas gingen zu Werke und packten das Paket aus. Während wir anderen ihnen noch neugierig zusahen, verteilte Susan die nächsten Rollen: »Jetzt brauchen wir noch einige Planeten ..., und natürlich die Erde. Dafür habe ich den Globus ..., natürlich nicht im entsprechenden Maßstab, aber ich denke, ihr werdet es verstehen, wenn wir den ein wenig vernachlässigen. Sonst müssten Ahmet und Niklas mit der Sonne zum Brandenburger Tor fahren, und dann würden sie von unserem Experiment nicht viel mitbekommen.«

Wir lachten.

»Also ..., wer übernimmt die Erde?«

»Ich!«, rief Oliver.

»Ich!«, rief Mark, der soeben mit dem Kabel und dem Stecker in der Hand in unsere Mitte trat.

»Ich!«, rief Saskia.

»Ich mach das!«, rief Sina neben mir, trat entschlossen in die Mitte und nahm den Globus in Empfang.

»Und jetzt brauchen wir noch ein paar Planeten. Das machen wir ganz einfach. Oliver ..., bleib da stehen, wo du stehst. Du bist der Merkur. Saskia ..., du bist Venus.«

Oliver pfiff anerkennend. »Die Göttin der Liebe ..., oh la la!«

»Spinner!«, giftete Saskia zurück.

»Mark ..., du übernimmst die Rolle des Mars.«

»Okay!«

»Olaf! Du stehst schon gut so ..., du bist Jupiter.«

»Alles klar!«

Dann sah sie mich an. »Maryam ..., du bist Saturn.«

»Okay.«

»Welche Planeten kennt ihr noch?«

»Uranus und Neptun!«, riefen wir alle und lachten.

»Na, da habt ihr ja gut aufgepasst. Aber wisst ihr auch, warum wir die jetzt erstmal weglassen?«

»Nein.«

»Wir halten uns heute an die Erkenntnisse der Weisen des Altertums, die stets mit dem Saturn als dem Anfang der Zeit operierten. Ihr findet die Begriffe auch in unseren Wochentagen ..., zum Beispiel saturday im Englischen für Saturn ..., Sonntag im Deutschen für die Sonne und so weiter.«

»Ich weiß«, sagte Sina, die tapfer den Globus hochhielt. »Venus ist Freitag, vendredi im Französischen!«

»Sehr gut«, lobte Susan.

»Und jeudi ist Jupiter ..., Donnerstag«, rief Ahmet, der mit Niklas den Ballon inzwischen fast fertig aufgepumpt hatte. Die weißlich-gelbliche Hülle hatte sich zu einer großen Kugel geformt, ich schätzte den Durchmesser auf über fünf Meter.

»Richtig. Danke ihr beiden, das reicht. Der Durchmesser der Kugel beträgt sechs Meter, unsere Sonne ist damit fertig«, meinte Susan, ging zu Ahmet und Niklas und schaltete den Kompressor aus. »Haltet sie gut fest, wir haben nur die eine.«

»Okay!«

Susan kam zurück in die Mitte der Gruppe.

»Ich werde Deutschlehrer. Montag ist dann wohl für den Mond reserviert«, brummte Olaf.

Wir lachten, und ich sah Sina an. Ja, wir hatten die Ereignisse der Nacht und des Morgens – den Traum – schon wieder fast vergessen. Fast.

»Warum bist du Physikerin geworden?«, fragte Aileen, die mit mir im Englischkurs saß.

Unsere Dozentin sah sie mit ernster Miene an. So hatten wir sie noch nie erlebt. Nach einer Weile, die uns wie eine kleine Ewigkeit vorkam, und in der niemand von uns ein Wort sprach, sagte sie, und sie betonte jedes Wort dabei, als würde es mehrere Zentner wiegen: »Hiroshima! Nagasaki! Fukushima! Ich wollte verstehen, warum diese Dinge geschehen sind. Und wie! Wir sollen aus der Vergangenheit lernen, heißt es. Aber ich glaube, das können wir nur, wenn wir sie auch verstehen. Nur dann kann man etwas bewirken in der Welt.«

Die, die die Hände frei hatten, klatschten.

»Aber nun zu euch«, sagte sie nach einigen Augenblicken der Stille. »Wer hat denn in den vergangenen Wochen so gut aufgepasst und kann mir noch die Götter der Griechen nennen? Auch die stehen in Zusammenhang mit den Planeten.«

»Zeus entspricht Jupiter!«, rief Olaf.

»Korrekt.«

»Die griechische Aphrodite wird in Zusammenhang mit dem Planeten Venus gesehen«, sagte Sina.

»Richtig.«

»Hermes, der Götterbote, war bei den Römern Merkur. Er konnte auch Kranke heilen«, sagte Mark.

»Sehr gut ..., noch jemand?«

Wir blieben still.

»Okay ..., wer kennt noch Kronos, den Vater von Zeus?«

»Oh ja!«, rief Niklas und sah mich an. »Chronos, Chronometer, Saturn. Mit dem wird die Zeit in Zusammenhang gebracht, was wir an unseren Uhren, dem Chronometer, noch philologisch herleiten können ..., aber er gilt auch als Planet des Schicksals.«

Ein Schauer durchfuhr mich. »*War ich zufällig an dieser Stelle, wo ich den Saturn darstellen musste?*«

Ich suchte sofort Sinas Blick. Sie dachte dasselbe, das sah ich ihren Augen an.

Doch Susan ließ uns keine Zeit, in Melancholie zu verfallen. »Wenn wir nun schon im Griechischen sind«, sagte sie, »dann können wir jetzt zu einem für die Menschen und die Erde nicht ganz unwichtigen Kapitel kommen ..., nämlich der Atmosphäre.«

»Pass auf, jetzt kommt das Kapitel mit dem Klimaschutz«, flüsterte Julia, die ein paar Schritte von mir entfernt war. Sie hatte offenbar mit Laura gesprochen, ihrer besten Freundin, die neben ihr stand, doch auch ich hatte es gehört.

»Das stammt aus dem Griechischen, atmós bedeutet Dampf, Gas oder auch Luft, und sphaira bedeutet Kugel, Umgebung, Umwelt, aber auch Ausstrahlung oder Stimmung. Man sagt ja auch, wenn man an einen Ort kommt, wo eine schlechte Stimmung herrscht, dass die Atmosphäre etwas negativ geladen ist.«

»Und ob ..., ich war am Wochenende auf einer Party ..., das ging gar nicht. Ich habe es keine Stunde ausgehalten«, bestätigte Olaf.

»Tja ..., wärst du mal bei unserer Party gewesen, wir hatten Spaß ..., und einige haben sogar jemanden kennen gelernt. Da hat die Chemie offenbar gestimmt.« Sina sah mich bezeichnend an, doch den anderen fiel es nicht auf.

»Ich war auch da«, meinte Niklas. »Es war ganz okay ...«

»Ich unterbreche eure privaten Geschichten ja nur ungern, aber kann mir irgend jemand noch etwas anderes zur Atmosphäre erzählen?«, fragte Susan wie beiläufig.

Wir verstummten.

»Die Erde hat eine Atmosphäre!«, rief Mark.

»Genau ..., und andere Planeten auch ..., aber die haben auch andere Atmosphären«, ergänzte Ahmet.

»Und es gibt unterschiedliche Zonen, zum Beispiel die Troposphäre, die Stratosphäre, die Mesosphäre ...«

»Und die Thermosphäre oder Ionosphäre«, unterbrach Oliver Saskia.

Sie bedachte ihn mit einem langen, feurigen Blick, doch er lächelte nur.

Sina sah mich an und verdrehte die Augen. »*Kann Liebe schön sein*«, dachte ich.

»Und woraus besteht die Luft ..., die Lufthülle unserer Erde?«, hakte Susan nach.

»Vor allem aus Stickstoff«, sagte Olaf.

»Und aus Sauerstoff«, fügte Mark hinzu.

»Und dann gibt es noch jede Menge andere Elemente, zum Beispiel Argon oder weitere Edelgase, Kohlendioxid, Wasserstoff und Methan«, meldete sich Oliver wieder zu Wort.

»Du hast Kohlenmonoxid vergessen«, giftete Saskia ihn an. »Damit kann man Leute vergiften.«

»In der entsprechenden Dosis ..., ja. Man merkt es auch gar nicht, da es geruchlos ist.«

»Dann ist es ja hervorragend geeignet, um jemanden umzubringen. Derjenige würde erst etwas merken, wenn es zu spät wäre. Dann wäre seine Atmosphäre vergiftet.«

»Und die Luft, die er zum Atmen braucht. Aber man benötigt schon etwas Zeit ...«

»Das ist egal, es geht ums Prinzip!«

Sina schaute mich an. Diesmal verdrehte ich die Augen. Sie grinste.

Susan entging das nicht, und sie lenkte das Gespräch wieder auf das Unterrichtsthema: »Wie ihr eben richtig festgestellt habt, findet sich nicht nur bei Menschen oder überhaupt bei Lebewesen eine Atmosphäre, sondern auch bei Planeten ..., wie der Erde ..., und auch bei Sternen, zum Beispiel unserer Sonne. Und die Sonnenwirksamkeit dehnt sich bei genauer Betrachtung auf das ganze Weltall aus ..., in unterschiedlicher Intensität. Sie beeinflusst jegliche Form von Leben ..., auf allen Planeten ..., überall.«

Wir sahen zu Niklas und Ahmet, die sich gespielt würdevoll streckten. »Da könnt ihr mal sehen, was ihr an uns habt«, rief Niklas.

»Danke ..., ist echt prima von euch«, spottete Sina. »Aber auf Dauer wäre das mir persönlich ja zu heiß.«

»Sehr gut, Sina. Ich hätte es nicht besser formulieren können«, meinte Susan und wandte sich an uns. »Habt ihr das Wortspiel verstanden?«

Allgemeines Gemurmel setzte ein, schließlich sagte Laura: »Wir benötigen die Erdatmosphäre, um die gefährlichen Sonnenstrahlen aufzuhalten oder zu filtern. Wir brauchen zwar die Sonne und ihre Strahlen ..., aber es muss in einer entsprechenden Dosis erfolgen. Sonst wäre es schädlich oder gar tödlich.«

»Und damit sind wir bei der Ozonschicht und dem Klimaschutz angekommen«, sagte Julia.

»Stimmt. Aber Klimaschutz ist auch Menschenschutz. Zu viel Sonne kann gefährliche Folgen haben, etwa Hautkrebs. Das ist in unseren Breitengraden auf der nördlichen Halbkugel noch kein so großes Problem, aber beispielsweise in Australien ist das ein ernstes Thema.«

»Ja ..., ich war da nach meinem Abi. Das ist kein Spaß«, sagte Julia.

»Ich habe da Verwandte«, meldete sich Jessica zu Wort. »Als die uns hier in Europa besucht haben, waren sie erstaunt über die klimatischen Bedingungen. Das waren sie von zu Hause gar nicht gewohnt.«

»Also gut. Für heute soll es das gewesen sein.« Susan klatschte in die Hände. »Vielen Dank für eure rege Teilnahme. Nächste Woche unterhalten wir uns dann über die Entstehung der Atmosphäre und der Erde ..., und der Planeten und der Sonne. Nach Ansicht mancher Wissenschaftler ist das Leben ja aus dem All auf die Erde gelangt. Andere wiederum meinen, es sei hier entstanden, beispielsweise in der Tiefsee. Nun, dem werden wir auf den Grund gehen. Das wird auch das Thema einer Hausarbeit sein, die ihr nächsten Monat schreiben müsst. Bringt ihr die Sachen jetzt bitte wieder zurück? Mark, ziehst du das Stromkabel wieder aus der Steckdose und rollst es ...«

»Bin schon unterwegs.«

Susan ging zu Niklas und Ahmet. »Ihr könnt den Ballon per Kompressor entleeren, das geht schneller.«

»Okay.«

Die Jungs waren mit Feuereifer dabei, und als Mark zurück kam, waren alle Arbeiten abgeschlossen, und wir traten den Weg zurück in den Hörsaal an. Dort holten wir unsere Sachen und verabschiedeten uns von Susan. Sina und ich gingen auf direktem Weg in die Mensa.

Nach dem Essen hatten wir nur noch eine halbe Stunde Zeit, bevor die nächste Vorlesung auf dem Programm stand: Ich hatte Englisch, Sina Italienisch. Sie meinte, das würde ganz gut passen, so kamen wir weiterhin auf andere Gedanken. Und ich stellte schon bald fest, dass sie Recht hatte. Als ich am späten Nachmittag nach Hause kam, brummte mir der Kopf, und ich beschloss, eine Runde joggen zu gehen.

Doch zuvor rief ich Aaron an, meinen Bruder. Ich erzählte ihm von meinem Traum. Als ich fertig war, fragte ich: »Kannst du dich erinnern, dass wir so etwas oder etwas Ähnliches mal erlebt haben?«

»Nein. Aber das ist ja unfassbar. Ich muss da erst einmal durchatmen.«

»Das verstehe ich ..., ginge mir wahrscheinlich nicht viel anders.«

»War das der erste Traum?«

»Hm ..., eigentlich schon der zweite. Also wenn man es genau nimmt. Wobei ..., es ist irgendwie ein Traum ..., es waren nur zwei Nächte. Und es lief in der zweiten Nacht so eine Art Fortsetzung.«

»Hm. Und du hast in den letzten Tagen keinen Horrorfilm oder so etwas gesehen? Oder einen anderen Film, der dich aufgeregt hat?«

»Nein.«

»Na gut ..., dann ist es vielleicht auf damals ..., auf unsere Flucht zurück zu führen. Du hast als Kind vielleicht etwas gehört ..., und das im Unterbewusstsein abgespeichert. Und jetzt kommt es an die Oberfläche.«

»Das habe ich auch schon überlegt. Aber meinst du wirklich? Nach so langer Zeit?«

»Durchaus. Nicht alles, was wir sehen oder hören, wird sofort verarbeitet. Vieles wirkt unbewusst. Da gibt es auch zahlreiche Marketing-Tricks ..., die arbeiten mit diesen Dingen, um Käufer zu beeinflussen.«

»Ah ..., ja, stimmt, das habe ich schon mal gehört.«

»Wohl in der Schule, denke ich.«

»Ja. Aber sag mal ..., könntest du wegen meines Traumes mal etwas recherchieren? Im Internet und so? Für die Hintergründe? Du kennst dich doch da aus, wie und wo man suchen muss ...«

»Klar! Kann ich machen.«

»Danke dir!«

»Aber ist doch selbstverständlich. Ich melde mich, wenn ich etwas heraus gefunden habe. Pass auf dich auf!«

»Danke! Du auch! Ciao!«

Es dämmerte leicht, als ich zurück kam. Sina war bereits da. Ich ging zu ihr ins Wohnzimmer. »Hey! Alles klar?«

»Ja, und bei dir?«

»Auch. Bisschen ausgepowert.«

»Große Runde?«

»Ja.«

»Respekt. Wenn du so weitermachst, kannst du im sechsten Semester am Berlin-Marathon teilnehmen.«

»Sehr witzig. Zehn Kilometer reichen mir eigentlich. Ich will mich nur fit halten und kein Vollprofi werden.«

»Aber es hätte Vorteile. Du bräuchtest dann kein Rad mehr und könntest zu Fuß zur Uni laufen.«

»Du willst doch nur mein Fahrrad haben«, lachte ich. »Daraus wird nichts!«

»Grrr«, machte sie gespielt entrüstet, doch ich kannte sie zu gut, und ihre Augen strahlten so vergnügt, dass auch ein Unbekannter gemerkt hätte, dass wir Spaß machten.

»Ich springe kurz unter die Dusche«, erklärte ich. »Danach können wir noch eine Kleinigkeit essen. Vielleicht auch zwei Kleinigkeiten. Ich habe Hunger.«

»Okay.«

Als ich wieder ins Wohnzimmer kam, sah Sina einen Film. »Habe ich etwas verpasst?«, fragte ich.

»Nee ..., nichts Besonderes. Ein paar Sportnachrichten, einige Scheidungen, Trennungen und Affären, eine Hochzeit in Hollywood ..., ein bisschen Politik. Die Regierung sieht sich in ihrer Arbeit bestätigt, die Opposition nicht und ist im Grunde auch dagegen ..., einige haben wieder ein paar Programme entwickelt, um die Probleme zu lösen, die kein Mensch braucht, und die wir eigentlich auch gar nicht hätten, wenn diejenigen, die sie jetzt lösen wollen, sie nicht verursacht hätten. Das Übliche also.«

»Und das Wetter?«

»Ja, richtig ..., das Wetter war auch noch. Morgen soll es Schnee geben.«

»Was?«

Sina lachte. »Ja, ernsthaft. Zwar nicht hier, sondern in Südamerika, aber hey ..., die Welt ist ein Dorf.«

»Du hast zu viel Relativitätsunterricht heute gehabt.«

»Aber mit Zeit und Raum ist es doch wirklich so eine Sache. Man weiß nie so genau, ob wir um die Sonne kreisen, oder die Sonne um uns ist, oder ob wir alle durch das unendlich große Weltall fliegen ...«

»Hast du die Flasche Wein schon angebrochen, die wir am Wochenende gekauft haben?«, fragte ich mit sarkastischem Unterton.

Sina ging darauf ein. Mit treuherzigem Augenaufschlag: »Ups. Ich dachte, wir können heute die Woche teilen ..., war das nicht der Plan?«

»Nein!«

»Tja, schade ..., dann muss ich wohl den Rest aus dem Glas wieder zurück in die Flasche schütten.«

»Das will ich sehen.«

»Kein Problem ..., ich kann das!«

»Na klar ..., und die Hälfte des Weins würde auf dem Boden landen. Neben der Flasche auf jeden Fall.«

»Nein! Ich bin ganz bedachtsam. Ich habe eine ruhige Hand.«

»Sprücheklopferin! Beweise!«

»Gleich nach dem Abendbrot.«

»Okay!«

Der Abend endete damit, dass wir zwei leere Weinflaschen suchten, die wir mit Wasser füllten, ohne einen Tropfen zu vergießen. Sina hatte nicht übertrieben, sie gewann schließlich, wenn auch nur knapp.

Bevor wir schlafen gingen, schaute ich noch auf mein Handy, das den ganzen Abend in meinem Zimmer gelegen hatte. Tim hatte gemailt: »Gute Nacht, cu soon.«

Ich antwortete ihm kurz, dass ich mich auf Freitag freute, schaltete das Handy aus und ging schlafen.

Fünftes Kapitel

Gefangener Nummer 343

Ich saß im Büro des Direktors.

Den gestrigen Tag hatte ich ohne das dritte Gespräch beendet. Die Filme, die Videos, die von dem Schlächter handelten, hatten mir vollkommen gereicht. Ich hätte mich in einem Gespräch mit ihm nicht beherrschen können und im Zweifelsfall alles auf ihn abgefeuert, dessen ich habhaft hätte werden können.

Nach einer entsprechenden Äußerung meinerseits war auch Thompson der Meinung, dass es eine gute Idee wäre, wenn ich Feierabend machen und zurück in mein Quartier auf der Insel fliegen würde. Morgen, sprich heute, wäre schließlich auch noch ein Tag!

Und so saß ich nun wieder vor dem Computer und sah die Akten durch. Heute waren die Gefangenen der vierten Etage an der Reihe.

Ich sah mir eine Akte nach der nächsten an. Schon bei der fünften glaubte ich, fündig geworden zu sein. »Der hier könnte schon ein Kandidat sein ..., ein Mädchenhändler, der per Annoncen Models gesucht hat, die er dann gefangen genommen, unter Drogen gesetzt und verkauft hat. Weltweit. Ungehorsam oder gar ein Fluchtversuch wurde mit dem Tod bestraft. Er hat ein riesiges Netzwerk aufgebaut. Da er mit dem Trick nie zweimal auftreten konnte, war er auch nie länger an einem Ort, was der Polizei die Ermittlungen sehr erschwerte. Er konnte erst gefasst werden, als ein Mädchen aus San Francisco eine Annonce in der Zeitung las und feststellte, dass die so ähnlich abgefasst war, wie die, die ihr eine Freundin vor über einem Jahr aus

New York geschickt hatte. Sie hat damals aber nicht teilgenommen, weil ihr der Weg zu weit war. Er hat wohl gedacht, dass die Leute die Annonce nach einem Jahr vergessen haben. Aber das Mädchen ist zur Polizei gegangen, und die haben umgehend das FBI eingeschaltet. Und als die erst einmal die Zusammenhänge erkannt hatten, hat es nicht mehr lange gedauert, bis der Kerl und seine Helfershelfer verhaftet wurden.«

»Ja ..., das könnte ein interessanter Fall sein. Und es ist ja leider kein Einzelfall.«

»Das ist richtig.« Ich öffnete die nächste Akte. »Die sechste Akte gehört einem Franzosen ..., offenbar einem Mitglied der Mafia ..., Tätigkeitsfeld im Bereich Südfrankreich und Norditalien.«

»Nein! Nicht einem Mitglied. Einem der führenden Köpfe!«

»Ah! Oh ja ..., hier steht es.«

»Ja. Sein Herrschaftsbereich dehnte sich an der Mittelmeerküste von Marseille in Südfrankreich bis Genua in Italien aus, und von Mailand und Turin im Norden bis nach Rom und sogar in den Vatikan im Süden. Er hatte Beziehungen bis in höchste Kreise des politischen, wirtschaftlichen und kulturellen Lebens und seine Finger in allen denkbaren illegalen Geschäften, die man ihm aber lange Zeit nicht nachweisen konnte. Drogen, Glücksspiel, Prostitution, Waffen, Schutzgeld. Um seine Herrschaft zu sichern und zu erweitern soll er über dreißig Morde in Auftrag gegeben haben. Dreizehn konnten ihm Anfang des Jahres endlich nachgewiesen werden.«

»Das reichte für eine Verurteilung.«

»Und ob! Und wegen seiner exzellenten Beziehungen wurde er nicht in ein italienisches oder französisches Gefängnis eingesperrt, sondern zu uns gebracht.«

»Klingt interessant. Ist auf jeden Fall im engeren Kreis für die nächste Befragung.«

»Alles klar.«

Ich sah mir die weiteren Akten an. Bei der zehnten Akte stutzte ich. »Hier fehlt etwas ..., die Unterlagen sind offenbar nicht vollständig, oder die Akte ist noch in der Erstellung.«

»Wen meinen Sie?«

»Den zehnten von Etage vier, Nummer dreihundertdreiundvierzig.«

»Oh ..., ja ..., das ist im Grunde schnell erklärt. Er ist gerade erst am Wochenende ..., also kurz vor Ihrer Ankunft eingeliefert worden. Zusammen mit etlichen anderen auf der vierten Etage. Es waren mehrere große Touren ..., die Gefangenen waren auf drei Maschinen verteilt, die nacheinander auf der Insel ankamen. Aus Sicherheitsgründen dürfen im Helikopter allerdings maximal vier Häftlinge gleichzeitig transportiert werden, daher hat es eine Weile gedauert, bis wir alle hier und in ihren Zellen hatten.«

»Ich verstehe. Und seine Akte ist noch gar nicht fertig ..., er war also vor seiner Akte hier? Respekt. Da hat aber jemand schnell gearbeitet, der ihn hierher verlegen ließ.«

»Nein ..., die Akte ist durchaus fertig. Es gibt nicht mehr.«

»Wie bitte?« Ich scrollte durch die Seiten. »Das sind nur sieben Seiten, und die sind nicht alle ausgefüllt! Auf der ersten Seite fehlt der Name, das Geburtsdatum, der Geburtsort, Angaben zur Familie, zum Beruf, zum ..., eigentlich fehlt alles!«

»Nun ja ...«

»Was?«

»Er ist festgenommen und verurteilt worden. Und er ist hier und hat eine Nummer!«

»Toll!« Ich betrachtete die Fotos, die von dem Gefangenen hier gemacht worden waren, genauer. Ich schätzte sein Alter auf vielleicht fünfzig bis sechzig Jahre. Er war von mittelgroßer Statur, nicht dick, nicht dünn, hatte dunkle Haare, trug keinen Bart und hatte sonnengebräunte Haut, ja, mir schien, dass er ohnehin etwas Südländisches hatte. »Wäre er Europäer, würde ich sagen, er kommt aus Südeuropa, er könnte aber ebenso gut aus dem südlichen Teil der USA oder aus Mittelamerika stammen. Haben Sie schon mit ihm gesprochen? Haben Sie aus dem Gespräch ..., seiner Sprechweise ..., Rückschlüsse ziehen können?«

»Ja, das haben wir. Nein, das konnten wir nicht.«

Das klingt jetzt eine Spur zu abweisend, überlegte ich. »Sie persönlich?«, hakte ich nach.

»Ja«, war die Antwort.

Das reichte, er wollte mir offenbar nicht mehr sagen. Oder verheimlichte er etwas? *Aber was? Und warum?*

»Wer hat ihn hierher gebracht?«

»Er kam mit dem ersten Flugzeug ..., aus Los Angeles, nonstop. Und dann hat ihn ein Team US-Marines auf der Insel übernommen. Zu uns kam er dann per Helikopter. Wie alle anderen auch.«

So kommen wir nicht weiter, überlegte ich. *Wo ist das Problem?*

Der Direktor merkte offenbar, dass ich leicht ungehalten wurde. »Er ist von einem Bundesgericht der Vereinigten Staaten verurteilt worden. Und er ist dort ausgebrochen. Sie haben ihn wieder verhaftet und dann zu uns gebracht. Hier wird er nicht mehr ausbrechen.«

»Er ist aus einem US-Bundesgefängnis ausgebrochen? Wer sind die Hintermänner?«

»Das weiß ich nicht. Wir Sie schon bemerkt haben ..., die Akte enthält nicht sehr viel Aufschlussreiches.«

»Ich wähle ihn aus«, erklärte ich und sah ihn scharf an, gespannt auf seine Reaktion.

Wider Erwarten reagierte er zunächst einmal gar nicht. Dann nickte er. So, als ob er das schon vorher gewusst hätte. Mein Interesse an dem Gefangenen Nummer dreihundertdreiundvierzig wuchs.

Thompson griff zum Telefon. »Gefangener Nummer dreihundertdreiundvierzig bitte in Raum Sigma Bravo.«

Ich sah auf die Uhr. Nach sieben Minuten wurde die Tür des Nebenraums geöffnet und der Gefangene von einem Wachtposten hereingeführt. Der Gefangene setzte sich auf den Stuhl, und der Soldat befestigte seine Handschellen an dem Ring auf dem Tisch. Dann verließ er den Raum und schloss die Tür.

Der Direktor und ich hatten inzwischen unsere bekannten Positionen eingenommen und verständigten uns durch einen kurzen Blick und ein Kopfnicken.

Er schaltete das Mikrofon an. »Guten Morgen, Nummer dreihundertdreiundvierzig!«

»Guten Morgen!«

»Sie haben Besuch.«

»Gut.«

»Sie sind hier, weil wir einige Fragen an Sie haben.«

»Ja.«

Der Direktor schaltete das Mikrofon aus. »Sehen Sie, es geht schon los«, meinte er.

»Was?«

»Seine Antworten ..., seine Reaktionen. Wundert Sie das nicht?«

»Nein. Was soll daran ungewöhnlich sein?«

Er seufzte. »Das habe ich mir am Anfang auch gedacht, aber na ja ..., Sie werden schon sehen.«

Er schaltete das Mikrofon wieder ein.

»Die Vereinten Nationen haben einen Sonderermittler zu uns geschickt, der sich über die Verhältnisse vor Ort informieren soll. Das Gefängnis gibt es seit nunmehr vier Jahren, und im Laufe des Jahres soll ein Bericht erstellt werden, für den auch einige Gefangene befragt werden sollen. Und auch wenn Sie erst seit kurzem hier sind, haben Sie vielleicht schon einige Dinge gesehen oder erlebt, die für uns und letzten Endes für die Vereinten Nationen von Interesse sein könnten.«

»Ja.«

Thompson sah mich an und zog die Augenbrauen hoch. Seine sonstige Mimik blieb unbewegt. »Wären Sie mit einem Gespräch einverstanden?«, hakte er nach.

»Ja.«

Der Direktor machte eine entsprechende Handbewegung, und ich übernahm das Gespräch.

»Guten Morgen!«

»Guten Morgen!«

»Ich danke Ihnen für Ihre Bereitschaft, uns bei unseren Untersuchungen zu unterstützen. Sofern Sie es wünschen, können wir das Gespräch jederzeit unterbrechen. Oder auch abbrechen.«

»Ja.«

Jetzt wurde es doch leicht bizarr. Ich ahnte die innerliche Belustigung des Direktors mehr, als dass ich ein äußeres Anzeichen hierfür bemerkte. Doch ich hatte in meinem Leben schon einige Gespräche geführt, darunter etliche unter deutlich schlechteren Vorzeichen. Ich spulte mein Programm weiter ab: »Bevor wir mit dem Gespräch beginnen, würde ich gern über Ihre Identität sprechen. Sie sind erst seit kurzem hier, und ich konnte Ihrer Akte nicht alle relevanten Informationen entnehmen ..., da sie noch etwas unvollständig ist. Wollen Sie mir zur Vervollständigung und für das Gespräch Ihren Namen, Ihren Geburtsort und das Geburtsdatum nennen?«

»Sind diese Angaben relevante Informationen?«

»Ähm ..., nun ..., ich denke doch.«

»Ich würde aber sagen, dass es auf den Zusammenhang ankommt.«

»Wie meinen Sie das?«

»Namen und Geburtsdaten dienen der Identifizierung, der Zuordnung. Aber in dem Zusammenhang der hiesigen Verhältnisse spielt es eigentlich keine Rolle, welchen Namen man trägt. Da geht es lediglich darum, dass man ein Mensch ist.«

»Dass man ein Mensch ist«, wiederholte ich.

Thompson, der sich in den letzten Sekunden nach vorne gebeugt hatte, lehnte sich wieder in seinem Stuhl zurück. Da wurde mir klar, dass ich das Gespräch jetzt nicht abreißen lassen durfte.

»Und das sind Sie?«, fragte ich.

»Ja.«

Im Stillen ärgerte ich mich über mich selbst. Jetzt hatte ich ihn gerade so weit, dass er aus seiner Einsilbigkeit heraus kam, und dann lieferte ich ihm eine Steilvorlage, um wieder daran anzuknüpfen.

Doch ich beschloss, ihm nicht viel Zeit zum Nachdenken zu lassen, sondern zu versuchen, in direkt wieder in das Gespräch mit einzubinden: »Sie sind also der Ansicht, dass es hier nicht so wichtig ist, dass man einen Namen hat, sondern lediglich, dass man ein Mensch ist?«

»Ja.«

»Weil man ja für oder wegen seiner menschlichen Fehler, Schwächen oder Verfehlungen überhaupt erst hierher gekommen ist?«

»Genau.«

»Demnach spielt es in Ihren Augen keine Rolle, was Sie getan haben, richtig? Es hätte theoretisch auch jemand anders tun können.«

»Richtig. Wichtig ist nur, dass es jemand tut. Jemand, der es kann!«

Na also! Ich unterdrückte das Verlangen, Thompson mit einem triumphierenden Blick anzuschauen. Da hatte ich ihn doch wieder so weit, dass er sich an dem Gespräch beteiligte und nicht nur kurze Kommentare abgab. Jetzt musste ich nur noch das Thema auf seinen Namen bringen und seine Identität klären.

»Wenn Sie so argumentieren, könnte ich auch sagen, es wäre grundsätzlich egal, wie die Menschen heißen, wenn nur die Arbeit gemacht werden würde, die gemacht werden muss. Dann bräuchten wir eines Tages vielleicht auch gar keine Namen mehr. Ja ..., das würde wahrscheinlich vieles vereinfachen. Vielleicht reicht in Zukunft dann ein Fingerabdruck, um zu Hause die Tür zu öffnen, um sein Telefon zu benutzen, um im Supermarkt seinen Einkauf zu bezahlen oder um sich an seinem Arbeitsplatz anzumelden.«

»Wenn Sie eines Tages Kinder haben werden, werden Sie vielleicht anders darüber denken.«

Der Satz traf mich wie ein Keulenschlag. »*Kinder! Wie kommt er dazu, mir ...*«

Ich fühlte eine Hand auf meinem Arm und stellte fest, dass ich aufgesprungen war. Ich stand vor dem Fenster und starrte den Gefangenen an, doch jetzt bemerkte ich, dass der Direktor mich behutsam zurückzog und das Mikro wieder ausgeschaltet hatte.

»Sehen Sie, das ist es, was ich meinte. Er sagt nicht viel, aber wenn er etwas sagt, dann ist es kaum zu begreifen ..., immer eine harte Nuss.«

»Woher weiß er, dass ich eine Frau bin? Ich habe mich mit keinem Wort verraten«, flüsterte ich. Fassungslos sah ich Thompson an.

»Ich weiß es nicht.«

Unschlüssig stand ich vor dem Fenster und betrachtete wieder den Gefangenen. Und da kam es mir so vor, als ob er mich ansah. Ja, er sah mir direkt in die Augen! Und ich sah ihm direkt in die Augen, die so blau waren, wie ich es noch nicht erlebt hatte. Aber man konnte doch von seiner Seite aus gar nicht durch das Fenster sehen!

Abrupt drehte ich mich zu Thompson um. »Ich will ihm in die Augen sehen! Direkt! Nicht durch dieses Fenster!«

»Das geht nicht, das kann ich nicht zulassen.«

»Warum nicht? Er weiß, dass ich eine Frau bin. Was gibt es noch zu verbergen?«

»Ihre Sicherheit ...«

»Meine Sicherheit? Ich habe Psychologie studiert und übe meinen Job schon einige Tage aus; und ich habe bisher keinen friedlicheren Menschen getroffen als diesen Gefangenen. Er wird mir nichts tun. Außerdem ist er gefesselt, vor der Tür steht ein Wachtposten, und wenn es Sie beruhigt, können Sie mir ja einen Elektroschocker oder eine Pistole mit Betäubungsmunition mitgeben.«

»Auf keinen Fall. Sobald er sich von seinem Sitz erhebt, kommen wir rein.«

»Dann darf ich also zu ihm!« Ich formulierte meine Frage als Feststellung und zog meine Augenbrauen ein ganz klein wenig nach oben.

»Also gut, Sie Nervensäge, aber ich behalte von hier aus alles im Blick. Und wenn er eine falsche Bewegung macht, ist es aus ..., dann kommen wir rein, und Ihr Gespräch ist vorbei.«

»Gut«, sagte ich. »Danke!«

Er stand auf, ging zu seinem Schreibtisch und griff zum Telefonhörer. »Kommen Sie und Smith bitte einmal zu mir?«

Eine Minute später standen Kowalski und Smith im Büro. »Begleiten Sie Miss Fernández bitte in den Nebenraum und machen Sie deutlich, dass Sie vor der Tür Posten beziehen.«

Smith konnte seine Überraschung nicht verbergen. »Jetzt? In den Raum mit dem Gefangenen?«

»Ja.«

»Aber das ist gegen die Vorschriften! Besucher dürfen keinen direkten Kontakt zu Gefangenen haben. Dafür gibt es extra diesen Raum.«

»Ich weiß, Smith. Danke.«

»Aber, Herr Direktor! Sie ist eine Frau!«

»Auch das weiß ich, Kowalski. Vielen Dank!«

»Meine Herren ..., es erfolgt auf meinen Wunsch hin. Ich übernehme die Verantwortung für den Fall, das etwas Unvorhergesehenes ...«

»Dazu sind Sie gar nicht in der Lage!«, unterbrach mich Smith.

Kowalski schüttelte nur den Kopf.

Smith hingegen hatte noch einiges hinzuzufügen: »Die Verantwortung in diesem Bereich liegt allein in unseren Händen! Wir ..., und nur wir, haben die Sicherheit zu gewährleisten!«

Smith war nicht so leicht zu beruhigen wie Kowalski, das war mir vorher klar. Ich versuchte es mit einer Prise Humor: »Ist schon klar. Ich verstehe das. Es ist Ihr Job. Aber Sie wollen doch wohl nicht sagen, dass ich in dem Raum in Gefahr sei, oder? Bei einem Gefangenen, der mit Handschellen an einen Tisch gefesselt ist? Und wenn Sie und Kowalski vor der Tür Wache stehen?«

»Darum geht es nicht! Es geht darum, dass Sie eine Frau sind! Er ist zwar noch nicht lange hier, aber es wird sich herumsprechen. Mit Sicherheit! Und dann wird die Hölle hier los sein!«

»Ich glaube nicht, dass der Gefangene eine Plaudertasche ist. Er war bisher eher einsilbig veranlagt ..., und ich musste um längere Antworten regelrecht kämpfen! Ich denke, er weiß ein Geheimnis für sich zu behalten.«

»Es ist hier aber nicht von Belang, was Sie denken! Es geht darum, dass wir in diesem Gebäude fast vierhundert Männer haben, die ...«

»Smith, Kowalski ..., bitte bringen Sie Miss Fernández in den Nebenraum.« Die Stimme des Direktors ließ keinen Widerspruch und keine weiteren Diskussionen zu.

Smith schnappte nach Luft. Kowalski war schon einen Schritt weiter und öffnete mir die Tür. »Danke«, sagte ich und ging in den Flur. Vor der Tür des Nebenraums stand der Wachtposten von der vierten Etage, der den Gefangenen nach oben gebracht hatte.

Smith, dem Kowalski ebenfalls die Tür aufgehalten hatte, war mir schnellen Schrittes gefolgt. »Wir sollen Miss Fernández in den Raum bringen und dann hier Posten beziehen.«

Der Wachtposten starrte erst ihn und dann mich ungläubig an. Doch es erfolgte keine Reaktion.

»Mach die Tür auf«, sagte Kowalski in ruhigem Ton, »es geht schon in Ordnung.«

Der Angesprochene öffnete die Tür, und die beiden Soldaten gingen in den Raum. Ich folgte ihnen. Der Gefangene beobachtete uns, sagte jedoch nichts, sondern schien leidlich entspannt auf seinem Stuhl zu sitzen.

»Guten Tag!«, sagte ich.

»Guten Tag!«

»Mein Name ist Sophia Fernández. Ich hielt es für angenehmer, wenn wir uns direkt unterhalten können, ohne Zwischenwand und technische Hilfsmittel.«

»Sehr gern.«

»*Er wirkt nicht im geringsten überrascht*«, stellte ich fest. Ich setzte mich auf den freien Stuhl.

»Wir warten draußen ..., vor der Tür. Wenn Sie Hilfe brauchen, reicht es, wenn Sie rufen«, erklärte Kowalski.

»Danke«, sagte ich.

Die beiden Soldaten verließen den Raum. Ich war mit dem Gefangenen allein.

Zunächst nahm ich mir einmal die Zeit, ihn ausführlich zu betrachten. Sein Gesicht war glattrasiert, erst jetzt bemerkte ich die Lachfältchen um die Augen, die aus der Nähe unheimlich faszinierend waren und in Kontrast zu der gebräunten Haut und den schwarzen Haaren standen. Ja, seine Augen waren tatsächlich blau. Und wenn ich es mir recht überlegte, dann passten sie eigentlich nicht zu dem Gesicht und dem Haar, dass eher an einen Südländer erinnerte. Doch am verblüffendsten war für mich die Tatsache, dass er jetzt auf mich den Eindruck eines eher vierzig- bis fünfzigjährigen Mannes machte. Ihm war eine ungeheure Vitalität zu eigen, die ich vorher - durch das Fenster - so nicht bemerkt hatte. »*Ich muss nachher mal in der medizinischen Abteilung nachfragen ..., die werden ja sicherlich einen DNS-Test gemacht und sein Alter bestimmt haben.*«

Er hatte meine Musterung ruhig über sich ergehen lassen, und er machte auch jetzt keine Anstalten, irgend etwas zu sagen oder zu tun.

Ich beschloss, den direkten Weg einzuschlagen. »Warum sind Sie hier?«

»Ich bin verhaftet worden und wurde hierher gebracht.«

»Nein ..., ich meine, warum sind Sie wirklich hier?«

»Jeder hat im Leben eine Aufgabe, manche auch mehrere. Eine meiner Aufgaben ist es, Sie zu treffen. An diesem Ort. Und gleichzeitig allen zu zeigen, dass nicht jeder schuldig ist, der von gewissen Leuten für schuldig befunden wird.«

»Das bedeutet, Sie sind unschuldig. Ist es das, was Sie damit sagen wollen?«

»Die Frage kann ich bejahen.«

»Sie sind in Texas wegen Landstreicherei festgenommen worden ...«

»Ein faszinierendes Wort ..., man streicht oder streift so durch das Land ..., und hat nichts Böses im Sinn ..., hat niemandem etwas getan ..., und wird trotzdem verhaftet, nur weil man keinen Ausweis hat.«

»So ist das nicht gemeint.«

»Aber so ist es gewesen.«

»Meinetwegen. Aber Sie sind dann geflohen. Das war Widerstand gegen die Staatsgewalt.«

»Es hatte seinen Grund.«

»Und der wäre?«

»Meine Anwesenheit war an einem anderen Ort erforderlich und ...«

»Und ...?«

»Und es war eine relativ einfache Methode, um hierher zu kommen.«

»Wie bitte? Sie sind aus einem Gefängnis einer Kleinstadt in den USA ausgebrochen, um hierher zu kommen? Das ist doch absurd!«

»Keineswegs. Es hatte einen guten Grund. Und ich habe dabei niemanden verletzt oder gefährdet.«

Ich schüttelte den Kopf. »Meinetwegen. Aber Sie sind aus diesem Dorf in Texas geflohen ..., zur Ostküste ..., zweieinhalbtausend Kilometer entfernt.«

»Nun, ich würde es nicht als Flucht bezeichnen. Ich bin dorthin gegangen. Ich hatte dort etwas zu erledigen.«

»Aha. Ja, das habe ich in Ihrer Akte gelesen ..., sofern man die paar Berichte als Akte bezeichnen kann. Sie haben der Polizei, die kurioserweise nichts davon wusste, dass Sie in Texas gesucht werden, dabei geholfen, ein kleines Mädchen wiederzufinden.«

»Das stimmt.«

»Sie war entführt worden ..., von einem Kinderschänder, der in der Gegend zuvor bereits sechs andere Mädchen entführt, missbraucht und getötet hatte. Innerhalb eines halben Jahres.«

Mein Gegenüber nickte.

»Als der Täter überführt worden war, brachte einer der Polizisten den Haftbefehl für Sie mit. Inzwischen wurden Sie mit Foto landesweit gesucht.«

»Ja, so war das wohl.«

»Aber die Polizei hatte keinen Namen ..., die wusste nicht, wie Sie heißen. Es gab lediglich eine Personenbeschreibung.«

»Auch das ist richtig.«

»Auch hier haben Sie keinen Namen. Niemand weiß, wer Sie sind«, versuchte ich noch einmal, ihn aus der Reserve zu locken.

Doch er ließ sich nicht locken, sondern antwortete ohne erkennbare Emotion: »Hier ist man eine Nummer.«

»Ja, Sie sind Nummer dreihundertdreiundvierzig. Wollen Sie mir Ihren Namen nicht doch verraten?«

»Nein, das will ich nicht. Aber etwas anderes will ich Ihnen verraten. Man kann Nummern auch anders lesen.«

»Bitte? Was soll das heißen?«

»Sie könnten zu meiner Zellennummer auch sagen: drei vier drei.«

»Ach so ..., hm ..., ja, so könnte man es auch lesen.«

»Ja, faszinierend, nicht wahr?«

»Vielleicht, ich war in der Schule mehr auf Sprachen fokussiert als auf Zahlen.«

»Aber Zahlen und Sprache bilden keine Gegensätze. Im Hebräischen beispielsweise haben die Eins und das A, das Aleph, dieselbe Bedeutung. Zahlen sind Buchstaben, und Buchstaben sind Zahlen.«

»Und was bedeutet CDC?«, fragte ich mit leicht spöttischem Unterton.

»In dem Zusammenhang, den Sie gerade versuchen herzustellen, nichts. Drei vier drei kann das Produkt oder die Summe oder eine gewisse Kombination von mehreren Zahlen sein. Die Welt ist kompliziert.«

»In der Tat ..., das ist sie.«

»Denken Sie darüber nach, heute Nacht.«

»Heute Nacht werde ich schlafen. Aber kommen wir zurück zu Ihnen: Nachdem Sie an der Ostküste verhaftet worden sind, hat das FBI Sie in Gewahrsam genommen, es war auf einmal aus einer harmlosen Landstreicherei eine Bundesangelegenheit geworden.«

»Verblüffend, wie sich manche Dinge hochschaukeln, nicht?«

»In der Tat ..., und das völlig unnötig. Aber Sie haben durch Ihr Verhalten die Dinge ja auch nicht gerade vereinfacht.«

»Wieso? Ich habe niemandem etwas getan.«

»Sie sind wieder geflohen. Aus einem Bundesgefängnis!«

»Ja, das war nun einmal erforderlich, um offiziell hierher zu kommen.«

»Hierher zu kommen?«

»Genau.«

148

»Okay. Dann müssen Sie mir nur noch eines erklären: Wer hat Ihnen geholfen? Wer waren Ihre Komplizen? Wer hat Sie von Texas ..., vom Süden der USA, an die Ostküste gebracht, zweitausendfünfhundert Kilometer in weniger als zwölf Stunden? Das ist nur mit einem Flugzeug möglich ..., und das FBI hat alle Flugzeuge überprüft, die in diesem Zeitraum in diesem Luftraum unterwegs waren. Sie haben alle Passagiere und Besatzungsmitglieder von drei Dutzend Maschinen identifiziert. Aber Sie waren nicht dabei.«

»Das ist korrekt.«

Es war zum Verrücktwerden! Ich kam mit keinem meiner Ansätze weiter. Und ich konnte ihm noch nicht einmal böse sein deswegen. Ich war sauer auf mich selbst. Gleichzeitig spürte ich, dass diesen Mann ein Geheimnis umgab. Und ich liebe Geheimnisse! Also startete ich eine neue Runde: »Und warum wollten Sie unbedingt hierher?«

»Na ..., um Sie zu treffen.«

Jetzt verschlug es mir doch die Sprache. Ich lehnte mich in meinen Stuhl zurück und starrte meinen Gesprächspartner fassungslos an. Spielte er mit mir? War er wahnsinnig? Was sollte das?

Ich beschloss das Spiel mitzuspielen. »Nun, Sie haben mich getroffen ..., dann könnten Sie ja jetzt eigentlich gehen.«

»Noch nicht. Erst muss ich Ihnen noch sagen, dass Sie sich mit den Religionen beschäftigen müssen, damit Ihr Hiersein einen Sinn erhält. Und Sie müssen sich mit der menschlichen Entwicklung, den Entwicklungsstufen, der wahren Evolution beschäftigen. Das Gefängnis verfügt über eine ausgezeichnete Bibliothek, da werden Sie mit Sicherheit einige interessante Bücher finden. Und dann müssen Sie noch das Rätsel lösen.«

Es war nicht zu fassen! Er setzte noch einen drauf! Ich hoffte, dass meine Mimik nicht mein Innenleben offenbarte und sagte mit leicht ironischer Note: »Ach so! Na klar! Das Rätsel. Welches Rätsel?«

»Na, drei vier drei, selbstverständlich.«

»Puuh!« Jetzt war es mit meiner Selbstbeherrschung vorbei. Ich atmete hörbar aus und sah, nein, starrte ihm in die Augen. Eine Minute, zwei, drei. Nichts! Ich sah nichts. Da war kein Böses, keine Hinterlist, kein Argwohn. Da war nur Weisheit ..., und eine Güte, wie ich sie noch nie erlebt hatte. Und Liebe. Ja, Liebe. Seine Augen waren so klar und ruhig, wie der uns umgebende Ozean bei völliger Windstille, und gleichzeitig so tief, dass ich in ihnen versinken hätte können. *Wie tief war der Ozean noch? Über zehntausend Meter! Wie komme ich auf den Gedanken?«*

Innerlich rief ich mich zur Besinnung. Wohin sollte das führen? »Was ist denn, wenn ich das Rätsel nicht löse? Wäre dann Ihre Aufgabe unerfüllt? Müssten Sie dann hier bleiben? Für den Rest Ihres Lebens?«

»Sie werden das Rätsel lösen. Das ist nur eine Frage der Zeit.«

Er klang so ruhig, so bestimmt, so sicher, wie ich es bisher noch bei keinem Menschen erlebt hatte. Ich musste es irgendwie anders angehen, meine Taktik ändern. Minimal. »Ich war noch nie sehr gut darin, Rätsel zu lösen, die unter mysteriösen Umständen auf den Tisch des Hauses gelangt sind.«

»Ich denke, Sie lieben Geheimnisse.«

Sprachlos starrte ich ihn. *»Das darf ja wohl nicht wahr sein! Was läuft hier?«*

»Geheimnisse gehören zur menschlichen Entwicklung dazu. Die Kraft, die wir aufbringen, um sie zu lösen, macht uns stärker.«

»Ist das so?«

»Gewiss. Wenn die Energiequelle verdeckt wird, muss der Mensch die erforderliche Energie selbst entwickeln. Das ist ein Grundprinzip der Entwicklung. Der wahren Evolution.«

»Der wahren Evolution«, wiederholte ich. Zahlreiche Gedanken von den Gesprächen mit den Wissenschaftlern strömten durch meinen Kopf. Ich hatte das Gefühl, das erst einmal sortieren zu müssen. Die Geschichte und die Hintergründe dieses Gefangenen waren nicht in einem einzigen Gespräch aufzuklären. Ich musste mehr recherchieren, brauchte mehr Hintergrundinformationen.

Ich stand auf. »Ich denke, wir werden unser Gespräch morgen fortsetzen. Ich habe Hunger.«

»Ja, essen Sie etwas. Das ist eine gute Idee. Auf der Insel wird gegrillt ..., Sie werden noch rechtzeitig ankommen.«

Ich schüttelte nur den Kopf, stand auf und ging zur Tür, die geräuschlos geöffnet wurde. »Vielen Dank für dieses erste Gespräch! Bis morgen!«

»Auf Wiedersehen!«

Eine halbe Minute später war ich mit dem Direktor wieder allein in seinem Büro. »Was tut dieser Mann hier? Wer ist er wirklich?«

»Ich kann Ihnen nicht mehr sagen, als Sie jetzt erfahren haben. Mehr weiß ich auch nicht.«

»Er hat doch eigentlich nichts getan, oder?«

»Es ist nicht meine Aufgabe, Fragen zu stellen, oder mir Gedanken darüber zu machen, warum dieser oder jener hier ist. Mein Job ist es, die Funktionsfähigkeit dieser Einrichtung zu gewährleisten.«

»Ich verstehe. Aber was halten Sie von seiner Aussage, dass er hierher kommen wollte. Dass er nur deswegen aus den anderen Gefängnissen ausgebrochen ist?«

»Und dass er, wenn seine Aufgabe hier erledigt ist, auch hier ausbrechen würde? Nonsens! Hier kann doch keiner kommen und gehen, wie es ihm passt!«

»Tja ..., immerhin ist er schon einmal hier ..., und zwar eigentlich wegen nichts.«

»Ob schuldig oder unschuldig, wir machen nur unseren Job. Und unsere Aufgabe ist es, die Insassen dieses Gefängnisses zu bewachen. Dienst ist Dienst.«

Es klang wie eine Rechtfertigung. *»Glaubt er vielleicht selber an die Unschuld des Gefangenen?«*

Ich bohrte nach und versuchte ihn zu provozieren: »Und Sie sind immer im Dienst, oder? Sie können zum Feierabend schließlich nicht so weg gehen, wie andere Leute.«

Er schien ob dieser Feststellung zwar ein wenig ärgerlich zu sein, wie ich einer minimal geänderten Mimik entnahm, doch war seiner Stimme nichts anzumerken. »Das kann sein. Nicht jeder Job ist wie der andere.«

Ich musste ihm zustimmen und nickte. »Trotzdem hat drei vier drei hier nichts zu suchen. Er ist hier falsch.«

»Das haben weder Sie noch ich zu beurteilen.«

»Schon klar«, seufzte ich. »Ich muss nochmal in die Bibliothek. Wollen Sie mich begleiten?«

»Nein, ich für meinen Teil habe genug für heute und werde jetzt eine Mittagspause einlegen. Anschließend habe ich eine Besprechung, und dann muss ich noch ein wichtiges Telefonat führen, bevor ich zum Training gehe und mein Sportprogramm absolviere.«

»Viel Vergnügen. Dann sehen wir uns morgen. Kann ich mir auch einige Bücher mit auf die Insel nehmen?«

»Das können Sie, bis morgen«, bestätigte er.

Ich verließ sein Büro und ging in die Bibliothek im gleichen Stockwerk. Ich war allein. *»Ist wohl nicht die Zeit, um zu lesen«*, dachte ich, doch war es mir nicht unangenehm.

So war ich ungestört und konnte mir in aller Ruhe einige Bücher aussuchen.

Ich besorgte mir eine Ausgabe der Bibel und eine Ausgabe des Koran. Ein Buch über das Judentum komplettierte meine Lektüre für heute. Da sollte ich genug Hintergrundinformationen sammeln können, um für das nächste Gespräch mit dem Gefangenen Nummer drei vier drei ausreichend vorbereitet zu sein. Im Raum des Wachhabenden saßen Novak und Philips. Sie veranlassten, dass ein Helikopter mich abholte, und eine Viertelstunde später war ich in meinem Quartier auf der Insel.

Eben sah ich die Bücher an, die ich auf dem Tisch abgelegt hatte, als Maik an die Tür klopfte, sie nach einem auffordernden »Ja, bitte!« öffnete und sagte: »Hallo, Miss United Nations! Wir haben gerade den Grill angeworfen, haben Sie Hunger?«

Ich starrte ihn an wie eine Erscheinung. Tausend Gedanken überstürzten sich in meinem Kopf. *»Ist er dabei gewesen? Hat er ein Mikro oder eine Wanze? Werden wir von hier abgehört? Wie kommt er dazu, genau jetzt hierher zu kommen? Hat er auf mich gewartet? Ist er allein? Hat er Komplizen? Werde ich beobachtet?«*

»Ist alles in Ordnung?«

»Ähh ..., ja. Danke. Sie haben gerade den Grill angemacht?«

»Ja ..., Professor Nilsson hat mit seinem Team heute Vormittag zwei Bonitos gefangen. Einer liegt auf Eis, und den anderen wollen wir jetzt ...«

Er brach ab. Weiß der Himmel, was er in dem Moment dachte, was ich denken würde. Ich hatte meine Mimik nicht unter Kontrolle.

Bevor ich Anlass zu Missverständnissen geben konnte, fasste ich mich und schenkte ihm ein Lächeln. »Oh, vielen

Dank ..., das ist sehr nett. Ich komme gern ..., einen Augenblick bitte!«

Ich brachte die Bücher in meinen Schlafraum, schloss die Tür und folgte Maik zur Baracke.

Dort waren bereits alle Wissenschaftler versammelt. Ich wurde herzlich Willkommen geheißen und bekam einen Sitzplatz neben Professor Nilsson. Mir ging allerdings noch das Gespräch mit dem Gefangenen durch den Kopf, so dass ich nicht ganz bei der Sache war. Erst als er offenbar etwas lauter wurde und fragte, ob es mir nicht gut gehen würde, war ich auch gedanklich auf der Insel angekommen.

Ich schob leichte Kopfschmerzen vor, und McKinney meinte, dass könne am Klima liegen. Immerhin sei hier ein anderes Wetter als in New York.

»Das wird es wohl sein«, entgegnete ich dankbar.

»Wenn wir mit unseren Forschungen fertig sind, werden wir auch Kopfschmerzen bekämpfen können. Und zwar schon im Ansatz«, sagte Edwin, der drei Plätze links von mir saß.

»Ich bin erst drei Wochen hier, aber ich glaube, dass wir den Schlüssel zu allem finden werden. Wirklich zu allem. Auch zur Entstehung des Lebens.«

»Ungestüme Jugend!« Nilsson lachte.

Doch Edwin kam jetzt erst richtig in Fahrt: »Können Sie sich eine Vorstellung davon machen, was das bedeuten würde? Wir könnten über genetische Prozesse Krankheiten heilen ..., einige sogar schon im Mutterleib, es wäre ein riesiger Markt ..., ein Milliardengeschäft! Und ein Segen für die Menschheit. Wir könnten theoretisch tatsächlich jede denkbare Krankheit heilen ..., es wäre eine Industrie, die unerreicht wäre, vergleichbar mit den größten Konzernen der Welt. Und wenn weiter geforscht wird, wird man sicherlich auch eines Tages die DNS beeinflussen und manipulieren können. Heutzutage lernen wir gewissermaßen erst sie zu lesen und zu verstehen.«

»Sie meinen, Sie würden Gott spielen.«

Meine spontane Bemerkung ließ die Anwesenden nahezu schlagartig verstummen, auch die Gespräche am anderen Ende des Tisches erfuhren eine jähe Unterbrechung. Es war, als hätte jemand den Stecker gezogen. In dem Moment musste ich an die ersten Worte des Direktors denken: *Sie sollten nicht hier sein, das ist kein Ort für eine Frau. Wie kam ich dazu? Das kannte ich von mir gar nicht. Hatten die Bücher, die ich vorhin mitgenommen hatte, mein Unterbewusstsein beeinflusst?«*

»Platz da! Vorsicht bitte! Der Fisch ist fertig! Das Essen wird serviert!« Stephen und Harry verteilten portionsweise das Mittagessen, und wir nutzten die Gelegenheit, um meine Äußerung zu verdauen.

Während des Essens wurde nicht viel gesprochen, und als wir fertig gegessen hatten, sagte Professor Nilsson: »Ich mache jetzt einen kleinen Spaziergang. Hätten Sie Lust, mich zu begleiten?«

»Natürlich!«

Wir schlugen denselben Weg ein wie zwei Tage zuvor. Am Wasser angekommen, sahen wir das Gefängnis im Meer stehen, beschienen von der Sonne, deren Strahlen von der Außenwand reflektiert wurden. Auch bei Tag war es ein surrealer Anblick. Dieses Gebäude passte nicht hierher, es war ein künstliches Produkt.

Unvermittelt setzte Nilsson zum Gespräch an: »Fische können einen nachdenklich machen.«

»Inwiefern?«

»Als ich heute Morgen unterwegs war, wurde mir bewusst, dass es Haifische ..., oder überhaupt Fische seit vielen Millionen Jahren gibt, und dass sie in dieser langen Zeit mehr oder weniger unverändert in den Ozeanen leben. Es sind immer noch Fische!«

»Die somit deutlich älter sind als der Mensch oder Affen?«

»Ganz genau! Und das ist die Crux! Wenn wir annehmen, dass sich der Mensch aus dem Affen entwickelt hat, wieso gibt es dann nicht ähnliche Wandlungen an anderer Stelle im Tierreich? Bei derartigen Zeiträumen?«

»Ich verstehe nicht ganz ...«

»Jede bekannte Tierart bringt Nachkommen zur Welt, die wiederum dieser Art entsprechen. Weltweit. Über Millionen von Jahren. Und wir setzen in Bezug auf eine der wichtigsten Fragen der Menschheitsgeschichte ..., die Frage nach unserem Ursprung ..., auf eine Theorie, für die es keine Beweise gibt. Es gibt nicht einen Beweis für die Entwicklung des Menschen aus Affen ..., oder überhaupt aus Tieren.«

In mir keimte ein Verdacht. »Und Sie wollen nun ...«

»Ich will einen Beweis! Finden und liefern! Das bin ich mir schuldig. Nennen Sie es meinetwegen mein Lebenswerk oder so etwas in die Richtung. Aber das Konstrukt, das im Laufe der Jahre und Jahrhunderte entstanden ist, ist definitiv nicht tragfähig. Und auch nicht zukunftsfähig. Es gibt viele Fakten, aber die sind mit ..., wie soll ich sagen ..., Fantasie ..., ja, Fantasie zu einer Theorie zusammen geschweißt, die bei genauerer Betrachtung nicht haltbar ist.«

»Ich kenne mich in dem Bereich ja nicht so gut aus ..., aber vielleicht gab es zu viele ..., Nebenwirkungen?«

»Wie bitte?«

»Nein, Nebenwirkungen ist nicht das richtige Wort, was ich suchte. Eigentlich meinte ich wohl ..., ach ..., ich weiß nicht.«

»Ich glaube, ich verstehe, was Sie meinen. Es könnte eine Laune der Natur gewesen sein, ein einmaliger Vorgang ..., Schicksal gewissermaßen.«

»Oder Zufall!«

Nilsson lachte.

»Was ist so lustig?«

»Ich wurde gerade an einen Satz erinnert, den mir einer meiner ersten Professoren zu Beginn meines Studiums mit auf den Weg gegeben hat: Zufall ist das Pseudonym Gottes, wenn er nicht unterschreiben will.«

Jetzt lachte ich auch. »Das heißt, Sie glauben nicht an Zufälle?«

»Ich bin Wissenschaftler. Ich glaube an Veränderung, die man nachweisen kann. Ich glaube an Entwicklung. Aber überall steht ein Plan dahinter, ein Gesetz. Das Gesetz der Vererbung beispielsweise. Vor zehntausend Jahren gab es einen Sprung in der Evolution ..., der moderne Homo sapiens breitete sich aus. Das ist heutzutage eine gesicherte Erkenntnis. Aber auch vorher gab es bereits Menschen. Doch das Bindeglied zum Affen haben wir bis heute nicht gefunden.«

»Hm ..., würde dieses Gesetz der Vererbung nicht eigentlich der Evolutionstheorie wiedersprechen? Wenn ich Sie eben richtig verstanden habe, dann entstehen aus Haien Haie, aus Walen Wale, aus Affen Affen. Jede Tierart produziert Nachkommen nach ihrer Art. Und schließlich entstehen aus Menschen ja auch Menschen, ob nun die ersten ihrer Art oder der moderne zeitgenössische. Ich habe noch nirgendwo gehört, dass dieser Prozess auf andere Art und Weise zustande gekommen ist.«

Er sah mich nachdenklich an. Nach einer Weile sagte er: »Ich hatte ein gutes Gefühl, als sie zu uns kamen. Sie wirken ..., anregend, sehen die Dinge einmal aus einer anderen

Perspektive. Man müsste den Dingen mal auf den Grund gehen ..., natürlich auf wissenschaftlicher Basis. Jede Veränderung will gut durchdacht sein, will man nicht als Exzentriker oder gar als Verrückter angesehen werden. Da sind mehrere kleinere Schritte oft besser und nachhaltiger als ein großer. Ich muss darüber in Ruhe nachdenken ..., vielleicht sind wir der Lösung des Rätsels schon näher, als wir denken.«

»Des Rätsels?« Schlagartig hatte ich das Gespräch mit dem Gefangenen Nummer dreihundertdreiundvierzig wieder im Kopf. »Ich muss noch das Rätsel drei vier drei lösen«, murmelte ich.

»Wie bitte?«

»Oh ..., nichts. Ich musste nur gerade an etwas denken. Aber bedeutet das, dass Sie dann an Gott glauben, wenn Sie keinen Beweis finden?«

Er sah mich wieder sehr nachdenklich an und sagte nach einer gefühlten Ewigkeit: »Ich weiß es nicht. Einerseits bin ich Naturwissenschaftler und halte mich an die Wissenschaft, an Fakten ...«

»Und andererseits haben Sie noch keinen Beweis gefunden, um die vorhandenen Fakten zu einer befriedigenden, logischen, schlüssigen Theorie zu verbinden ..., zur tatsächlichen Entstehung des Lebens. Eine Laune der Natur in der Tiefsee oder göttliche Fügung? Wie auch immer man sich ein Göttliches dann vorzustellen hätte.«

»Richtig. Und könnte diese Laune dafür gesorgt haben, dass wir als Menschen nach einer langen Zeit die Fähigkeit entwickeln, soziale Kontakte aufzubauen und in einer von Kultur bestimmten Umwelt zu leben? Empathie und Emotionen, die man mit anderen teilt, gehören ebenso zum menschlichen Leben wie die Sprache. Einem Alleinstellungsmerkmal. Das haben nur wir Menschen. Oder der aufrechte Gang. Ebenfalls ein Alleinstellungsmerkmal. Und natürlich die Intelligenz. Doch lassen Sie uns wieder zurück gehen. Die anderen werden schon auf uns warten, und wir müssen noch arbeiten.«

»In Ordnung.«

Wir traten den Rückweg an. Ich überlegte. Irgend etwas schien den Professor zu beschäftigen. Ich störte ihn nicht in seinen Gedankengängen, sondern blieb den Weg über still. Bei der Baracke angekommen, wurden wir Zeugen eines Gesprächs zwischen Maurice, Maik und Daniel:

»Ich trage diesen Körper jetzt schon fast dreißig Jahre mit mir herum.«

»Nun ja ..., eigentlich ja auch nicht. Immerhin erneuern sich die Zellen gewissermaßen fortlaufend.«

»Richtig. Denn wir verlieren ja durch Absonderungsprozesse, durch Schwitzen oder Atmen jeden Tag Wasser und andere ...«

»Ich glaube, so genau will das hier niemand wissen. Es ist eine Dame zugegen«, unterbrach ihn Maik.

»Wieso? Auch sie muss ab und zu ..., zum Friseur!«

Jetzt lachten alle. Ich auch.

»Keine Rücksicht auf mich«, sagte ich, »Haut schuppt ab, Nägel wachsen, Haare ebenso.«

»Sehr gut! Da muss man nicht drum herum reden.«

»Wir haben hier übrigens einen Friseur auf der Insel. Für uns und die Einheimischen vorrangig. Die Soldaten haben es da einfacher. Die meisten haben eine Kurzhaarfrisur mit ein paar Millimetern ...«

»Reicht doch. Bei dem Klima!«

»Jeder wie er will«, meinte Maurice.

»Na ..., du mit deinen Rastalocken ..., das ist natürlich etwas ganz anderes. Wie oft musst du denn eigentlich zum Friseur?«, fragte Daniel.

»Nicht so oft wie du.«

Wieder lachten alle. Nach einer kurzen Pause ergriff Professor McKinney das Wort: »Sie müssen wissen, Miss Fernández ..., das Entscheidende ist eigentlich das Lebensprinzip. Dieses Prinzip, dem wir auf der Spur sind ..., nach dem wir forschen ..., ist die Ursache ..., das, was dafür sorgt, das wir Menschen sind ..., und keine Steine. Die Biologie ist ja schließlich auch die Wissenschaft vom Lebendigen, und sie befasst sich mit allen Erscheinungsformen des Lebens. Und den ihnen zu Grunde liegenden Gesetzmäßigkeiten. Ich habe Freunde, die ebenfalls Biologen sind, seien es Humanbiologen, Genetiker, Zoologen oder Biochemiker. Und wir alle sind auf der Suche nach dem Ursprung ..., dem Ursprung des Lebens. Jeder auf seine Weise. Damit sich aber keiner in seiner Fachdisziplin verrennt, gibt es Forschungsverbünde. Und solche Projekte wie dieses hier.«

Ich sah Nilsson an. Er machte ein Geste, die allen galt und rief: »Tja ..., die Evolution! Das Geheimnis des Lebens. Ich glaube, es ist Zeit, wieder unser Schiff klar zu machen und vielleicht auch in die Tiefe zu gehen, was?«

»Jawoll!«

»Auf geht's!«

»Wollen Sie mit?«, fragte Maik.

»Nein, danke ..., ich habe mir Arbeit mit nach Hause genommen. Lektüre. Vielen Dank für das Essen! Es war sehr gut. Dann erkunden Sie doch schon mal die schönsten Gegenden, damit Sie mir nachher auch etwas Lohnenswertes bieten können! Ich wäre nicht abgeneigt, den Dingen mal auf den Grund zu gehen ..., so richtig tief zu tauchen. Wann hat man die Möglichkeit als Nichtwissenschaftler schon?«

Da ergriff Professor Takahara das Wort: »Sehr richtig. Das müssen Sie ausnutzen! Und auch etliche Wissenschaftler würden daran sehr gerne teilnehmen, das kann ich Ihnen versichern. Denn die Welt kann sich schnell verändern, das sehen wir ja hier ..., aber durchaus auch an anderer Stelle. Als der Meeresspiegel nach der letzten Eiszeit ..., vor über zehntausend Jahren, stieg, wurde zum Beispiel das Land zwischen China und Korea überflutet. Heute nennen wir es das Gelbe Meer, doch es ist weniger als hundert Meter tief. Ganz im Gegensatz zum Japanischen Meer, auf der anderen Seite von Korea. Das ist über dreitausend ..., ja sogar über dreitausendfünfhundert Meter tief. Und es sind wirklich andere Welten, die sich dem Beobachter dort auftun.«

Es war vier Uhr an diesem Nachmittag, als ich wieder in mein Quartier zurückkehrte. Ein wenig Internet-Recherche neben den Büchern würde auch nicht schaden, vermutete ich und legte schon einmal den Laptop bereit.

Ich holte mir die Bibel, setzte mich in den gemütlichsten Sessel im Wohnzimmer, knipste die Stehlampe an und vertiefte mich in das Buch der Bücher. Ganz unorthodox begann ich hinten, bei der Offenbarung des Johannes, auch Apokalypse genannt, was aus dem Griechischen stammt und "Enthüllung" bedeutet: »Offenbarung Jesu Christi, die Gott ihm gegeben hat, damit er seinen Knechten zeigt, was bald geschehen muss; und er hat es durch seinen Engel, den er sandte, seinem Knecht Johannes gezeigt. Dieser hat das Wort Gottes und das Zeugnis Jesu Christi bezeugt: alles, was er geschaut hat. Selig, wer diese prophetischen Worte vorliest und wer sie hört und wer sich an das hält, was geschrieben ist; denn die Zeit ist nahe.«

Ich hatte früher bereits von der Apokalypse gehört, mich aber nie tiefergehend damit beschäftigt. Aber immerhin dauerte es so nicht lange, bis ich die bekannteste und populärste Stelle fand, am Ende des dreizehnten Kapitels:

»Hier braucht man Kenntnis. Wer Verstand hat, berechne den Zahlenwert des Tieres. Denn es ist die Zahl eines Menschennamens; seine Zahl ist sechshundertsechsundsechzig.«

Viele Menschen verbinden dies mit dem Weltuntergang, dem Jüngsten Gericht und anderen Schreckensszenarien. Doch die menschliche Entwicklung, die Evolution, scheint auch davon nicht aufzuhalten zu sein, denn im einundzwanzigsten Kapitel wird die "Neue Welt Gottes" beschrieben: »Dann sah ich einen neuen Himmel und eine neue Erde; denn der erste Himmel und die erste Erde sind vergangen, auch das Meer ist nicht mehr. Ich sah die heilige Stadt, das neue Jerusalem, von Gott her aus dem Himmel herabkommen; sie war bereit wie eine Braut, die sich für ihren Mann geschmückt hat.«

»*Wie eine Braut*«, dachte ich, »*und ihr Mann ..., das klingt aber verdammt nach einer Hochzeit. Was soll das? Jerusalem ist doch eine Stadt. Bedeutet das, das dort eines Tages Frieden herrschen wird ..., dass die Gegensätze überwunden sind?*«

Ich blätterte ein Kapitel nach vorn, das von einer Frau und dem Drachen, dem Sturz des Drachen und dem Kampf des Drachen gegen eine Frau handelt: »Dann erschien ein großes Zeichen am Himmel: eine Frau, mit der Sonne bekleidet; der Mond war unter ihren Füßen und ein Kranz von zwölf Sternen auf ihrem Haupt. Sie war schwanger und schrie vor Schmerz in ihren Geburtswehen.«

»*Das klingt ja fast ein bisschen wie im menschlichen Leben*«, überlegte ich. Aber da ich mir eingestehen musste, dass ich den Sinn nicht wirklich verstand, las ich erst einmal weiter, beim dritten Vers des zwölften Kapitels: »Ein anderes Zeichen erschien am Himmel: ein Drache, groß und feuerrot, mit sieben Köpfen und zehn Hörnern und mit sieben Diademen auf seinen Köpfen. Sein Schwanz fegte ein Drittel der Sterne vom Himmel und warf sie auf die Erde herab.«

»*Da haben wir ihn wieder, den Weltuntergang*«, dachte ich. »*Aber wörtlich ist das wohl kaum zu nehmen. Da würden meine Wissenschaftler bestimmt einwenden, dass die Sterne viel zu weit entfernt seien. Abgesehen davon, dass kein Drache so groß sein dürfte ..., und überhaupt, es gibt gar keine Drachen mehr! Nein, das muss eine andere Bedeutung haben.*«

Ich las weiter: »Der Drache stand vor der Frau, die gebären sollte; er wollte ihr Kind verschlingen, sobald es geboren war. Und sie gebar ein Kind, einen Sohn, der über alle Völker mit eisernem Zepter herrschen wird. Und ihr Kind wurde zu Gott und zu seinem Thron entrückt. Die Frau aber floh in die Wüste, wo Gott ihr einen Zufluchtsort geschaffen hatte; dort wird man sie mit Nahrung versorgen, zwölfhundertsechzig Tage lang.«

»*Eine Flucht. Hm, also war das auch schon früher ein Thema. Aber was soll die Passage mit dem Sohn, der über alle Völker herrschen wird ..., aber das Kind wird zu Gott entrückt?*«

Ab dem siebten Vers ging es nun um den Sturz des Drachen: »Da entbrannte im Himmel ein Kampf; Michael und seine Engel erhoben sich, um mit dem Drachen zu kämpfen. Der Drache und seine Engel kämpften, aber sie konnten sich nicht halten und sie verloren ihren Platz im Himmel. Er wurde gestürzt, der große Drache, die alte Schlange, die Teufel oder Satan heißt und die ganze Welt verführt; der Drache wurde auf die Erde gestürzt und mit ihm wurden seine Engel hinabgeworfen.«

»*Oha! Michael und seine Engel auf der einen Seite, der Drache und seine Engel auf der anderen? Ein Kampf im Himmel? Und dann der Sturz auf die Erde? Gab es den Kampf etwa schon? Ist der Drache jetzt hier? Bei uns? Und was genau verbirgt sich hinter dem Begriff "Drache"? Teufel oder Satan?*«

Ich legte die Bibel beiseite und griff zu meinem Laptop. *»Da gibt es doch bestimmt etwas im Internet ..., heutzutage findet man da eigentlich alles ..., zu allem etwas.«*

Doch ich wusste zunächst nicht, wonach ich suchen sollte, jeder Suchbegriff, den ich eingab, lieferte dermaßen viele Ergebnisse, dass ich Tage gebraucht hätte, nur um die, die für mich sinnvoll waren, rauszufischen. Nur eines schien mir klar, bei Michael musste es sich um einen Erzengel handeln, und ich fand heraus, dass es mehrere Stufen von Engeln gibt, genau wie es mehrere Himmel gibt. Das ist sogar im Koran angesprochen, in dem von sieben Himmeln die Rede ist, die die Bahnen der Engel und die Planetenbahnen nach dem im Altertum üblichen Modell darstellen, demzufolge die Erdsphäre sich im Mittelpunkt befindet und gewissermaßen eingebettet ist in die Sphären von Mond, Merkur, Venus, Sonne, Mars, Jupiter und Saturn. Im Koran wird auch darauf hingewiesen, dass der Teufel einst ein Engel war, nur wurde er hochmütig. Doch die Unterscheidung zwischen Satan und Teufel konnte ich erst einmal nicht nachvollziehen.

Ein Klopfen unterbrach meinen Gedankengang. »Hallo, Miss Fernández! Hier ist Björn!«

Ich legte die Bibel auf den Tisch, ging zur Tür und öffnete sie. »Hallo!«, sagte ich und wunderte mich, dass Maik nicht gekommen oder wenigstens mit gekommen war.

»Ich wollte nur kurz Bescheid sagen, dass wir wieder da sind und gleich zu Abend essen. Wenn Sie mögen, können Sie gerne rüberkommen. Maik ist auch da, er musste nur noch die Ausrüstung saubermachen.«

»Oh ja ..., danke. Das ist nett. Aber ich bin gerade in einer Phase ..., die würde ich ungern unterbrechen ..., und da ist an Essen eigentlich ohnehin nicht zu denken.«

»Oh ..., okay. Dann sehen wir uns morgen?«

»Ja ..., bis morgen! Gute Nacht!«

»Gute Nacht!«

Björn ging zurück zur Baracke, und ich schloss die Tür und ging in die Küche des Hauses. Ich trank ein großes Glas Wasser mit einem Zug aus und füllte es nach. Das nahm ich mit ins Wohnzimmer und stellte es auf den Tisch.

Ich griff zum Laptop und überprüfte meine E-Mails. Es fand sich nichts Besonderes, nur einige Berichte von anderen Untersuchungen, die meine Kollegen in Europa, Asien und Amerika zum Teil abgeschlossen hatten, zum Teil noch mit beschäftigt waren. Ich ging auf die Nachrichtenseite unseres Büros, doch auch dort waren keine wirklich außergewöhnlichen Geschehnisse erwähnt. Nach einer halben Stunde hatte ich die wichtigsten Neuigkeiten gelesen.

»Dann kann ich ja jetzt in Ruhe weiterarbeiten. Und recherchieren«, überlegte ich.

Doch zuvor nahm ich eine kleine Auszeit und betrieb etwas Gymnastik, Stretching.

Dann las ich weiter in der Bibel: »Da hörte ich eine laute Stimme im Himmel rufen: Jetzt ist er da, der rettende Sieg, die Macht und die Herrschaft unseres Gottes und die Vollmacht seines Gesalbten; denn gestürzt wurde der Ankläger unserer Brüder, der sie bei Tag und bei Nacht vor unserem Gott verklagte. Sie haben ihn besiegt durch das Blut des Lammes und durch ihr Wort und Zeugnis; sie hielten ihr Leben nicht fest, bis hinein in den Tod. Darum jubelt, ihr Himmel und alle, die darin wohnen. Weh aber euch, Land und Meer! Denn der Teufel ist zu euch hinabgekommen; seine Wut ist groß, weil er weiß, dass ihm nur noch eine kurze Frist bleibt.«

»So! Viel Zeit scheint er nicht mehr zu haben, der Teufel. Und offenbar ist jetzt geklärt, dass der Teufel auf die Erde gestürzt worden ist. Ist der Satan dann noch auf dem Weg? Der Gesalbte

ist auf jeden Fall Christus, so weit reichen meine Sprachkennt-
nisse, und früher haben sie ihn auch das Lamm oder das Lamm
Gottes genannt. Das macht Sinn.«

Mehr viel mir erst einmal nicht ein, und so widmete ich mich der Szene, vom Kampf des Drachen gegen die Frau: »Als der Drache erkannte, dass er auf die Erde gestürzt war, verfolgte er die Frau, die den Sohn geboren hatte. Aber der Frau wurden die beiden Flügel des großen Adlers gegeben, damit sie in die Wüste an ihren Ort fliegen konnte. Dort ist sie vor der Schlange sicher und wird eine Zeit und zwei Zeiten und eine halbe Zeit lang ernährt. Die Schlange spie einen Strom von Wasser aus ihrem Rachen hinter der Frau her, damit sie von den Fluten fortgerissen werde. Aber die Erde kam der Frau zu Hilfe; sie öffnete sich und verschlang den Strom, den der Drache aus seinem Rachen gespien hatte. Da geriet der Drache in Zorn über die Frau und er ging fort, um Krieg zu führen mit ihren übrigen Nachkommen, die den Geboten Gottes gehorchen und an dem Zeugnis für Jesus festhalten. Und der Drache trat an den Strand des Meeres.«

»Uff! Das ist mal ein Kampf! Aber mal Schlange ..., mal Dra-
che ..., ob die Leute das im Laufe der Zeiten immer richtig über-
setzt haben?«

Die Sache mit den Flügeln des Adlers gefiel mir. *»Fliegen*
müsste man können! Aber was soll das mit den Zeiten, eine,
zwei und eine halbe? Was sind Zeiten? Jahre? Jahrhunderte?
Jahrtausende? Na ja, jedenfalls ist die Erde auf der Seite der
Frau, das ist schon einmal beruhigend zu wissen.«

Ein Klopfen an die Tür unterbrach meinen Gedankengang. »Hallo, Miss Fernández! Hier ist Maik! Sind Sie noch wach?«

Ich ging zur Tür und öffnete. Ja, da stand der junge Forscher, mit einer Flasche Wein in der Hand, die er demonstrativ nach vorne streckte. »Unsere Runde hat sich bereits aufgelöst ..., etwas früh, wie ich finde. Und da ich Sie hier ganz alleine wusste, dachte ich mir, wir beide könnten noch ein gutes Glas Wein zusammen trinken und den Tag ausklingen lassen.«

Ich war hin- und hergerissen. Einerseits wollte ich meine Recherchen weiterführen, andererseits hätte ich in diesem Moment gegen ein bisschen Gesellschaft nichts einzuwenden gehabt. Und schon gar nichts gegen seine, auch wenn ich die Art etwas aufdringlich fand. Aber das war wohl den Umständen geschuldet. Ich überlegte.

Doch schien ihm das entweder zu lange zu dauern, oder er verstand es als Einladung: Er trat ganz nah an mich heran. »Ich wusste, dass Sie einem guten Wein nicht abgeneigt sind.«

»Das ist wirklich sehr nett ..., aber ich muss noch arbeiten«, stieß ich hervor.

Er trat einen Schritt zurück und musterte mich eingehend. »Ihr Mund sagt Nein, aber Ihre Augen sagen Ja!«, stellte er dann fest und klang sehr bestimmt.

Doch ich hatte mich in der Gewalt. »Weder noch«, gab ich mit einem Lächeln zurück. »Ich habe nicht Nein gesagt, und meine Augen haben auch nicht Ja gesagt.«

»Dann bleibt nur ein Vielleicht.«

»Das kann sein.«

»Soll ich die Flasche hier lassen? Vielleicht für einen späteren Zeitpunkt ..., an dem Sie nicht arbeiten müssen?«

»Das können wir machen.«

Er reichte mir die Flasche und berührte meine Hand.

»Danke«, sagte ich und trat ins Haus. »Gute Nacht!«

»Gute Nacht!« Er trat zurück, betrachtete mich noch einmal mit einem eindeutigen Blick, drehte sich um und ging zurück zu der Baracke.

Ich schloss die Tür, atmete tief durch und ging zurück zum Tisch. Ich musste mir mal dringend Klarheit über meine Gefühle verschaffen. »*Er ist sechs Jahre jünger!*«

Ich atmete noch einmal tief durch, dann griff ich wieder zur Bibel. Ich las das dreizehnte Kapitel, in dem ich schon zuvor gelesen hatte und das den "Zahlenwert des Tieres" enthält: sechshundertsechsundsechzig. Doch fand ich nicht das, was ich suchte. Allerdings wusste ich auch gar nicht so genau, wonach ich überhaupt suchte.

Es ging auf Mitternacht zu, als ich das Verfahren radikal abkürzte und ohne weiter darüber nachzudenken, zu meinem Laptop griff, im Internet den Suchbegriff "sechshundertsechsundsechzig" eingab und ein Suchergebnis nach dem anderen auswählte. Ich begann zu lesen, dass die sechs sechs sechs, wie die Zahl in manchen Kreisen auch bezeichnet wird, mehrere Bedeutungen hat, zum Beispiel wurde die Zahl "sechs" in alten Kulturen der Sonnensphäre zugeordnet, so wie die Zahl "zehn" der Erdsphäre. Mehrere Ziffern wiederum stehen auch für Entwicklungsstufen im Universum, sowohl von kulturellen Epochen als auch der Menschen, und insgesamt gibt es sieben Entwicklungsstufen.

Mein Interesse war geweckt, das kam ja dem Verständnis von meinem Interview-Partner, dem Gefangenen Nummer drei vier drei, sehr nahe. Ich beschloss, den Artikel weiter zu lesen, auch wenn er über mehr als hundert Bildschirmseiten ging, doch leider schlief ich dabei ein.

Sechstes Kapitel

Die Klausur

»Maryam, wach auf! Du träumst wieder!«

»Hmm«, hörte ich mich brummen, und in dem Moment, wo ich das merkte, war ich auch schon wach. Ich sah Sina an. »Guten Morgen!«

»Guten Morgen!«

»Diese Nacht kein Alptraum?«

»Nein ..., diese Nacht war ein ganz gewöhnlicher Traum. Für deine Verhältnisse.«

»War es interessant?«

»Ich glaube schon. Die Bibel, der Koran, die Bibel, der Koran ..., das war so das vorherrschende Thema der letzten Minute. Und die Lautstärke war beachtlich. Ich ernenne dich hiermit feierlich zu meinem persönlichen, voll organischen Wecker. Über die Weckzeit müssen wir uns allerdings nochmal unterhalten.«

Ich warf einen Blick auf meine Uhr. Fünf Uhr dreißig, halb sechs. Ich sah Sina zerknirscht an. »Tut mir leid.«

»Tja ..., was soll's denn? Wo ich schon mal wach bin, kann ich ja ins Bad gehen und dann Frühstück machen. Du hast ja bestimmt noch etwas zu recherchieren!«

»Ich? Zu recherchieren? Was denn?«

»Drei vier drei ..., du hast es immer wieder gesagt.«

»Warum?«

»Was weiß denn ich? Es war dein Traum!«

Mich durchfuhr es wie ein elektrischer Schlag. »Gefangener Nummer drei vier drei ..., natürlich! Drei vier drei bedeutet etwas.«

Ich sah meine Mitbewohnerin Rat suchend an.

Doch sie hatte offenbar keine zündende Idee so früh am Morgen.

»Sure drei Vers dreiundvierzig vielleicht«, mutmaßte ich nach einer kurzen stillen Phase.

»Oder Sure vierunddreißig Vers drei«, gab Sina zurück. »Ich sagte doch, du musst recherchieren. Viel Vergnügen!«

»Ja ..., dann muss ich wohl ...«

»Aber vergiss die Klausur nicht! Die ist das wichtigste heute, alles andere kann danach erledigt werden!«, mahnte sie, bevor sie im Bad verschwand.

»Nicht für mich«, murmelte ich, doch sie hörte es nicht mehr.

Als sie aus dem Bad kam, hatte ich schon den Frühstückstisch hergerichtet.

Sie staunte. »Hey ..., das ging ja schnell mit deiner Recherche. Und jetzt ...«

»Sie hat noch nicht einmal richtig begonnen«, unterbrach ich sie. »Aber ich arbeite daran.« Dann sah ich sie nachdenklich an.

»Was ist?«, fragte sie. Sie kannte mich inzwischen sehr gut und wusste, dass mich etwas beschäftigte.

»Diese Träume ..., diese Frau ...«

»Ja ..., was ist mit ihr?«

»Ich glaube, ich bin diese Frau.«

»Wie kommst du darauf?«

»Ich erlebe es mit ..., aber so, als ob ich sie wäre. Aus ihrer Perspektive. Ich sehe wie sie. Ich weiß nicht einmal wie sie ..., wie ich ..., aussehe!«

»Was? Das gibt es doch gar nicht!«

»Doch. Ich habe nur einmal mitbekommen, dass sie dunkle, lange Haare hat. Und sie ist älter als ich ..., aber nicht alt. Mittelalt. Fünfunddreißig. Das hat sie ..., das habe ich gesagt ..., oder gedacht.«

»Im Traum«, stellte Sina nüchtern fest. »Im Traum bin ich auch Superwoman und rette die Welt!«

Ich lachte. »Du spinnst doch!«

»Nein ..., im Ernst. Jeder schafft sich doch seine eigene Welt ..., das ist nun mal ein seelischer Vorgang. Und der Körper ist ein Behältnis für die Seele ..., im Grunde wie ein Gefängnis ...«

Ich schluckte. »Wie ein Gefängnis ...«, wiederholte ich.

Sina schien erst jetzt bewusst zu werden, was sie gesagt hatte. »Oh ..., das meinte ich nicht so ..., aber ...«

Wir sahen uns an. Für eine kleine Ewigkeit sprach keiner ein Wort.

»Fühlst du wie sie?«, fragte sie schließlich.

»Wie bitte?«

»Fühlst du wie sie? Du hast gesagt, du erlebst die Szenen aus ihrer Perspektive. Also fühlst du auch das, was sie fühlt? Oder jedenfalls das, was sie fühlen könnte, wenn sie real wäre? Ach verdammt, warum ist das so kompliziert?«

»Ich weiß nicht. Ich bin keine Psychologin. Es ist schon irgendwie komisch.«

»Aber du sprichst die Sprachen von vielen Menschen. Du kannst vermitteln ..., dolmetschen.«

»Du doch auch.«

»Das stimmt.« Sie sah mich an, ein Lächeln huschte über ihr Gesicht. »Dann machen wir uns später einmal selbstständig ..., und arbeiten als Dolmetscher für die Vereinten Nationen ..., für alle Menschen!«

»Gute Idee. Ich bin dabei. Aber vorher müssen wir noch einiges lesen und gleich noch schnell in die Bibliothek, bevor wir zur Klausur gehen. Aber erst frühstücken, sonst ist der Tag nichts wert!«

»Kein Problem! So früh wie wir heute dran sind, kannst du noch zehn Bücher vorher lesen!«

»Sehr witzig!« Ich ging ins Bad. Als ich wieder herauskam, war der Tee fertig, und Sina hatte Brötchen geholt. Da kam mir in den Sinn, dass heute Donnerstag war. Na klar, dann war auch ihr Schwarm wieder in der Bäckerei. Ich sah sie während des gesamten Frühstücks immer wieder bezeichnend an, doch sie wich meinem Blick aus oder lenkte auf ein anderes Thema über. Bald war für mich die Sache klar: Entweder war der Typ nicht da, oder er hat ihr einen Korb gegeben. Oder er hat eine andere.

Nach dem Frühstück machten wir uns auf den Weg zur Uni, wo bereits einiges los war. Doch die Bibliothek war noch recht leer. Das passte mir ganz gut, denn Sina zählte mit ihrem Temperament nicht zu derjenigen Sorte von Bibliotheksgästen, die sich dort lange aufhielten. Ich schleppte sie in die Abteilung für Religionsgeschichte.

»Da ist ein Computer ..., da fangen wir an«, erklärte ich.

»Okay!«

Wir setzten uns an einen von zehn PC-Arbeitsplätzen in einem abgetrennten Raum. Wir waren die einzigen Besucher.

»Hier werden wir bestimmt etwas finden.«

»Was suchen wir denn?«, erkundigte sie sich.

»Ich weiß noch nicht so genau ..., ich hoffe, dass es hier eine Suchfunktion gibt.«

Es gab eine, und ich fand sie sogar sehr schnell.

»Such nach "Religion"«, schlug Sina vor.

»Cleverle, du bist hier in der Religionsabteilung, was meinst du, wie viele Treffer es da geben wird?«

Sina gluckste, sie beherrschte sich, um nicht laut loszulachen. »Stimmt! War nicht meine beste Idee heute! Okay, dann such "Christus" ..., oder "Christentum"!«

»Schon besser ..., obwohl es da wahrscheinlich auch unendlich viele Treffer geben wird.«

Ich gab "Christentum" in die Suchmaske ein, und es dauerte eine kleine Ewigkeit, bis mir die Ergebnisse präsentiert wurden.

»Da! Der dritte Eintrag von unten sieht gut aus.«

»Es geht hier nicht ums Aussehen!«

»Ich meine auch nicht das Aussehen, es ist nur so ein Gefühl.«

»Na dann ..., wenn es ein Gefühl ist, können wir es ja mal probieren.« Ich klickte mit der Maus auf den Eintrag, und es öffnete sich ein neues Fenster.

»Das Christentum«, las ich. »Die gemessen an der Zahl ihrer Anhänger größte Religion der Welt, Verbreitungsgebiet hauptsächlich in Europa und Amerika, aber auch in Afrika, Asien und Australien. Es gibt mehrere Kirchen und Konfessionen, die größte ist die römisch-katholische Kirche, deren Oberhaupt der Papst im Vatikan, in Rom, ist. Die drei wichtigsten und wohl auch bekanntesten christlichen Feste sind Weihnachten, die Geburt Jesu, Ostern, sein Tod und seine Auferstehung, und Pfingsten, fünfzig Tage nach Ostern, die Sendung des Heiligen Geistes. Ostern ist das bekannteste Fest, Karfreitag im April des Jahres dreiunddreißig gilt als der Todestag Christi, während Pfingsten, dessen Ursprung auf ein jüdisches Fest zurückgeht, als Geburtsfest der Kirche gilt. Dies resultiert daraus, dass die Jünger Christi nach seinem Tod nahezu mutlos waren, sie aber durch die Auferstehung, also gewissermaßen mit dem Sieg des Geistes über die Materie, wieder voller Hoffnung waren und seine Gegenwart bis Himmelfahrt, vierzig Tage nach Ostern spüren konnten. Mit der Himmelfahrt Christi war zwar diese Phase beendet, doch an Pfingsten kam der Heilige Geist auf sie, und sie konnten den Menschen in allen Sprachen die Taten und die Lehre Christi verkünden. Im Gegensatz zu Weihnachten, dass in jedem Jahr am fünfundzwanzigsten Dezember gefeiert wird, handelt es sich beim Osterfest um ein bewegliches Datum: Ostersonntag ist der Sonntag nach dem ersten Vollmond nach Frühlingsbeginn, also nach dem einundzwanzigsten März. Im Italienischen heißt Ostern Pasqua, im Französischen Pâques, im Spanischen Pascua. Es leitet sich vom hebräischen Pessach und vom aramäischen pas-cha ab. Jedes Jahr zur Osterzeit versammeln sich die Gläubigen auf dem Petersplatz im Vatikan, wo der Papst die ...«

»Ich war schon einmal in Rom ..., mit meiner Mutter!«

»Wann?«

»Während meiner Schulzeit. In den Ferien. Es war sehr warm. Sie meinte, ich hätte noch nie so viel Eis gegessen, wie in jenem Sommer.«

»Und was hast du da sonst so gemacht?«

»Hm ..., Ferien! Es war toll! Und mein Italienisch aufgebessert. Es war ein wenig eingerostet.«

»Ha ha«, sagte ich ohne eine Miene zu verziehen. »Das glaubst du doch selber nicht!«

»Na gut, dann eben nicht. Eigentlich kann man es auch gar nicht verlernen, erstens ist es so melodisch, das geht sofort ins Blut ..., und zweitens leben so viele Italiener hier in Deutschland, dass ...«

»Du den Sprachkurs vor der Haustür machen kannst!«

»Si!«

»Gut. Aber zurück zu unseren Religionen!« Ich wandte mich wieder dem Bildschirm zu.

Doch Sina hatte offenbar genug davon. »Wollen wir es nicht mal bei den Büchern probieren? Vielleicht geht das zielorientierter?«

Ich schaltete den Computer aus. »Na gut ..., man kann zwar alle Texte auch im Internet lesen, aber wo wir schon mal hier sind ..., können wir auch ein normales Buch nehmen. Ich würde sagen, wir brauchen zunächst einmal einen Koran und eine Bibel.«

»Okay!«

Leise schritten wir durch die Gänge, ich auf der einen, Sina auf der anderen Seite. Ich war noch nicht am Ende des ersten Ganges angekommen, als Sina mir auf einmal entgegen kam. Stolz präsentierte sie eine Bibel, die ich ihr abnahm. »Gut, jetzt noch einen Koran.«

Auch ein Exemplar des Heiligen Buches des Islam war bald gefunden, ebenso mehrere Dutzend Kommentare, jeder wiederum in Buchstärke. Doch ich hielt mich ans Original.

»Lass uns zu den Tischen gehen«, schlug Sina vor, und ich folgte ihr.

Wir setzten uns, ich schlug den Koran auf und blätterte zur dritten Sure Vers dreiundvierzig. Und ich las, und es überfuhr mich heiß und kalt!

»Was ist? Du siehst aus, als ob du ein Gespenst gesehen hättest!«

Ich hielt ihr das Buch hin. »Lies!«

Und sie nahm das Buch und las: »Und die Engel sprachen: Maria, Gott hat dich erkoren, gereinigt und bevorzugt vor allen Frauen der ganzen Welt.«

Fassungslos sah ich sie an. »Ich habe noch nie im Koran gelesen«, flüsterte ich. »Und das erste Mal, als ich drin lese, spricht er zu mir!«

»Zu dir?«

»Mein Name ist Maryam, das ist arabisch für Maria, auch für Marie in moderner Zeit, oder Mary im Englischen. Im Laufe der Zeiten hat es da viele Abwandlungen gegeben ...«

»Keine Panik ..., das ist nur ein Zufall«, versuchte mich Sina zu beruhigen.

»Du weißt doch ..., ich glaube nicht an Zufälle«, flüsterte ich.

»Ja, ich weiß. Und nun? Was sagt uns das?«

»Ich weiß es nicht.«

»Dann lies weiter!« Sie gab mir das Buch wieder und hielt die Seite aufgeschlagen.

Ich nahm es. »Okay! Vers vierundvierzig: O Maria, sei deinem Herrn ganz ergeben, verehre ihn und beuge dich mit denen, die sich vor ihm beugen.«

Ich schaute Sina an, doch sie zuckte nur mit den Schultern.

Ich las weiter: »Vers fünfundvierzig: Dies ist ein Geheimnis; dir, Mohammed, offenbaren wir es. Du warst nicht dabei, als sie das Los warfen, wer von ihnen die Sorge für Maria übernehmen sollte; warst auch nicht dabei, als sie sich darum stritten.«

»Ein Geheimnis«, wiederholte ich und erntete jetzt immerhin ein »Hmm«, von Sina.

»Vers sechsundvierzig«, las ich weiter. »Die Engel sprachen ferner: O Maria, Gott verkündet dir das fleischgewordene Wort. Sein Name wird sein Messias Jesus, der Sohn der Maria. Herrlich wird er in dieser und in jener Welt sein und zu denen gehören, denen des Herrn Nähe gewährt wurde. Vers siebenundvierzig: Er wird in der Wiege schon und auch im Mannesalter zu den Menschen reden und wird ein frommer Mann sein.«

»Das ist ja wie in der Bibel«, meinte Sina.

Ich sah sie an. »Kennst du die Bibel?«

»Nun ja ..., ein bisschen ..., jedenfalls einige Geschichten daraus. Es sind ja eigentlich mehrere Bücher, die in einem sehr, sehr großen Buch zusammengefasst sind.«

Ich musste trotz des Ernstes der Situation lachen. »Sehr sehr groß? Klingt viel.«

»Ja, ist es auch«, gab sie zurück, fiel in das Lachen ein und hielt mir die Bibel vor die Nase. »Hier, lies selbst!«

»Sofort«, versprach ich, »ich will nur noch einen Vers weiterlesen. Vers achtundvierzig: Maria erwiderte: Wie soll ich einen Sohn gebären, da mich ja kein Mann berührte? Der Engel antwortete: Der Herr schafft, was und wie er will; wenn er irgend etwas beschlossen hat und spricht: "Es werde!" - dann ist es.«

»Verrückt! Das ist ja wirklich wie in der Bibel! Dort gibt es doch die Stelle "Es werde Licht!". Gib mal her!«

Ich gab Sina das Buch. Dafür nahm ich nun die Bibel entgegen und schlug eine Seite im hinteren Bereich auf. Ich landete bei Markus und blätterte weiter nach vorn, bis zur Einleitung des Neuen Testaments. Hier las ich, dass die Bücher des Neuen Testaments ursprünglich in griechischer Sprache verfasst wurden, die Originale jedoch nicht mehr erhalten sind. Sie gliedern sich in drei Bereiche: in die Geschichtsbücher, in die Lehrbücher und in das prophetische Buch. Zu den bekanntesten zählen die Geschichtsbücher, die vier Evangelien, von Matthäus, Markus, Lukas und Johannes sowie das prophetische Buch, die Offenbarung des Johannes.

»Zweimal Johannes«, überlegte ich. *»Der war wohl am dichtesten dran ..., dann fange ich mal mit ihm an.«*

Und ich las im ersten Kapitel: "Im Anfang war das Wort, und das Wort war bei Gott, und das Wort war Gott. Im Anfang war es bei Gott. Alles ist durch das Wort geworden, und ohne das Wort wurde nichts, was geworden ist. In ihm war das Leben und das Leben war das Licht der Menschen. Und das Licht leuchtet in der Finsternis und die Finsternis hat es nicht erfasst. Es trat ein Mensch auf, der von Gott gesandt war; sein Name war Johannes. Er kam als Zeuge, um Zeugnis abzulegen für das Licht, damit alle durch ihn zum

Glauben kommen. Er war nicht selbst das Licht, er sollte nur Zeugnis ablegen für das Licht. Das wahre Licht, das jeden Menschen erleuchtet, kam in die Welt. Er war in der Welt und die Welt ist durch ihn geworden, aber die Welt erkannte ihn nicht. Er kam in sein Eigentum, aber die Seinen nahmen ihn nicht auf. Allen aber, die ihn aufnahmen, gab er Macht, Kinder Gottes zu werden, allen, die an seinen Namen glauben, die nicht aus dem Blut, nicht aus dem Willen des Fleisches, nicht aus dem Willen des Mannes, sondern aus Gott geboren sind. Und das Wort ist Fleisch geworden und hat unter uns gewohnt und wir haben seine Herrlichkeit gesehen, die Herrlichkeit des einzigen Sohnes vom Vater, voll Gnade und Wahrheit. Johannes legte Zeugnis für ihn ab und rief: Dieser war es, über den ich gesagt habe: Er, der nach mir kommt, ist mir voraus, weil er vor mir war. Aus seiner Fülle haben wir alle empfangen, Gnade über Gnade. Denn das Gesetz wurde durch Mose gegeben, die Gnade und die Wahrheit kamen durch Jesus Christus. Niemand hat Gott je gesehen. Der Einzige, der Gott ist und am Herzen des Vaters ruht, er hat Kunde gebracht."

Ich stellte fest, dass ich den Text nicht verstand und sah kurz hoch, doch war Sina momentan in den Koran vertieft. So schlug ich das Alte Testament auf und wollte sehen, ob dies einfacher zu verstehen war. Doch schon am Anfang wurde es kurios: Im ersten Buch Mose, der Genesis, wird über "die Erschaffung der Welt" berichtet, und dort fand ich auch das, was Sina eben meinte: Es werde!

"Es werde Licht, und es wurde Licht", las ich und "Gott nannte das Licht Tag und die Finsternis nannte er Nacht. Es wurde Abend und es wurde Morgen: erster Tag."

»So weit, so gut«, dachte ich, *»ohne Licht ist mit uns auch nicht viel anzufangen ..., da wäre es ganz schön dunkel.«*

Ich musste leise kichern über meinen Witz und las weiter. Doch beim vierten Tag stutzte ich: "Lichter sollen am Himmelsgewölbe sein, um Tag und Nacht zu scheiden. Sie sollen Zeichen sein und zur Bestimmung von Festzeiten, von Tagen und Jahren dienen."

»Was soll das denn? Jetzt macht Gott erst die Lichter am Himmelsgewölbe? Verstehe ich nicht. Wie können denn schon Tage da sein, wenn erst am vierten Tag Sonne, Mond und Sterne gemacht werden?«

Ich riskierte einen Blick zu Sina, doch die las immer noch im Koran. Also las auch ich weiter – und stolperte über die nächste Stelle, den sechsten Tag: "Gott machte alle Arten von Tieren des Feldes, alle Arten von Vieh und alle Arten von Kriechtieren auf dem Erdboden", aber "dann sprach Gott: Lasst uns Menschen machen als unser Abbild, uns ähnlich".

»Wieso "uns"?«, fragte ich mich. *»Ich denke, sowohl Judentum wie Christentum sind monotheistische Religionen ..., warum spricht Gott von sich in der Mehrzahl?«*

Doch wenig später kehrte der Eine Gott zurück ins Spiel: "Gott schuf also den Menschen als sein Abbild; als Abbild Gottes schuf er ihn. Als Mann und Frau schuf er sie."

»Hm, schon komisch. Na ja ..., mal sehen, was das zweite Kapitel so hergibt.«

Wenn ich gedacht hatte, es würde nun klarer werden, sah ich mich getäuscht, auf einmal wurde ich mit einer weiteren Schöpfungsart konfrontiert, denn "Gott, der Herr, formte den Menschen aus Erde vom Ackerboden und blies in seine Nase den Lebensatem."

»Gott, der Herr«, überlege ich, *»ist das ein dritter Gott? Und warum formte er auch den Menschen ..., aus Erde? Was waren wir denn vorher ..., als Mann und Frau? Noch nicht aus Erde? Aber was dann?«*

Sina war noch immer in den Koran vertieft. Ich stand auf und ging noch einmal zu dem Regal. Schnell wurde ich fündig. In der Hoffnung, dass es sich vielleicht um Übersetzungs- oder Übertragungsfehler handelte, griff ich nach dem Originaltext der Bibel. Von Martin Luther.

Ich setzte mich wieder, legte beide Exemplare nebeneinander und begann am Anfang, der Genesis, dem ersten Kapitel, dem ersten Vers. Und da ging es schon los!

»Am Anfang schuff Gott Himel und Erden.«, las ich im Original, während es in der zeitgenössischen Variante lautete: »Im Anfang schuf Gott Himmel und Erde;«.

»*Komisch*«, dachte ich, »*was denn nun, am Anfang oder im Anfang?*«

Doch da ich wusste, dass im Hebräischen die Vokale nicht geschrieben wurden, ging ich zum nächsten Vers über: »Und die Erde war wüst und leer und es war finster auff der Tiefe und der Geist Gottes schwebet auf dem Wasser.« Der andere Text lautete: »die Erde aber war wüst und wirr, Finsternis lag über der Urflut und Gottes Geist schwebte über dem Wasser.«

»*Tiefe gegen Urflut, auf dem Wasser oder über dem Wasser. Man oh man!*«

Ich überflog die Seite und stellte nun auch noch fest, dass es bei Luther immer hieß "Und Gott sprach", während die moderne Variante lautete "Dann sprach Gott". »*Sinnlos!*«, dachte ich, »*da komme ich nicht weiter. Das erfordert ja ein komplettes Studium! Und wie soll ich wissen, was wesentlich ist und was nicht?*«

Sina schien allerdings derweil im Koran etwas Interessantes gefunden zu haben und unterbrach meine Gedankengänge: »Hör zu! Zweite Sure Vers zweiundfünfzig: Denkt daran, wie ihr, als ich mich vierzig Nächte mit Moses besprach, das Kalb vergöttertet und sündigtet, Vers dreiundfünfzig: was wir euch später verziehen haben, damit ihr dankbar seid. Vers vierundfünfzig: Auch gaben wir Moses die Schrift und die Offenbarung zu euerer Richtschnur.«

»Es ist derselbe Gott! Juden, Christen, Moslems, sie alle haben denselben Gott!«, stieß ich hervor. Dabei war ich lauter geworden, als es in der Bibliothek gewünscht war, und ein Mitarbeiter wies mich entsprechend darauf hin.

»Okay, wir sind schon weg«, meinte Sina und brachte die Bücher zurück in die Regale. Dann gingen wir zum Hauptgebäude.

»Weißt du was ..., wir haben noch eine gute halbe Stunde Zeit. Lass uns doch einen Abstecher in die Caféteria machen, ich muss noch mal auf andere Gedanken kommen.«

»Gute Idee. Für den Moment reicht es mir auch.«

Wir hielten uns linker Hand und hatten schon beim Eintreten einige Bekannte erspäht, zu denen wir uns an den Tisch setzten. Wir alle mussten heute eine Klausur schreiben. Hier war man noch zusammen gekommen, um sich in Ruhe darauf vorzubereiten, wie es einer ausdrückte.

»Aber bevor ihr die Klausur schreibt, müsst ihr unbedingt noch etwas erfahren«, erklärte Sina.

»Was gibt es denn so Wichtiges?«, fragte Melika.

»Maryam hat heute festgestellt, dass wir alle denselben Gott haben«

»Ach was!«

»Ja! Und dass es insofern ziemlich dämlich ist, sich zu bekriegen und zu behaupten, die anderen sind Ungläubige.«

»So so.«

»Ja, es macht doch keinen Sinn, sich zu bekriegen, wenn man an denselben Gott glaubt. Auch wenn man ihn vielleicht anders nennt. Jehova oder Allah.«

»Aus Sicht eines Waffenhändlers, der beide Parteien beliefert, macht das durchaus Sinn«, spottete Dennis.

»Richtig. Krieg ist gut fürs Geschäft«, stimmte Marcel zu. »Das fängt doch schon bei Kindern und ihren Spielekonsolen an.«

»Das ist vielleicht eine Erklärung für gewisse Verhältnisse«, sagte ich. »Aber jetzt mal ernsthaft: Glaubst du an Gott?«

»Hey ..., du bist hier in Berlin! Hier kann jeder glauben, was er will!«, antwortete Marcel.

Franziska räusperte sich vernehmlich und sagte mit erhobener Stimme:

»Nun sag, wie hast du's mit der Religion?

Du bist ein herzlich guter Mann,

Allein ich glaub', du hältst nicht viel davon.«

Dennis ging auf sie ein und antwortete:

»Lass das, mein Kind! Du fühlst, ich bin dir gut;

Für meine Lieben ließ' ich Leib und Blut,

Will niemand sein Gefühl und seine Kirche rauben.«

»Das ist nicht recht, man muß dran glauben!«, setzte Franziska wieder ein.

»Muß man?«, fragte Dennis mit einem derart gespielt dämlichen Gesichtsausdruck, dass wir uns alle bogen vor Lachen.

Auch Franziska hatte Mühe ernst zu bleiben, doch sie zog die Szene durch:

»Ach! wenn ich etwas auf dich könnte!

Du ehrst auch nicht die heil'gen Sakramente.«

»Ich ehre sie.«, erklärte Dennis.

»Doch ohne Verlangen.

Zur Messe, zur Beichte bist du lange nicht gegangen.

Glaubst du an Gott?«, fragte Franziska und schaute in die Runde.

Wir applaudierten.

»Danke, danke ..., das waren Faust und Margarete«, erklärte Dennis.

»Germanistik-Studium, drittes Semester?«, fragte Niklas.

»Nein, Deutsch-Grundkurs, zwölfte Klasse«, entgegnete Franziska. »Unser Lehrer war Goethe-Fan, da gehörte der Faust quasi zur Standardliteratur.«

»Ja ..., wir haben damals ganze Passagen auswendig gelernt. Aber ich hätte nie gedacht, dass ich die jetzt immer noch so gut drauf habe«, staunte Dennis.

»Hat wohl Eindruck hinterlassen«, meinte Steffen.

»Wer? Unser Lehrer oder Goethe?«, fragte Franziska.

Jetzt lachten wir alle, doch als wieder Ruhe in der Runde herrschte, hakte ich nach: »Und wie sieht es nun aus? Glaubt ihr an Gott?«

Stille. Selbst der sonst so schlagfertige Dennis schwieg.

»Es traut sich keiner, was zu sagen. Vielleicht haben sie Angst, die anderen könnten sie auslachen«, vermutete ich.

»Also ..., ich finde ..., das kann jeder für sich selbst entscheiden.« Dennis wagte einen ersten Vorstoß.

Und das Eis war gebrochen! Im Nu schwirrten die unterschiedlichsten Meinungen durcheinander:

»Was ist nicht alles mit der Kirche passiert! Und da soll ich an Gott glauben?«

»Wie viele Kriege und Tote gab es wegen so genannten Religionskriegen? Ist das göttliche Eingebung?«

»Oder Gottes Wille?«

»Hat das überhaupt mit Gott zu tun?«

»Wofür gibt es die Wissenschaft? Ein Gottes-Glaube war doch nur erforderlich, um die Welt zu erklären. Heutzutage sind wir aber viel weiter als ...«

»Als vor hundert oder tausend Jahren. Wir wissen jetzt, was damals noch nicht gewusst wurde.«

»Wenn du an Gott glaubst, solltest du vielleicht Theologie studieren.«

»Ja ..., und Freigeister studieren Philosophie.«

»Die Welt erklären kann man nur mit Physik und Chemie ..., und ein bisschen Biologie für die Fortpflanzung. Das reicht völlig!«

Das reichte. So ein Wirrwarr!

In dem Moment lief Sven vorbei, und Sina rief ihm zu: »Hey, du Mathe-Genie! Erzähl uns doch mal was über die Zahlen drei vier drei.«

»Drei vier drei? Ergibt als Summe zehn und als Produkt sechsunddreißig. Die Quersumme ist eins.«

»Ah, sechs mal sechs ist auch sechsunddreißig.«

»Stimmt.«

»Und sechs ist die höchste Zahl auf einem Würfel.«

»Stimmt auch.«

»Danke!«

»Sehr gern.«

»Woher kennst du Sven so gut?«, fragte Amelie. »Und warum antwortet er dir sofort? Mich hat er in der Klausur im letzten Semester nicht einmal abschreiben lassen.«

Sina grinste. »Tja ..., ich bin halt nett. Vielleicht mag er ja auch einfach nur meine Augen, Gegensätze ziehen sich ja bekanntlich an. Und hilft uns das nun irgendwie weiter?«

Alle schüttelten den Kopf.

Schließlich sah Franziska mich an, die ich mich an dem Gedankensammelsurium nicht beteiligt hatte, und fragte: »Und was glaubst du?«

»Genau! Was glaubst du? Hätte Gott nicht verhindern können, dass in eurem Land Bürgerkrieg ausgebrochen ist und ihr fliehen musstet?«, fragte Marcel.

»Dann hätte sie uns aber nie kennen gelernt. Das wäre doch schade«, meinte Sina. »Tut mir leid, Leute ..., aber wir müssen los. Die Klausur wartet nicht, bis wir mit der Diskussion zu Ende sind.«

»Diskussionen enden nie«, flüsterte ich, doch nur Sina hörte es. »Würde es nur einer wirklich wissen, müsste man nicht diskutieren.«

»Kluges Mädchen«, flüsterte Sina zurück. »Das ist wie mit unseren Vokabeln. Komm!«

»Oh ja ..., ich glaube, wir müssen auch los«, erklärte Dennis und erhob sich. Damit gab er das Zeichen zum Aufbruch.

»Sehen wir uns später? Klar, nachher in unserer Stammkneipe ..., entweder zum Feiern oder Frust runterspülen!«, rief Niklas.

»Viel Glück!«, wünschten wir uns, dann trennten sich unsere Wege. Sina und ich gingen durch den Hauptausgang nach draußen.

Die Klausur verlief für mich recht zufriedenstellend, und ich gab meine Unterlagen vor Sina ab. Draußen musste ich nur zehn Minuten warten, bis sie auch kam. »Man oh man, das war aber eine harte Nuss«, stöhnte sie. »Eine Aufgabe konnte ich gar nicht beantworten, und bei einer anderen fehlt mir bestimmt die Hälfte. Das wird bestenfalls 'ne Drei!«

»Na und? Wäre doch okay«, versuchte ich sie aufzumuntern.

»Ja? Meinst du? Ich weiß nicht. Na ja ... vielleicht ...«

»Aber bestimmt. Hauptsache, du hast sie nicht total verhauen.«

»Nee ..., ich glaube nicht. Aber egal ..., ich brauche jetzt erstmal was zu trinken. Kommst du mit in die Caféteria?«

»Klar!«

Wir ergatterten einen freien Vierertisch, und es dauerte nicht lange, da waren Amelie und Franziska auch da. Die

Macht der Gewohnheit! Eben hatte Franziska von ihrer Klausur berichtet, da unterbrach ein leiser Ruf von Amelie das Gespräch. »Vorsicht, da kommt Valerie!«

Ein Mädchen trat an unseren Tisch. Sie hatte brünettes, seidenweiches, langes Haar, einen Schmollmund und grüne Katzenaugen. Ihr schlanker Körper mit deutlichen Rundungen an den richtigen Stellen, wie mein Bruder wohl gesagt hätte, verriet mir nach einem Blick, dass sie das war, was man einen heißen Feger nennt.

»Hi Leute, wie geht's?«

»Hey Valerie! Danke ..., gut ..., und dir?«, antwortete Amelie.

»Sehr gut, danke. Ich habe ein tolles Gefühl bei der Klausur, und in den Semesterferien fliege ich nach Südfrankreich ..., an die Côte d'Azur.«

»Toll! Das wird dir bestimmt gefallen!«, meinte Sina.

Wenn Valerie beabsichtigt hatte, uns neidisch zu machen oder bewundert zu werden, dann ging der Plan schief, wir zeigten keine weiteren Reaktionen.

»Ja ..., ich hoffe doch ...«, meinte sie nach einer kleinen Pause. »Aber jetzt muss ich weiter ..., ich bin gleich verabredet. Viel Spaß noch!«

»Ciao!«

Als sie außer Hörweite war, steckten wir die Köpfe zusammen. Mir war bereits einiges zu Ohren gekommen, obwohl ich mich an derartigen Gesprächen nur ungern beteiligte. Leben und leben lassen war meine Devise. Doch es kursierten die bösartigsten Gerüchte. Die einen meinten, dass sie in Südfrankreich einen reichen Lover hatte und sich von ihm aushalten ließ, andere vermuteten in ihr eine Edel-Prostituierte, die in den Semesterferien so viel Geld verdiente, wie sonstige Berufstätige in einem ganzen Jahr nicht. Dies würde auch die Flüge erklären, die sie mitten im Semester an vielen langen und manchmal auch kurzen Wochenenden unternahm. Der Hinweis mit der Côte d'Azur heizte die Gerüchteküche nur noch mehr an.

»Ihr Hobby ist es, anderen Mädchen die Jungs auszuspannen«, erklärte Amelie mit wahrer Verschwörermiene.

»Schlange!«, rief Sina ihr leise hinterher.

»Ja, ihr müsst nur mal sehen ..., sobald sie einen auserkoren hat, werden die Röcke kürzer, die Tops knalliger und enger und die Blicke heißer. Letztes Semester hat sie sich Fabio geangelt, und in den Ferien hat sie mit ihm Schluss gemacht.«

»Woher weißt du das?«

»Von seiner Ex ..., Nele. Er hat sie dann angerufen, und sie hat ihm verziehen.«

»Siehst du! Wusste ich doch, dass die beiden wieder zusammen sind!«, meinte Franziska.

»Ja ...«, sagte Amelie und wandte sich mir zu, »aber du musst echt aufpassen ..., auf deinen Tim. Sonst könnte eure Liebelei zu Ende sein, bevor sie angefangen hat. Du hast doch erzählt, dass er Sport studiert. Valerie studiert auch Sport ...«

»Ich tue, was ich kann«, versprach ich.

»Spätere Hochzeit nicht ausgeschlossen.« Franziska kicherte.

»Sehr witzig. Lass uns doch erst einmal kennen lernen!«

»Ja, lass sie doch«, meinte Sina.

»Hallo, Leute!«

Ein Mädchen stand neben unserem Tisch. Elena. Wir hatten sie gar nicht gehört.

»Hi, Elena! Wie geht's? Wie war die Klausur?«, fragte Amelie.

Franziska schob ihr einen freien Stuhl vom Nachbartisch zu. »Hier, setz dich doch!«

»Danke.« Sie setzte sich. »Die Klausur ging so. Alles geht so.«

»Was ist los? Schlechte Laune?« Sina brachte es auf den Punkt.

»Was los ist? Ach ..., da war so ein Kerl ..., am Wochenende ..., auf der Party ...«

»Und du hast dich bis über beide Ohren verliebt, was?«, vermutete Amelie.

»Hm. Ein bisschen vielleicht.«

»Und was war mit ihm?«

»Wer war er denn?«, fragte Franziska.

»Ich weiß seinen Namen nicht. Wir haben nur so geredet. Es war nett.«

»Kommt er von unserer Uni? Welches Semester? Hast du ihn schon mal gesehen?«

»Nein ..., ich weiß nicht ..., nein, ich glaube nicht.«

»Das ist blöd.«

»Ach Quatsch! Andere Mütter haben auch hübsche Töchter«, rief ich.

»Wie bitte?«

»Hat meine Mutter zu meinem Bruder gesagt, als der mal unsterblich verliebt war. In der achten Klasse.«

»Aha.«

»Ja ..., das gilt natürlich auch für Mädchen. Es gibt doch so viele Jungs ..., und so viele Männer!«

»Stimmt. Da solltest du wirklich den richtigen finden«, sagte Amelie.

»Hast wohl Recht. So habe ich das noch gar nicht betrachtet.«

»Na klar! Guck dich doch nur um, allein hier laufen so viele herum ..., und nun erst in Berlin! Das ist nur eine Frage von Raum und Zeit«, erklärte Franziska im Brustton der Überzeugung.

»Danke. Dann schau ich mal, was die nächste Party bringt.«

»Genau! Das ist die richtige Einstellung!«

»Okay ..., wir sehen uns. Macht's gut!«

»Ciao!«

»Das nenne ich mal pädagogisch wertvoll. Gut gemacht. Wirklich.« Amelie sah mich fast ein bisschen ehrfurchtsvoll an.

»Aus der Praxis für die Praxis«, entgegnete ich. »Es muss doch auch Vorteile haben, ältere Brüder zu haben.«

»Klar!«

»Apropos! Was ist denn eigentlich mit deinem Bruder?«, fragte Franziska.

»Safi? Och, der ist inzwischen dreißig ..., und ich glaube, er wird bald heiraten.«

»Was? Heiraten? Toll!«, rief Amelie. Sie hätte wohl gern noch über Hochzeiten, das Heiraten und ähnliche Dinge gesprochen, doch Franziska interessierten andere Dinge: »Und dein anderer Bruder?«

»Aaron? Ja ..., der ...«

Mein Telefon klingelte. Ein Blick auf das Display verriet mir, dass der eben Genannte anrief. »Wenn man von ihm spricht ..., das ist er!«

»Oh!«, machten die drei.

Ich nahm den Anruf entgegen: »Hallo, Aaron!«

»Hallo, Maryam! Alles klar?«

»Ja, danke. Und bei dir?«

»Auch ..., soweit. Und ..., wie war die Klausur?«

»Ganz okay. Wir sitzen hier gerade und sind in der Nachbereitungsphase.«

»Also sprecht ihr über Jungs, ja?« Er lachte.

Ich mochte dieses Lachen. Es hatte mir in der Kindheit manche schwere Stunde erleichtert. Aaron war von Natur aus ein fröhlicher Mensch. Um so mehr spürte ich, dass er etwas Ernstes auf dem Herzen hatte. »Ja«, sagte ich, »Jungs kamen in dem Gespräch auch vor.«

Ich lachte, stand auf und ging ein paar Schritte zur Seite. »Was ist los? Du klingst so ..., traurig.«

»Vor dir kann ich auch nichts verbergen, was? Ich habe recherchiert. Für deinen Traum.«

»Ah! Ja ..., und?«

»Meine arme, kleine Schwester. Was hast du bloß erlebt oder gehört ..., oder gesehen?«

»Wieso?«

»Ich habe sehr intensiv recherchiert. Es gibt eine Menge Material, und anfangs dachte ich, ich könnte es dir einfach schicken. Aber ich glaube, es ist besser, wenn ich es kurz zusammenfasse.«

»Ja ...?«

»In gewissen Kreisen, die manche als satanisch einstufen, zählt die Vergewaltigung speziell eines Kindes zu den höchsten Akten auf dem Weg in die Finsternis, die man überhaupt begehen kann. Ein Mord oder mehrere Morde zählen ebenfalls dazu. Wenn es Bestandteile von Ritualen sind, dann läuft es in genau diese Richtung. Hierbei gibt es eine Entwicklung ..., man fängt mit leichteren Vergehen an und steigert es bis zum Schlimmsten. Dabei entfernt man sich immer mehr vom Licht, der wahren Entwicklung. Ein Gesetz des Bösen besagt, dass alles Heilige in sein Gegenteil verzerrt und alles Böse zum Heiligen erklärt werden muss. Wahres und Wahrhaftiges in Unwahres, Wesentliches in Unwesentliches ..., und so weiter.«

Ich schluckte.

»Maryam, das ist eine schlimme Sache! Eine sehr ernste Sache! Bist du sicher, dass es nur ein Traum war?«

»Ja ..., ja!«

»Kann ich sonst noch etwas für dich tun?«

»Nein ..., danke ..., aber ich glaube, ich komme klar. Ich melde mich wieder!«

»Okay. Wenn nicht, ruf an, ja?«

»Mach ich. Bye!«

»Ciao!«

Ich ging zurück zu den anderen.

Wir tauschten noch einige Banalitäten aus, und dann verabredeten wir uns für den Abend. Wir wollten die Stadt unsicher machen.

Doch zunächst schlugen Sina und ich den Heimweg ein. Als wir zu Hause waren, klingelte mein Handy: Safi!

»Hey, Safi! Wie geht es dir?«

»Hallo, Schwester! Danke, ganz gut. Und dir?«

»Och ja ..., wie es nach einer Klausur so geht.«

»Ah, war heute Klausurtag, ja?«

»Ja. Und bei dir?«

»Ganz normale Arbeit. Und ich habe kurz mit unserem Vater telefoniert.«

»Ah! Und, was gibt es?«

»Er hat mir erzählt, was er Mama zum fünfzigsten Geburtstag schenken will.«

»Oh! Ja? Was denn?«

»Eine Reise.«

»Eine Reise? Wohin?«

»Nach Mexiko.«

»Oh man, Safi ..., lass dir doch nicht alles aus der Nase ziehen! Wie lange? Wohin genau? Wann?«

»Das will er doch mit uns besprechen. Nächste Woche. Er will mitfliegen, das ist schon klar.«

»Aha!«

»Und für eine Woche wohl. Es sei denn, wir finden noch ein besseres Angebot.«

»Besser als was?«

»Er hat jetzt ein Angebot für zwei Erwachsene ..., eine Woche inklusive Flug, Hotel und Halbpension für zweitausendeinhundertsechzig Euro.«

»Puuh!«

»Ja ..., eine Menge Geld. Da muss ich ein paar Autos reparieren.« Er lachte. »Aber er hat schon überlegt, wie wir das vielleicht machen. Jedenfalls wenn wir, seine Kinder, einverstanden sind.«

»Wie denn?«

»Er würde zunächst einmal seine Hälfte übernehmen. Und die Hälfte von Mama würde er gewissermaßen auch übernehmen. Die restlichen Kosten müssten wir vier uns dann teilen.«

»Oh ..., jetzt muss ich rechnen, was?«

»Kein Problem, ich habe es schon ausgerechnet. Es wären für jeden hundertfünfunddreißig Euro.«

»Das klingt schon besser.«

»Das denke ich auch. Ist immer noch viel Geld ..., aber unsere Mutter hat es verdient!«

»Das sehe ich auch so.«

»Okay, alles weitere können wir dann ja nächste Woche besprechen. Wir sehen uns!«

»Ciao!«

Nachdem ich aufgelegt hatte, ging ich in die Küche und stellte fest, dass Sina ebenfalls telefonierte.

»Dann kann ich ja noch ein bisschen lesen«, dachte ich und griff zu meinem Handy. Ich folgte dem Link unserer Bibliothek zu einem Portal und nahm mir noch einmal die Bibel vor. Hier war der gesamte Text in elektronischer Form hinterlegt. In Erinnerung an meinen Traum von letzter Nacht und die Auskunft von Aaron wählte ich das letzte Buch im Buch der Bücher aus, die Offenbarung des Johannes. Da ich

noch die Zahl sechs im Kopf hatte, begann ich beim sechsten Kapitel und las: "Die ersten sechs Siegel". »*Merkwürdig*«, dachte ich, »*ob der Verfasser der Apokalypse auch Mathematiker war? Auf jeden Fall haben es ihm Zahlen angetan, sechstes Kapitel und sechs Siegel ...*«

Ich ließ meinen Blick nach unten schweifen und las bei Vers sieben weiter: "Als das Lamm das vierte Siegel öffnete, hörte ich die Stimme des vierten Lebewesens rufen: Komm! Da sah ich ein fahles Pferd; und der, der auf ihm saß, heißt "der Tod"; und die Unterwelt zog hinter ihm her. Und ihnen wurde die Macht gegeben über ein Viertel der Erde, Macht, zu töten durch Schwert, Hunger und Tod und durch die Tiere der Erde."

»Puuh! Das soll einer verstehen!«, stöhnte ich und legte die Bibel beiseite.

»Du siehst aus, als ob du jetzt ein wenig physische Nahrung gebrauchen könntest.«

Sina stand vor meiner geöffneten Tür. Ich hatte sie nicht gehört. Sie kam herein und warf einen Blick auf mein Handy. »Das Thema lässt dich nicht los, was?«

»Nein.«

»Du willst den Text aber nicht heute komplett durchlesen, oder?«

»Ich weiß nicht ..., bisher habe ich noch nichts anderes vor, außer einer kleinen Feier heute Abend«, scherzte ich.

»Hm ..., wie wäre es mit einer Pizza und einem Glas Rotwein? Den, den wir für besondere Anlässe gekauft haben?«

»Gibt es denn einen besonderen Anlass?«

»Natürlich! Wir haben eine Klausur geschrieben.«

»Ach herrje ..., soviel Wein gibt es auf der Welt gar nicht, wie ich dann noch trinken müsste!«

Wir alberten noch ein paar Minuten herum, dann folgte ich Sina in die Küche.

Während der Vorbereitungen fragte sie plötzlich: »Warum bist du eigentlich vorhin weggegangen?«

»Wann?«

»Vorhin ..., als wir in der Caféteria saßen und dein Bruder angerufen hat.«

»Ach so ..., das Gespräch mit Aaron meinst du?«

»Ja.«

»Es muss doch nicht jeder hören, was ich am Telefon bespreche.«

Sina sah mich mit einem Blick an, den ich nur allzu gut kannte. »Ja ..., na gut. Es ging um meine Träume.«

»Was ist mit deinen Träumen?«

»Was soll mit ihnen sein?«

»Komm, weich nicht aus. Du weißt genau, was ich meine!«

»Also ..., Aaron hat ein wenig recherchiert ..., wegen der Morde an der Familie. Und er hat nichts Gutes dabei herausgefunden.«

»Das lässt sich denken. Hm. Hat er denn diese Dinge erlebt ..., oder darüber gelesen?«

»Nein. Ja.«

»Dann ist ja gut.« Sie schien erleichtert.

»Vielleicht.«

»Ja, Träume kommen und gehen. Das geht allen Menschen so. Heute Nacht wirst du bestimmt schlafen wie ein Stein. Ganz ohne Träume.«

»Da wäre ich mir nicht so sicher.«

»Wieso?«

»Ich weiß nicht ..., ist nur so ein Gefühl ..., aber ich glaube, es ist noch nicht fertig.«

»Was ist noch nicht fertig?«

»Die Geschichte.«

»Ach so.«

Sina schaffte es tatsächlich, mich in den nächsten Stunden auf andere Gedanken zu bringen. Wir gingen in die Stadt, und dort trafen wir viele Leute, die ebenfalls Grund zum Feiern hatten. Wir amüsierten uns prächtig, es wurde viel gelacht und getanzt, und als ich ein bisschen erschöpft an einem Tisch saß, kam Amelie und erkundigte sich, ob alles in Ordnung sei.

»Ja. Schon.«

Sie verschwand wieder, doch kurz darauf tauchte Sina auf. »Was ist los? Hast du deine nachdenklichen fünf Minuten?«

»Amelie hat gepetzt, was?«

»Und wenn schon! Wenn du hier auf einmal eine Auszeit nimmst, dann muss man doch mal nachforschen, was dahintersteckt.«

Ich brummte etwas vor mich hin.

Doch sie blieb hartnäckig: »Oder?«

»Ja, doch.«

»Also ..., was ist los?«

»Ich weiß auch nicht. Vielleicht schade, dass Tim nicht da ist!«

»Sag bloß, du vermisst ihn jetzt schon?«

»Nun ja ..., ein bisschen vielleicht.«

»Du kennst ihn doch gar nicht!«

»Dann werde ich ihn eben kennen lernen. Morgen!«

»Wenn du meinst.«

»Ja ..., das meine ich.«

»Ich glaube, du bist ein bisschen verliebt.«

»Kann sein. Wenn ich es weiß, werde ich es dich wissen lassen.«

»Gut. Aber jetzt komm, wir wollen mit den anderen ins nächste Lokal, da ist Karaoke!«

»Na prima! Da wollte ich schon immer mal hin!«

Sina lachte und zog mich mit zu den anderen. Doch da war von einem Lokalwechsel keine Rede mehr.

»Wie war denn eigentlich deine Klausur?«, fragte Sven, der auf einmal neben mir stand.

Doch ich musste nicht antworten, er sprach offenbar mit jemandem, den ich nicht kannte.

»Ich habe leider das Falsche gelernt.«

»Oh ..., das ist ja Pech!«

»Ja ..., ich hoffe, es reicht trotzdem irgendwie!«

»Tja ..., nächstes Mal dann mehr Glück.«

»Und wie war es bei dir?«

»Ganz okay.«

Jemand tippte mir auf die Schulter. Ich drehte mich um. Franziska!

»Hey!«

»Hey! Auch endlich da?«

»Ja ..., ich musste noch arbeiten. Aber jetzt wird gefeiert!« Sie streckte die Arme nach oben und ließ die Hüften kreisen.

»Wir sind schon dabei!«

»Ich sehe es. Du bist auch schon etwas müde, was? Geh doch mal an die frische Luft!«

Ich folgte dem Ratschlag und ging nach draußen.

Einer gewissen Routine folgend, griff ich zu meinem Handy und stellte fest, dass ich einen Anruf nicht mitbekommen hatte. Es war Jasmin, meine Schwester!

Sie hatte versucht, mich zu erreichen, vor über einer Stunde. Jetzt war es bereits nach elf Uhr abends, und ich beschloss, dass ich sie am nächsten Morgen wieder anrufen würde. Sie schlief bestimmt schon.

Siebtes Kapitel

Die Flucht

Als ich aufwachte, spürte ich gleich, dass etwas nicht stimmte. Mein Rücken tat weh, und ich merkte, dass ich nicht im Bett lag, sondern im Sessel saß. Die Stehlampe brannte noch immer, doch der Laptop war inzwischen aus. Ein Blick auf meine Uhr belehrte mich, dass es halb vier Uhr nachts war. *»Ich bin beim Lesen eingeschlafen! Oh, nein!«*

Ich warf einen Blick aus dem Fenster, im Camp war alles ruhig, an meine Ohren drang nur das gleichmäßige Rauschen des Meeres. Ich schloss den Laptop an die Steckdose an, damit ich ihn später wieder benutzen konnte, knipste die Lampe aus und ging in mein Bett.

Ich wurde von einem Klopfen geweckt. Ich brauchte einige Sekunden, um mich zurecht zu finden, doch dann war ich im Bilde. Das Klopfen wurde stärker, und jetzt ließ sich auch eine Stimme vernehmen: »Hallo, Miss Fernández! Sind Sie schon wach? Hier ist Maik!«

Ich räusperte mich kurz. »Ja ..., hallo! Guten Morgen! Ich komme gleich!«

Ich zog mir etwas über und ging zur Haustür. Grelles Tageslicht ließ mich zu dem Schluss kommen, dass es bereits etwas später an diesem Morgen war.

Maik bestätigte meine Vermutung sofort: »Guten Morgen! Es ist schon nach neun Uhr und wir ...«

Er brach ab, als ich den Kopf schüttelte. »Ich habe schlecht geschlafen«, erklärte ich. »Sie wollen bestimmt raus fahren, oder?«

»Ja ..., die anderen warten schon ..., und wenn Sie mit kommen wollen, würden wir auch noch zehn Minuten länger warten. Wir haben heute ja gewissermaßen sturmfreie Bude, weil die drei Professoren zur Abteilungsleiterrunde im Gefängnis sind. Erst zur kleinen, dann zur großen Besprechung. Und ich dachte ...«

»Danke fürs Wecken! Ich komme hier aber auch alleine klar und muss erst noch meine Arbeit erledigen.«

»Sicher?«

»Ganz sicher.«

»Okay ..., dann wünsche ich einen schönen Tag! Bis später!«

»Bis später!«

Als Maik weg war, gönnte ich mir eine lange, erfrischende Dusche und ein noch längeres Frühstück. Dann packte ich einige Sachen und die Bibel in meine Tasche und ging zum Hubschrauberlandeplatz. Dort wartete John bereits.

»Guten Morgen!«

»Guten Morgen!«

Wenig später stand ich im Büro des Direktors.

»Guten Morgen!«

»Guten Morgen!«

»Gut geschlafen?«

»Miserabel.«

»Ich sehe es, Ihre Laune kann man an Ihrem Gesicht ablesen.«

»Ja? Oh! Dabei war das Frühstück gar nicht so schlecht.«

»Was beschäftigt Sie?«

»Ach ..., ich habe da gestern recherchiert und einiges gefunden, was ich erst noch verarbeiten muss. Und auch einiges nicht gefunden, was ich gerne gefunden hätte. Klingt das sehr verwirrend?«

»Nein. In meinen Ohren völlig normal für jemanden, der sich fernab der Zivilisation mit Leuten unterhält, die den Rest ihres Lebens hier verbringen werden.«

»Dann ist es ja gut. Lassen Sie den Gefangenen wieder in das Sprechzimmer bringen?«

»Wenn Sie wollen.«

»Ja, bitte.«

»In Ordnung, wird erledigt.« Thompson griff zum Telefonhörer.

Als er aufgelegt hatte, fragte ich: »Gibt es irgendetwas Ungewöhnliches? Haben Sie irgendwelche Meldungen bekommen ..., von außerhalb?«

»Sie meinen gewissermaßen aus der Nachbarschaft? Haben Sie Angst, dass wieder ein Flugzeug oder gar eine kleine Flotte auftaucht, die unsere Gefangenen befreien will? Haben Sie schlecht geträumt? Keine Sorge. Sie wissen doch, dass Sie auf der Insel nicht allein sind. Die Wissenschaftler sind nicht die einzigen Männer auf der Insel, es gibt erheblich mehr Soldaten. Wenn sich auch deren Quartier auf der anderen Seite befindet. Und unter der Voraussetzung, dass Sie es nicht in Ihrem Bericht erwähnen, kann ich Ihnen sagen, dass Ihre bisherige Vorstellung, dass dort nur eine kleine Einheit liegt, nicht ganz zutreffend ist.«

»Ich habe keine Sorge ..., ich wollte mich nur erkundigen. Was verstehen Sie denn unter einen kleinen Einheit?«

»Was verstehen Sie darunter?«

»Nun, ich würde schätzen, dass ein Platoon hier stationiert ist. Um einen ordnungsgemäßen Ablauf sicher zu stellen und die Sicherheit zu gewährleisten, brauchen Sie schon vierzig Männer. Immerhin bestehen ja auch die Wachmannschaften in jeder Etage des Gefängnisses aus einundzwanzig Soldaten. Das sind im ganzen Gefängnis also ungefähr hundert Soldaten.«

»Ja, letzteres ist zutreffend. Aber Ihre Schätzung bezüglich der Truppenstärke auf der Insel nicht. Dort ist ein komplettes Bataillon vom United States Marine Corps stationiert, und der Sitz des Regimentskommandeurs befindet sich ebenfalls dort. Ein weiteres Bataillon ist auf dem Kwajalein-Atoll stationiert, und ein drittes befindet sich zu Trainings- und Übungszwecken auf See. Zwischen Hawaii und Nauru ..., in einem Umkreis von tausend Kilometern. Sie erproben neue Waffen und Ausrüstung und üben Landemanöver unter widrigen Umständen. Und manchmal werden einige von ihnen zu speziellen Operationen abkommandiert ..., etwa nach Australien, um ein Flugzeug vor Entführern zu schützen.«

Jetzt verstand ich die Zusammenhänge. »Oh ..., dann sind hier ja einige hundert Soldaten stationiert!«

»Richtig. Aber bitte behandeln Sie diese Information vertraulich!«

»Das werde ich.«

Kowalski klopfte an die Tür, öffnete und berichtete, dass Gefangener Nummer dreihundertdreiundvierzig jetzt da sei und in den Raum nebenan gebracht werde.

Ich dankte ihm und fragte den Direktor, ob er mit hinein wolle. Doch er verneinte und meinte, dass er sich die Show von hier aus ansehen werde.

Der Gefangene begrüßte mich freundlich, als ich den Raum betrat, fast wie eine alte Bekannte: »Da sind Sie ja wieder.«

Ich setzte mich auf den Stuhl ihm gegenüber. »Ja ..., da bin ich wieder. Sie haben mir schließlich noch nicht erzählt, wie Sie aus dem Bundesgefängnis geflohen sind.«

»Ich bin gegangen.«

»Sie sind gegangen. Na klar! Einfach so?«

»Einfach so. Ich hatte Ihnen ja gestern gesagt, dass ich noch etwas erledigen musste, bevor ich hierher kam.«

»Ja, das haben Sie. Und die Flucht war ja die Voraussetzung dafür, überhaupt hierher zu kommen, nicht?«

200

»Sehr richtig.«

Ich schüttelte den Kopf. »*Das geht ja gut los!*«

Nach einer kleinen Pause fragte ich: »In Ordnung. Nehmen wir mal an, Sie sagen die Wahrheit. Was wollen Sie dann hier? Warum sind Sie hier? Man geht doch nicht freiwillig in ein Gefängnis, oder?«

Hätte er mir jetzt wieder gesagt, weil er verhaftet worden ist, hätte ich wahrscheinlich meine Manieren vergessen. Ich war unausgeschlafen, hatte Rückenschmerzen und führte hier an einem Ort am Ende der Welt Gespräche, die ich nie für möglich gehalten hätte.

Doch es kam noch anders: »Wegen Ihnen. Weil Sie hier sind.«

Ich muss ihn in dem Moment nicht sehr geistreich angesehen haben, doch endlich fand ich meine Sprache wieder: »Ich?«

»Ja.«

»Warum ich?«

»Weil Sie eine Frau sind.«

»Weil ich eine Frau bin«, wiederholte ich mechanisch.

»Ja.«

»Ist das etwas Besonderes?«

»An diesem Ort schon.«

»An diesem Ort schon«, wiederholte ich. Ich überlegte eine Weile, dann stieg eine Ahnung in mir auf. »Das hier ist eigentlich eine Männerwelt.«

»Genau.«

»Hier befinden sich Forscher und Gefangene.«

»Ja. Über die Gefangenen haben wir ja bereits gesprochen. Aber über die Forscher müssen wir auch noch sprechen.«

»Ich bin ganz Ohr.« Ich sah ihn auffordernd an.

»Was tun die Forscher hier?«

»Sie suchen nach dem Ursprung des Lebens ..., versuchen das Rätsel der Evolution zu ergründen ..., zu lösen. Sie vermuten, dass das Leben im Meer entstanden ist, und sie suchen nach Beweisen.«

»Ja. Sie suchen nach dem Ursprung des Lebens. Sowohl zu Lande als auch im Wasser. Aber sie werden ihn hier nicht finden ..., an keinem Ort. Auch nicht in zehntausend Metern Tiefe.«

»Ach! Werden sie nicht?«

»Nein.«

»Und das wissen Sie so genau?«

»Ja.«

Nun ging das wieder los! *Eigentlich ist das Gespräch gut gestartet, keine Einsilbigkeit, sondern eine flotte Unterhaltung, aber jetzt ...«*

Schnell fasste ich mich. Vielleicht konnte ich den Gesprächsfaden wieder aufnehmen: »Woher wissen Sie, dass die Forscher hier keinen Beweis für die Entstehung des Lebens finden werden?«

Doch ich hatte mich getäuscht. Es erfolgte gar keine Antwort. Statt dessen sah er mich nur mit diesen faszinierenden Augen an. Dann ein Lächeln.

»Sind Sie selber Forscher?«, fragte ich.

»Sind wir nicht alle unser ganzes Leben lang Forscher?«, lautete die Gegenfrage.

Das hatte nicht funktioniert, doch ich ließ mich nicht entmutigen, sondern wagte einen neuen Anlauf: »Hat es mit mir zu tun?«

»Ja.«

»Soll ich die Forscher woanders hin lotsen, an einen anderen Ort? Soll ich in meinen Bericht schreiben, dass das Leben nicht in der Tiefsee entstanden ist, sondern womöglich aus dem Weltall kam?«

»Nein. Es hat nichts mit Ihrem Bericht zu tun.«

»Nicht mit dem Bericht? Womit denn dann?«

»Ich habe Ihnen gesagt, dass Sie hier sind, weil Sie eine Frau sind.«

»Ja ..., das weiß ich. Aber was hat das mit der Evolution zu tun? Ich bin Rechtspsychologin ..., keine Naturwissenschaftlerin.«

»Ich weiß. Das ist Ihr Beruf. Aber Sie sind nicht wegen Ihres Berufes hier. Der ist nur Mittel zum Zweck.«

»Nicht wegen meines Berufes? Oh doch ..., deswegen wurde ich hierher geschickt ..., um das Gefängnis einer Untersuchung zu unterziehen.«

Er sagte nichts, sondern sah mich unverwandt an.

»Wenn ich nicht wegen meines Berufes hier sein sollte ..., weswegen denn dann?«

»Ich habe es Ihnen bereits gesagt.«

»Weil ich eine Frau bin?«, riskierte ich nach leichtem Zögern einen Schuss ins Blaue, vermutend, dass Thompson in seinem Büro wahrscheinlich inzwischen eingeschlafen war.

»Genau! Und damit sind Sie die Antwort auf die Frage.«

»Die Antwort auf die Frage? Ich verstehe nicht. Auf welche Frage?«

Wieder sagte er nichts, sondern sah mich nur an.

»Die Frage der Evolution?«, wagte ich schließlich einen Versuch.

»Ja. Und der Beweis werden Ihre Kinder sein.«

»Puuh!« Ich stand auf, ging zum Fenster und sah auf das Meer hinaus. »Kinder!« Mein Job erlaubte mir keine tiefergehende Beziehung, alle Versuche in den letzten zehn Jahren waren gescheitert. Zwar träumte ich immer noch davon, eines Tages zu heiraten und zwei Kinder zu haben, doch war das mein Traum, den niemand sonst kannte. Und ich hatte ihn schon lange verdrängt, lebte im Grunde nur noch für meinen Job. Ich spürte, wie ich zornig wurde. Ich kam hier nicht weiter. So ein Gespräch war mir in all den Jahren nicht untergekommen. Was sollte mein Chef denken, wenn ich meinen Bericht vorlegte?

Abrupt drehte ich mich um. »Warum sprechen wir hier eigentlich über mich? Ich bin hier, um etwas über Sie in Erfahrung zu bringen.«

»In Ordnung. Fragen Sie!«

Ich setzte mich wieder. »Okay! Ich habe ein bisschen recherchiert. Es gab in New York einen Großbrand in einem Hochhaus. Es waren über einhundert Menschen in dem Gebäude. Das Restaurant im Erdgeschoss stand in Flammen, als die Feuerwehr eintraf. Doch ihr war der Zugang verwehrt, da der Lift abgeschaltet und das Treppenhaus zwischen Erdgeschoss und erster Etage unpassierbar war. Außerdem traten giftige Dämpfe aus, und es bestand höchste Explosionsgefahr.«

»Ich hörte davon.«

»Ja ..., die Medien waren auch schnell vor Ort, sogar ein Fernsehteam. Noch am selben Abend wusste es das ganze Land, bis hinüber zur Westküste. Es handelte sich um Brandstiftung im Zuge einer Schutzgelderpressung. Ein Restaurantbesitzer hatte zur Neueröffnung in dem Viertel tags zuvor Besuch von einigen zwielichtigen Gestalten bekommen, diese jedoch abgewimmelt. Augenscheinlich waren sie der Ansicht, ihrer Drohung Nachdruck verleihen zu müssen. Sie haben das Restaurant kurz vor der abendlichen Öffnung überfallen, den Inhaber, seine Frau und seine Angestellten überwältigt und gefesselt, mehrere Kanister Benzin ausgegossen und dann angezündet. Die Flammen haben schnell auf das ganze Erdgeschoss übergegriffen, auch auf einige Container, die sie vor dem Eingang aufgebaut und ebenfalls mit Benzin übergossen hatten, und dann auch auf die höheren Stockwerke. Die Feuerwehr rückte mit einem Löschzug an, aber sie kam im Grunde zu spät. Die einzige Möglichkeit neben den sofort anberaumten Löscharbeiten war der Einsatz einer Leiter. Doch die reichte bei weitem nicht aus, um alle Bedrohten in Sicherheit zu bringen, und sie konnte wegen des Feuers auch nicht dicht genug ans Hochhaus herangebracht werden.«

»Das lässt sich denken, eine Leiter für hundert Personen, die in mehreren Stockwerken auf Rettung warten, ist etwas wenig, und mit Feuer ist nicht zu spaßen.«

»In der Tat. Unterstützung war zwar schon auf dem Weg, so dass bald weitere Rettungsleitern eingesetzt hätten werden können, aber die brauchten noch etwas Zeit. Und Zeit war dasjenige, was die Personen vor Ort nicht hatten. Aber wie es scheint, hat es ein Feuerwehrmann dennoch gewagt, in das Haus zu gehen. Seine Kollegen wollten ihn noch zurückhalten, doch er ließ sich nicht beirren. Er hat später ausgesagt, dass er einem anderen Kollegen gefolgt ist, und mit dessen Hilfe hat er es geschafft, das Treppenhaus wieder passierbar zu machen. Dafür mussten die beiden in voller Montur mit Atemschutzgeräten und in dem Bewusstsein, dass die Hitze jederzeit weitere Bausubstanz zum Einsturz bringen konnte, mehrere Brocken einer eingestürzten Wand beiseite räumen, von denen etliche über hundert Kilogramm gewogen haben. Und dadurch dass die Treppe massiv beschädigt war, mussten sie drei Höhen-Meter ohne Treppe bewältigen. Können Sie mir erklären, wie das gehen soll?«

»Sagen Sie es mir!«

»Der Feuerwehrmann, sein Name ist übrigens Charles, gab an, dass sein Kollege ihn hochgehoben und einen Schwung gegeben hätte, so dass er die Distanz bewältigen konnte und auf dem Treppenabsatz landete. Sein Kollege, der drei Meter tiefer stand, hätte ihm dann gesagt, er solle schnell die Leute zusammensammeln und nach unten führen, er würde in der Zeit versuchen, eine behelfsmäßige Treppe zu konstruieren. Charles ist dann durch alle Etagen gerannt und hat die Leute angewiesen, durch das Treppenhaus zu flüchten. Auch die, die es bereits versucht hatten und wieder umgekehrt waren, sind der Aufforderung gefolgt. Nachdem er sich davon überzeugt hatte, dass alle in Sicherheit waren, wollte er auch wieder zurück, doch die Flammen waren in der Zeit schon so hoch gelangt, dass sie ihm den Rückweg durch das Treppenhaus abschnitten. Da hat er sich an die Leiter erinnert, die seine Kollegen vor dem Haus im Einsatz hatten, ist zu einem Fenster geflohen, hat es eingeschlagen und die Leiter auch gesehen. Aber es lag zwischen seiner Etage und dem obersten Ende der Leiter ein Stockwerk, und die Leiter reichte noch immer nicht bis an die Hauswand! Er war eigentlich gefangen. Doch wie er hinterher erzählte, wusste er, dass er an diesem Tag nicht sterben würde und ist gesprungen!«

»Der Glaube ist eine starke Kraft.«

Seltsamerweise blieb ich ruhig. Er hatte mich zwar wieder einmal mit einem Spruch bedacht, wo ich eigentlich Antworten suchte, doch war ich daran mittlerweile ja gewöhnt. Ich beachtete seine Worte gar nicht, sondern berichtete einfach weiter: »Charles erwischte die oberste Sprosse der Leiter mit beiden Händen und konnte sich trotz der Verletzungen und Schmerzen, die er sich durch den Sprung zuzog, festhalten. Hinterher stellte sich heraus, dass er sich zum Glück nur einige Prellungen, eine Verstauchung und ein paar blaue Flecken zugezogen hatte.«

»Es war wohl nicht sein Schicksal oder Karma an dem Tag zu sterben.«

»Ah! Karma! Der alte Glaube aus Indien.«

»Alt im Sinne dessen, dass dieses Gesetz von Ursache und Wirkung bereits seit Urzeiten besteht.«

»Also auch noch heute?«

»Ja, natürlich.«

Mein Gegenüber sagte nichts weiter, als ich ihn jetzt auffordernd anblickte. »*Unglaublich!*«

»Die Personen, die er gerettet hatte ..., es waren genau einhundertundacht ..., waren in der Zeit tatsächlich durch das Treppenhaus ins Freie gelangt und wurden dort medizinisch versorgt. Der andere Feuerwehrmann hatte aus dem Restaurant eine sieben Meter lange Platte geholt, gegen den Treppenabsatz im ersten Stock gelehnt und somit eine Rutsche installiert. Unten nahm er die Flüchtenden in Empfang, schärfte ihnen ein, dass sie die Luft anhalten, die Augen schließen und zweiundzwanzig Schritte in normalem Tempo geradeaus gehen sollten. Damit schickte er sie auf dem sichersten Weg durch die Flammenhölle nach draußen. Dort wartete dann das Notarztteam; nach eingehender Untersuchung wurde bei niemandem eine Verletzung festgestellt, lediglich zwei Personen hatten eine leichte Rauchvergiftung.«

»Dann ist dort ja alles gut gelaufen«, ließ sich mein Gegenüber vernehmen.

»Ja ..., das ist es. Und doch gibt es einige Ungereimtheiten. Die erste wäre, dass Charles der einzige Feuerwehrmann war, der in das Gebäude gegangen ist. Der Chief kennt seine Leute und hatte immer den Überblick. Er gab später zu Protokoll, dass er nicht noch einen Mann in der Flammenhölle verlieren wollte, daher hat er streng darauf geachtet, dass niemand zu nah an das Gebäude heran kam. Lediglich ein Team von drei Männern hat durch den Hinterausgang des Restaurants den Besitzer, seine Frau und die Angestellten gerettet. Sie waren aber kaum draußen, als es zwei Explosionen gab, die das Restaurant völlig zerstörten. Es stellt sich also die Frage nach dem Feuerwehrmann, der Charles geholfen hat ..., und zwar mit einigen recht ungewöhnlichen Taten, wie zum Beispiel einen erwachsenen Mann drei Meter in die Höhe zu schleudern oder eine sieben Meter lange Platte allein durch ein Trümmerfeld, durch Flammen, Qualm und Rauch zu transportieren.«

»Und die zweite?«

»Er geht gar nicht auf diese eigentlich unmöglichen Taten ein! Als ob er es für selbstverständlich halten würde!«

Doch ich ließ mich nicht aus der Ruhe bringen, sondern erwiderte emotionslos: »Die zweite? Ach ..., die zweite Ungereimtheit ..., ja, das ist ein Ding! Charles hat später ausgesagt, dass er seinen Kollegen nicht kannte, was er zwar befremdlich fand, aber sich in dem Moment nichts weiter bei gedacht hat. Er hat sich nur die Nummer auf seinem Anzug gemerkt. Sie lautete dreihundertdreiundvierzig. Kommt Ihnen das bekannt vor?«

»Ah ..., und Sie vermuten jetzt ...«

»Ich vermute gar nichts. Ich versuche nur, etwas zu verstehen. Denn am Abend, als Ihr Bild in den Nachrichten gezeigt worden ist, hat er Ihre Augen wiedererkannt. Was sagen Sie dazu?«

»Meine Augen wiedererkannt? Ich denke, der Feuerwehrmann trug einen Schutzanzug und eine Atemmaske. Wie soll er das gemacht haben?«

»Er hat Ihre Augen wiedererkannt. Hundertprozentig.«

»Aha.«

»Ja. Aha! Und genau das gilt auch für die Flüchtlinge aus dem Gebäude, die Ihren Retter, den unbekannten Feuerwehrmann, in dem Schutzanzug nicht näher beschreiben konnten. Aber Sie haben Ihre Augen ebenfalls wiedererkannt, abends im Fernsehen.«

»Zu der Zeit, als das Feuer dort ausbrach, war ich noch im Gefängnis. Ich bin erst danach gegangen.«

Ich ärgerte mich jetzt doch, dass er immer wieder einen Weg fand, mir auszuweichen. »Das weiß ich«, herrschte ich ihn an. »Und genau das ist mein Problem! Wären Sie ein Bankräuber, hätten Sie das beste Alibi der Welt, auch wenn es hundert Zeugen geben würde, die Sie am Tatort gesehen haben. Denn wir haben ein offizielles Dokument, eine Videoüberwachung in einem Bundesgefängnis, auf der Sie zu sehen sind. Sie sind ohne jeden Zweifel bis zum Ende des Feuerwehreinsatzes im Gefängnis gewesen. Danach verliert sich Ihre Spur jedoch.«

»Ja.«

»Was soll das jetzt wieder? Ist das eine einfache Bestätigung, oder hört er mir gar nicht zu?« »Verstehen Sie nicht? Können Sie mir erklären, wie es sein kann, dass Sie im Gefängnis sitzen, Sie aber gleichzeitig von verschiedenen Personen an einem anderen Ort gesehen werden?«

»Das könnte ich. Aber Sie würden es nicht verstehen. Noch nicht. Sie müssen sich erst darüber klar werden, dass der eigentliche Mensch die Seele ist und der Körper nur ein Instrument. Einem Körper ohne Seele wäre es nicht möglich, die Liebe zu entwickeln, und das ist die Hauptaufgabe der jetzigen Erden-Menschheit.«

Ich war zunächst sprachlos. Lange Zeit sah ich ihn an, direkt in die Augen. Doch wenn ich eine Reaktion erwartet hatte, hatte ich mich getäuscht. Er sprach nicht weiter. *»Unglaublich!«* Allmählich war ich mit meiner Geduld wirklich am Ende. Ich suchte Antworten, keine philosophischen Gespräche. »Okay ..., dann also anders. Wenn Sie dort gegangen sind, als Ihre Aufgabe erfüllt war, dann könnten Sie hier also auch gehen, wenn Ihre Aufgabe erfüllt ist, oder?«

»Das stimmt.«

»Sobald ich das Rätsel um die drei vier drei gelöst habe, ja?«

»Genau.«

»Ach ja? Und wie wollen Sie das anstellen? Sie können hier nicht so einfach weg gehen, wie in Texas oder an der Ostküste. Hier ist nur Wasser ringsumher. Oder wollen Sie über das Wasser gehen?«

»Halten Sie das für unmöglich?«

»Das fragen Sie mich nicht ernsthaft, oder?«

»Oh doch, es ist mein Ernst. Christus ist schließlich auch auf dem Wasser gegangen, warum sollten das diejenigen, die in seinem Auftrag handeln, nicht auch tun?«

»Christus auf dem Wasser ..., das ist doch nur eine Geschichte ..., ein Mythos.«

»Keineswegs, es ist Realität.«

»Ach, hören Sie auf! Als nächstes erklären Sie mir noch, Sie wären dabei gewesen.«

»Nein, das war ich nicht. Ich war zu der Zeit an einem anderen Ort. Aber ich vertraue dem Zeugen, denn er war einer von Christus' Auserwählten.«

Wieder einmal hatte er mich sprachlos gemacht. Er war so überzeugt von dem, was er sagte, dass in seiner Stimme nicht der leiseste Hauch eines Zweifels, einer Unachtsamkeit, eines Irrtums zu vernehmen war. Ich schüttelte den Kopf und drehte mich hilfesuchend nach hinten, zum Fenster, hinter dem ich den Direktor wusste.

»Sind Sie im Traum noch nie geflogen?«, fragte mein Gesprächspartner.

Ich drehte mich wieder um. »Doch ..., natürlich. Aber ein Traum wird Ihnen nicht helfen, hier heraus zu kommen.«

»Irgendwann werden Träume Wirklichkeit. Das ist nur eine Frage der Entwicklung.«

»Der Entwicklung ...? Ich glaube ...«

»Ja! Der Entwicklung. Und damit im Zusammenhang steht die drei vier drei. Sie werden das Rätsel bald lösen, da bin ich mir sicher.«

»In Ordnung. Ich glaube, für heute Vormittag reicht es mir. Danke!«

Er senkte sein Haupt. Es war wie eine Geste des Segens.

Ich trat zur Tür, die sich wieder geräuschlos öffnete, und ging ins Büro des Direktors.

»Haben Sie alles mit angehört?«

»Selbstverständlich. Und es freut mich beinahe ein bisschen, dass auch Sie als ausgebildete Psychologin sich an dem Kerl die Zähne ausbeißen. Da wird doch keiner schlau draus!«

»Ja ..., so ein Fall ist mir auch noch nicht begegnet«, musste ich gestehen. »Aber es ist unheimlich reizvoll. Ich würde gern weiterarbeiten und ihn nach dem Mittagessen noch einmal befragen.«

»Wenn Sie sich davon etwas versprechen. Von mir aus. Seine Gruppe hat jetzt Ausgang auf dem Oberdeck, danach werden die zum Mittagessen geleitet. Von dort lasse ich ihn wieder abholen und direkt hierher bringen.«

»Danke sehr! Könnte ich noch einmal die Akte sehen?«

Er deutete auf den Stuhl vor dem PC. »Bitte sehr.«

»Danke.«

»Wonach suchen Sie denn, wenn ich fragen darf?«

»Er hat mir ein Rätsel aufgegeben ..., drei vier drei ..., und ich will wissen, ob diese Zahlen in der Akte in irgendeiner Form auftreten.«

Ich vertiefte mich in die Akte und versuchte, im Internet weiteres Hintergrundmaterial anhand einiger Stichwörter zu sammeln. Doch schon bald musste ich einsehen, dass in der Akte tatsächlich nicht sehr viel drin stand. Und einen

Hinweis auf die drei vier drei hatte ich auch nicht entdeckt. *»Ob er mich an der Nase herumführen will?«*, überlegte ich, doch ich verwarf den Gedanken schnell wieder. *»Was hätte er davon? Und er hat auf mich nicht den Eindruck eines Wahnsinnigen gemacht.«*

Ich seufzte und schaute Thompson fragend an. »Das war leider ein Fehlschlag. Schade. Ich werde jetzt die Bibel in die Bibliothek zurückbringen, die anderen Bücher lese ich heute Abend. Und dann wird es Zeit für eine kleine Stärkung. Würden sie mich gleich zum Essen begleiten? Ich habe Hunger.«

Er sah auf seine Uhr. »Sehr gerne. Ich habe noch eine Stunde Zeit, bevor ich mich mit dem Colonel und den Wissenschaftlern zur Besprechung treffe. Und wenn Sie nachher die Unterredung mit dem Gefangenen fortsetzen, wird Novak in meinem Büro das Gespräch verfolgen. Sie werden also nicht allein sein!«

»Gut. Dann gehe ich schnell ..., und bin gleich wieder da.« Ich nahm die Bibel aus meiner Tasche und verließ das Büro. Als ich auf dem Flur am Büro der Wachhabenden vorbei kam, hörte ich Kowalskis Stimme: »Hallo, Miss Fernández! Haben Sie schon Fortschritte gemacht in der Befragung?«

Ich blieb stehen und drehte mich um. »Hallo ..., nein, jedenfalls noch nicht in dem Ausmaß, wie ich es mir vorgestellt oder gewünscht hätte.«

Er kam nach draußen auf den Flur. »Was hätten Sie sich denn gewünscht?«

»Tja ..., ehrlich gesagt, weiß ich es auch nicht so genau. Etwas Konkretes, Greifbares vielleicht. Es ist alles so unbestimmt ..., so ...«

»Geheimnisvoll?«

»Genau!«

»Hm. Dann wünsche ich Ihnen bei der nächsten Befragung mehr Erfolg.«

»Danke!«

Ich wandte mich zum Gehen, doch da fiel sein Blick auf die Bibel, die ich in der Hand hielt.

»Sie haben eine Bibel dabei?«

»Ja ..., die hatte ich mir ausgeliehen. Ich will sie in die Bibliothek zurückbringen.«

»Wollten Sie etwas nachlesen?«

»Ja ..., eine ganze Menge sogar.«

»Über das Paradies, Himmel und Hölle, Christus, die Engel und den Drachen, Maria, die Himmelskönigin?«

»So in etwa. Aber es scheint ja fast, als ob Sie die Bibel kennen würden.«

»Nun ja ..., ich bin Pole, und die meisten Polen sind römisch-katholischen Glaubens. Religion gehört zu meiner Familie dazu wie das Wasser zum Kochen.«

»Ah! Sind Sie denn religiös veranlagt? Das kann man sich hier eigentlich kaum vorstellen.«

»Ein wenig. Es gibt eine grundsätzliche Note, könnte man sagen.«

»Dann hätte ich ja auch Sie fragen können!«

»Dann doch wohl besser Pater Enrico ..., ist immerhin auch sein Job, wenn man so will.«

»Richtig! Wieso bin ich eigentlich nicht selber darauf gekommen? Das muss ich gleich nach dem Essen nachholen!«

»Sie wollen essen?«

»Ja ..., ich bin mit dem Direktor verabredet.«

»Dann will ich Sie nicht aufhalten. Guten Appetit!«

»Danke!«

Ich brachte die Bibel in die Bibliothek und kehrte dann ins Büro des Direktors zurück. Wir gingen in die Kantine, in den Bereich für das Personal. Hinter mir standen zwei

Soldaten an der Theke, dem Akzent nach waren es keine Amerikaner oder Engländer, sondern Südeuropäer.

»Du bist ja noch neu hier. Aber ich kenne mich schon aus. Es gibt in jeder Etage einhundertelf Zellen, also insgesamt siebenhundertsiebenundsiebzig«, sagte der eine.

Mit der Bemerkung brachte er meine grauen Zellen in Bewegung. »Siebenhundertsiebenundsiebzig«, überlegte ich, während ich meinen Teller mit Nudeln aus einem großen Topf füllte und weiter ging. *»In seinem Sprachgebrauch kann man auch sagen: Sieben sieben sieben. Sieben mal sieben mal sieben ..., ist dreihundertdreiundvierzig ..., drei vier drei!«*

Es war genau zwölf Uhr, als ich mein Tablett auf einen leeren Tisch stellte, mich umdrehte und dem Direktor ein triumphierendes »Ich weiß es«, entgegen schleudern wollte.

Doch es blieb bei dem Versuch! Es ertönte ein Signal, ein Alarmsignal, und nach einer kurzen Phase der Ungläubigkeit beim Wachpersonal wurden schnell einige Stimmen laut: Es hatte einen Ausbruch gegeben, ein Gefangener wurde vermisst. Der Direktor war im Nu verschwunden.

Mir zitterten die Knie. Ich musste mich setzen.

Doch bald war aus dem Verdacht Gewissheit geworden. Ich sah Smith und Kowalski geradewegs auf mich zukommen. »Der Direktor würde Sie gern sehen.«

»Was ist passiert? Ist tatsächlich jemand ausgebrochen?«

»Das dürfen wir nicht sagen ..., bitte, kommen Sie mit!«

Ich ging mit den beiden nach oben. Thompson wartete in seinem Büro.

Er war schier außer sich. So hatte ich ihn noch nicht erlebt. »Wenn Sie etwas damit zu tun haben, sagen Sie es jetzt gleich!«

»Was zu tun habe ..., womit?«

»Er ist weg!«

Obwohl ich eine Ahnung hatte, fragte ich in harmlosem Ton: »Wer ist weg?«

»Ihr Gefangener! Drei vier drei! Er ist weg ..., er ist nach dem Spaziergang auf dem Oberdeck nicht in der Kantine angekommen!«

»Also zunächst einmal ist er nicht mein Gefangener! Und außerdem, was soll das heißen ..., er kam nicht zurück? Ist er gesprungen?«

»Vollkommen ausgeschlossen! Es gab nur einen kurzen Stromausfall ..., eine kleine Störung ..., absolut nicht der Rede wert ..., weniger als zehn Sekunden. Gerade als alle aus seiner Gruppe wieder nach unten gegangen sind. Doch er war nicht dabei, und die Kameras haben ihn nicht entdeckt, weder im Gebäude noch außerhalb. Es ist kein Körper dieser Größe ins Wasser gefallen ..., wir haben schon alles gecheckt. Und bei der nächsten Gruppe hat er sich auch nicht hineingeschmuggelt. Das haben wir auch schon gecheckt.«

»Aber wo soll er dann sein?«

»Sagen Sie es mir!«, fuhr er mich an, doch offenbar rechnete er nicht mit einer ernsthaften Antwort, denn ohne mir die Chance auf eine Äußerung zu geben, brüllte er seine Leute an: »Smith! Kowalski! Novak! Sie durchsuchen das ganze Gebäude! Jede Zelle, jeden Raum. Philips! Sie gehen in die Zentrale und überprüfen die gesamte Elektronik! Und geben Sie sofort einen Funkspruch zum Camp raus! Wir suchen einen Gefangenen. Und geben Sie eine Personenbeschreibung durch!«

»Jawohl, Sir!« Wie ein Mann setzten sich die vier in Bewegung.

Ich war mit Thompson allein. Er hielt nun ein Tablet in der Hand und war ruhiger geworden. »Ich verstehe es nicht ..., es funktioniert alles«, murmelte er.

Ich sah aus seinem Fenster. Das Meer war nahezu unbewegt, die Oberfläche spiegelte das Sonnenlicht. »*Mittags um zwölf Uhr. Ein idealer Zeitpunkt für eine Flucht, wenn alle ans Essen denken.*«

Und da erinnerte ich mich an das Gespräch, das ich kurz zuvor mit dem Flüchtling geführt hatte:

»Okay ..., also wenn Sie dort gegangen sind, als Ihre Aufgabe erfüllt war, dann könnten Sie hier also auch gehen, wenn Ihre Aufgabe erfüllt ist, oder?«

»Das stimmt.«

»Sobald ich das Rätsel um die drei vier drei gelöst habe, ja?«

»Genau.«

Es war wie ein elektrischer Strom, der durch meinen Körper fuhr, ich war für Momente bewegungsunfähig. »*Er ist genau zu der Zeit geflohen, als ich in der Kantine das Rätsel um die drei vier drei gelöst habe ..., aber was habe ich gelöst? Ich habe nur festgestellt, dass sieben mal sieben mal sieben dreihundertdreiundvierzig ist.*«

Während der Direktor weiter an seinem Tablet arbeitete, zerbrach ich mir den Kopf über die Zahl sieben. Und die Entwicklung. Ich erinnerte mich an meine Lektüre vom Vorabend. »*Die Entwicklungsstufen des Menschen und des Universums gliedern sich in sieben Abschnitte ..., und es gibt in jeder Stufe wiederum sieben kleinere Abschnitte. Aber gibt es auch sieben größere?*«

Ich ärgerte mich, dass ich den Artikel im Internet nicht weiter gelesen hatte, sondern eingeschlafen war, und überlegte, ob ich dem Direktor meine Gedanken mitteilen sollte.

Doch in diesem Moment ertönte wieder das Alarmsignal.

Thompson fiel das Tablet aus der Hand. Verstört sah er mich an.

Die Bürotür wurde geöffnet, Kowalski und Smith stürmten herein. »Sir! Nummer zweihundertfünfundneunzig ist gesprungen!«

Während Smith noch Bericht erstattete, war Kowalski vor die Wand mit den Bildschirmen getreten. »Da! Da ist er! Ich sehe ihn!«

Er deutete auf eine Ansammlung von Monitoren, die die südliche Seite des Würfels zeigten. Tatsächlich war dort der Schlächter von Damaskus zu sehen. Offenbar war er unverletzt, denn er schwamm mit kräftigen Armbewegungen in Richtung Insel.

»Was soll das? Er schwimmt auf die Insel zu. Dort wird ihn ein Kommando in Empfang nehmen. Sind hier alle verrückt geworden?«

Während der Direktor laut überlegte und zum Telefonhörer griff, hatte sich sein Büro gefüllt. Die Wissenschaftler, der Pfarrer und die vier Soldaten, die er vor nicht allzu langer Zeit fortgeschickt hatte, hatten sich die besten Plätze gesichert – für ein makabres Schauspiel, das soeben begann.

Mehrere Rückenflossen pflügten durchs Wasser und hielten auf den Schwimmer zu.

Professor Nilsson stand inzwischen neben mir. Er hatte sie schnell erkannt. »Das sind Ammenhaie ..., ich zähle vier, fünf Stück. Alle vier Meter lang, mindestens.«

»Und dort ist ein Blauhai ..., der ist noch größer ..., an die sechs Meter, schätze ich«, fügte Professor McKinney hinzu.

Die Haie schienen mit dem Entflohenen spielen zu wollen. Einer nach dem anderen schwamm an ihn heran und rempelte ihn an. Dann begann unter ihnen ein Kampf, die Ammenhaie stellten sich gegen den Blauhai. Das verschaffte dem Schlächter Zeit. Er schwamm unter maximaler Anstrengung, das sah man ihm an.

»Wenn Haie jemanden anrempeln, wollen sie feststellen, wie dieser jemand schmeckt«, erklärte Nilsson.

»Können wir nicht etwas tun?«, fragte ich den Direktor. »Das ist doch unmenschlich ..., grausam!«

»Haben Sie mir nicht vor nicht allzu langer Zeit erzählt, dass Sie ihn am liebsten selbst umgebracht hätten? Woher der Sinneswandel?«

Ich sah ihn empört an. »Das darf ja wohl ...«

Doch er unterbrach mich. »Wir haben hier keine Boote, und bis jemand von der Insel hier ist, haben die Bestien ihn längst zerrissen und sind über alle Berge davon.«

»Da ist ein Tigerhai«, rief auf einmal McKinney und deutete aufgeregt auf einen Bildschirm. »Der ist voll ausgewachsen ..., über sechs Meter lang.«

»Dagegen ist auch der Schlächter klein«, stellte ich emotionslos fest.

Es war eine wilde, archaische Szene, die sich unseren Augen darbot. Wie gebannt starrten wir auf die Monitore. Der Schlächter schwamm um sein Leben. Aber er hatte noch keine fünfzig Meter zwischen sich und dem Gefängnis zurückgelegt, als der Tigerhai ihn angriff und in sein linkes Bein biss, knapp oberhalb des Knies. Augenblicklich war eine Menge Blut im Wasser.

»Glatt durchtrennt!«, stellte mein Nachbar fest. »Saubere Arbeit.«

Mich gruselte. Doch auch ich konnte meine Augen nicht von den Monitoren abwenden.

Zwei kleinere Ammenhaie griffen den Verletzten jetzt an und bissen in sein rechtes Bein und in den Oberkörper. Er musste unglaubliche Schmerzen haben, doch seine Schreie hörte kein Mensch. Er hob seine Arme und versuchte trotz allem weiterzuschwimmen.

»Als wenn er noch eine Chance bekommen soll.«

»Wie bitte?« Thompson sah Nilsson irritiert an.

»Wie eine zweite Chance. Oftmals verbeißen sich Haie bei einem Angriff in ihr Opfer und lassen es nicht mehr los. In diesem Fall haben sie nur ein Stück Fleisch herausgebissen ...«

»Ich glaube, der Winkel war in beiden Fällen zu ungünstig«, erklärte McKinney.

»Ja ..., das wäre eine Möglichkeit.«

Plötzlich ließen die Haie ab von dem verletzten und stark blutenden Opfer. Sie gingen auf Distanz, zogen sich jedoch nicht vollständig zurück.

»Sie lassen von ihm ab. Das kann nur eines bedeuten«, meinte Nilsson.

»Was?«, fragte der Direktor.

»Es ist ein Großer in der Nähe.«

»Ein Großer?«

»Ja ..., ein Großer ..., ein großer Weißer.«

»Ein Weißer Hai?« Mich schauderte. »Wo denn?«

»Ich weiß nicht ..., meistens halten sie sich knapp unter der Oberfläche ...«

Er musste nicht weitersprechen. Wir alle sahen ihn im nächsten Augenblick, ein riesiger grauer Schatten schoss auf den Entflohenen zu, mit einer unglaublichen Geschwindigkeit. Ja, jetzt war der Schlächter die Beute – in einem ungleichen Kampf. Die Erkenntnis, dass er spätestens jetzt ein Todgeweihter war, dürfte dem Schlächter in dem Moment gekommen sein, als sein gesamter Körper aus dem Wasser katapultiert wurde. Mit den Armen schien er uns zuzuwinken. Es war ein surrealer, unheimlicher Anblick.

Während er zurück ins Wasser fiel, konnten wir den Hai in seiner ganzen Größe in Augenschein nehmen.

»Madre de Dios!«, stieß Pater Enrico hervor.

»Der hat zwölf Meter und kann einen ausgewachsenen Menschen in einem Stück verschlucken«, ergänzte Nilsson.

Und er hatte es kaum ausgesprochen, als der Hai mit weit geöffnetem Maul auf den Schlächter zusteuerte und ihn verschlang.

»Gott sei seiner Seele gnädig«, hörte ich den Geistlichen sagen.

»Das letzte, was er gesehen haben dürfte, waren wohl die fürchterlichen Zähne, danach wurde es nur noch dunkel«, meinte McKinney und sah mich an.

»Fluchtversuch misslungen, Gefangener Nummer zweihundertfünfundneunzig bei der Flucht getötet. Die Flucht selbst dauerte keine fünf Minuten.« Der Direktor hatte eine monoton klingende Stimme, offenbar versuchte er, seine Emotionen auszublenden.

Ich war noch gefangen von diesem Schauspiel, doch die Natur schien schnell zur Tagesordnung überzugehen. Keine Minute später war das Meer so glatt und unbewegt, als ob hier nie etwas geschehen wäre.

Plötzlich sahen wir einen Hubschrauber, der sich zügig dem Tatort – und damit auch unserem Gebäude - näherte.

Der Direktor griff zu seinem Telefon und drückte eine Taste zur Herstellung der Verbindung und eine für den Lautsprecher. »Delta Echo One, hier Alpha One. Ein Gefangener ist auf der Flucht von mehreren Haien angegriffen und getötet worden. Seine Leiche werdet ihr in einem sehr großen Weißen Hai finden. Könnt ihr den noch sehen? Over!«

»Alpha One, hier Delta Echo One. Wir haben mehrere Haie auf dem Schirm ..., welcher von denen soll es denn sein? Over!«

»Der größte! Zwölf Meter lang! Ein großer Weißer!«, rief McKinney.

Thompson sah den Professor mit stoischer Miene an. Dann fragte er in den Hörer: »Haben Sie es gehört?«

»Ja ..., haben wir. Wir sehen den Hai ..., ein Mordsbrocken! Werden ihn verfolgen! Over!«

»Er wird gleich in die Tiefe verschwinden«, prophezeite Professor Nilsson.

»Mittagspause«, fügte Takahara trocken hinzu.

Und wie aufs Stichwort meldete sich der Pilot wieder: »Wir haben ihn verloren, er ist tiefer gegangen. Letzter Kurs zwei neun fünf. Sollen wir versuchen, ihn weiter zu verfolgen? Over!«

»Nein ..., das hat keinen Sinn«, überlegte Thompson. »Wenn er den Kurs halten sollte, würde ihn das in Richtung Bikini-Atoll ...«

»Kurs zwei neun fünf!«

Thompson ließ den Hörer sinken. »Was ist, Kowalski?«

Der Zwei-Meter-Mann stand kreidebleich im Raum, seine Beine schienen zu zittern, und im nächsten Moment setzte er sich in einen nahestehenden Sessel.

»Ist Ihnen nicht gut?« Professor Baranowski trat neben ihn.

Doch Kowalski winkte ab. »Gottes Mühlen mahlen langsam, aber trefflich fein«, sagte er mit nicht ganz fester Stimme. Er schien mit Emotionen zu kämpfen.

»Mann, was ist denn los mit dir?«, fragte ihn nun Smith. »Was soll das mit Gottes Mühlen bedeuten? Hast du einen Sonnenstich?«

»Kowalski?« Thompsons Frage bestand aus nur einem Wort, doch enthielt sie eine Menge.

»Kurs zwei neun fünf«, brachte Kowalski mit noch immer nicht ganz fester Stimme hervor und sah uns eindringlich an.

Doch da kam keine Reaktion, nur Unverständnis.

»Kurs zwei neun fünf für Gefangenen zwei neun fünf. Direkt in die Hölle. Versteht ihr jetzt?«

Es lief mir eiskalt den Rücken herunter. Jetzt verstand ich seinen Ausspruch »Gottes Mühlen mahlen langsam, aber trefflich fein«.

Und ich war nicht die einzige Person im Raum, ich sah, dass wir alle im Moment dasselbe dachten.

Novak sprach es aus. »Das war die Strafe. Ein Gottesgericht für den größten Übeltäter auf diesem Planeten.«

»Offenbar hat er das Wasserelement doch nicht beherrscht«, flüsterte Philips.

Stille.

Der Direktor fasste sich als Erster. »Ach was! So ein Blödsinn! Der Hai wird gleich ganz woanders hinschwimmen, oder Professor?«

»Ich weiß es nicht, Herr Direktor. Wenn die Wissenschaft eines gelernt hat in über hundert Jahren Haiforschung, dann dass die Haie unberechenbar sind.«

Da meldete sich der Hubschrauberpilot wieder: »Sollen wir den Kurs beibehalten und versuchen ihn wiederzufinden?«

»Negativ. Das macht keinen Sinn. Kehren Sie zum Stützpunkt zurück!«

»Verstanden. Over.«

Der Helikopter drehte ab und flog zurück zur Insel.

Wir sahen uns schweigend an. Kowalski saß noch immer in dem Sessel, auch Smith hatte sich inzwischen gesetzt. Die Wissenschaftler und Pater Enrico standen am Fenster, ihr Blick verlor sich in der Ferne. Thompson saß auf dem Stuhl hinter seinem Schreibtisch.

Minutenlang sprach niemand ein Wort.

»Also gut«, sagte ich nach einer Weile. »Ich glaube, dann haben wir es.«

Mein Spruch, mit dem ich die Runde etwas auflockern wollte, führte zu Irritationen.

Die Wissenschaftler meinten, sie müssten wieder an ihre Arbeit und verließen das Büro fast schon fluchtartig. Der Pater folgte ihnen. Kowalski, Novak, Philips und Smith wollten sich anschließen und murmelten irgend etwas von Routinekontrolle.

Doch Thompson hielt die Soldaten zurück und sah mich an. »Einen Moment! Gut ist hier gar nichts. Seit Sie da sind, gab es zwei Fluchtversuche ... ach, was sage ich ..., drei Fluchtversuche! Ich hielt es für keine gute Idee, dass eine Frau hierher kommt, aber ich konnte nichts dagegen machen. Und nun haben wir den Schlamassel!«

»Sie glauben doch nicht, dass ich etwas mit den Fluchtversuchen zu tun habe, oder?«

»Dazu sage ich nichts. Ob direkt oder indirekt, das spielt keine Rolle. Durch Ihre Anwesenheit ist die jahrelang bewährte Routine durcheinander gebracht worden. Das fing schon beim Wachpersonal auf der Insel an.«

»Ich habe nichts mit den Fluchtversuchen zu tun! Ganz bestimmt nicht!«

»Nehmen Sie es mir nicht übel, aber behaupten kann das jeder!«

»Ich kannte die Leute gar nicht!«

»Zumindest mit zwei von ihnen haben sie aber gesprochen!«

»Das ist doch Nonsens! Sie wussten doch schon lange vor meiner Ankunft von der geplanten Befreiung des Südamerikaners! Wenn ich etwas damit zu tun gehabt hätte, hätte ich ihn und seine Helfershelfer doch bestimmt gewarnt!«

»Wenn Sie gekonnt hätten! Aber Sie hatten keine Gelegenheit mehr dazu! Vielleicht haben Sie Nummer hundertachtundsechzig ja auch ein geheimes Zeichen während Ihres Gespräches gegeben, was?«

»So ein Blödsinn! Ich kann Ihnen versichern, dass ich nichts mit der Flucht von drei vier drei zu tun habe. Und auch nicht mit der von dem Südamerikaner! Und schon gar nicht mit der von dem Schlächter!«

»Dann hätten Sie ja gegen einen Lügendetektortest bestimmt nichts einzuwenden, oder?«

Das Gespräch war immer hitziger geworden, angestaute Emotionen brachen sich Bahn.

Doch jetzt wurde ich aufmerksam. »Ein Lügendetektortest? Hier? Wie?«

Die Soldaten betrachteten mich mit einem seltsamen Blick, es schien mir, als ob sie an einer Beteiligung an den Fluchtversuchen meinerseits zweifelten.

Doch Thompson kam jetzt richtig in Fahrt. »Ein Lügendetektortest. Ja ..., wie Sie sicherlich wissen, sind derartige Tests eigentlich inzwischen verboten. Weltweit. Weil es im Laufe der Zeit, also seit Beginn des Zwanzigsten Jahrhunderts, überall auf der Welt zu Fehleinschätzungen kam und mitunter schwerwiegende Folgen nach sich zog. Daher haben sich viele Menschen, darunter auch etliche Experten, gegen dieses Verfahren, das in unterschiedlichen Varianten nicht nur bei Geheimdiensten oder bei Konzernen zum Einsatz kam, ausgesprochen. Es war wissenschaftlich nicht haltbar, da nie eindeutig gesagt werden konnte, ob die betreffende Person lügt oder einfach nur Angst vor Befragungen hat. Oder eine derartige Situation unbewusst als Stress empfindet. Mitunter kamen die kuriosesten Ergebnisse dabei heraus. Die Anwendung führte sogar soweit, dass Geheimdienste ihre Agenten, deren Leben davon abhängen konnte, trainierten, einen entsprechenden Test zu bestehen, die also versuchten das Unterbewusstsein zu kontrollieren.

Doch wir haben seit kurzem ein Gerät hier ..., ein völlig neuentwickeltes. Das beste technische Hilfsmittel, das es für diesen Zweck jemals gegeben hat. Zusätzlich zur herkömmlichen permanenten Überwachung von Blutdruck, Puls, Atmung, Hautfeuchtigkeit und Mimik wird Ihr Gehirn während der Befragung gescannt, per MRT. So können wir nachvollziehen, welche Areale gerade aktiv sind. Und wir wissen heutzutage, wo welche Areale liegen!«

»Okay ...«

Smith sah mich nachdenklich an. »Man kann auf diese Weise fast ein bisschen in den Kopf hineinschauen und rausbekommen, wie viel und worüber der Mensch denkt. Nur das "Was" fehlt noch, spielt aber hier eine untergeordnete Rolle, da es ja dem Erbringen eines Nachweises für Lüge oder Wahrheit dient. In ersten Tests in den USA hat die Kombination dieser Aspekte eine Quote von hundert Prozent erbracht. Hier soll über die nächsten Jahre eine Studie erfolgen ..., und wenn es sich bewährt, die Marktreife erbracht werden.«

Nun fuhr Thompson in seiner Beschreibung fort: »Das ganze erfolgt unter medizinischer Beobachtung. Es ist ein Versuchsprojekt, ebenfalls zu Testzwecken installiert. Wir sollen im Laufe der Jahre Erfahrungen mit dem Apparat sammeln, und dann wird entschieden, ob er in Serie gehen und gewissen Nationen oder Unternehmen zur Verfügung gestellt werden kann. Man sieht zwar nicht, was gedacht wird, aber wo und wie viel. Die Aktivität des Gehirns lässt sich nicht beeinflussen oder manipulieren.«

»Aha. Und haben Sie schon mal jemanden getestet? Einen Gefangenen?«

»Bisher nur einen ...« Die Antwort des Direktors kam zögerlich und mit sichtlichem Widerwillen.

»Wen?«, fragte ich.

»Drei vier drei«, kam es von Smith wie aus der Pistole geschossen, was ihm einen strafenden Blick von Seiten des Direktors einbrachte.

»Drei vier drei?«, fragte ich. »Wann? Warum?«

Thompson warf Smith einen auffordernden Blick zu. »Wenn Sie so versessen darauf sind, können Sie auch gleich die ganze Geschichte erzählen!«

»Oh ..., ja ..., gut. Also ..., an dem Tag, als drei vier drei zu uns kam und der Direktor uns sagte, dass er der einzige Gefangene sei, über den es keine Unterlagen geben würde ..., nicht mal einen Namen, da haben wir überlegt, dass wir mit dem Lügendetektor vielleicht einige Ergebnisse bekommen würden. Man muss halt nur die richtigen Fragen stellen. Wir haben ihn dann gefragt, ob er mit dem Test einverstanden wäre, und das war er. Also haben wir den Test durchgeführt ..., zusammen mit Doktor Sörensen.«

»Und ...? Haben Sie einen Namen erfahren? Oder sonst irgend etwas ..., wo er herkommt, beispielsweise?«

»Nein. Das Gerät hat offenbar nicht funktioniert«, mischte sich jetzt Thompson wieder ein.

»Wieso nicht?«

»Zu Beginn des Prozedere haben wir ihm drei Fragen gestellt und gesagt, dass er alle bejahen soll ..., auch wenn es der größte Unsinn sein sollte. Dann haben wir ihm drei Fragen gestellt, die er alle verneinen sollte. Und dann haben wir ihm drei entscheidende Fragen gestellt, bei denen er die Wahrheit sagen sollte, also entweder bejahen oder verneinen – je nachdem, was richtig war.«

»Und?«

»Die erste entscheidende Frage war, ob er aus Europa kommt. Die hat er bejaht. Wir hatten den Verdacht auf Grund seines Äußeren und seiner Sprache, und es war ein Volltreffer. Er hat nicht gelogen.«

»Na, also! Und dann?«

»Die zweite Frage lautete, ob er schon einmal in Ägypten war. Dies dient dazu, den Probanden zum Nachdenken anzuregen, da er die Beziehung zu einem eventuellen Urlaubsort erst herstellen muss. Die Antwort erfolgt also in der Regel mit minimaler Verzögerung ..., auch weil das Reiseziel ein Stück weit exotisch ist.«

»Und war er dort schon einmal?«

»Ja ..., und auch diese Antwort entsprach der Wahrheit. Hundertprozentig.«

»Und die dritte Frage?«

»Die besteht gewissermaßen aus zwei Teilen ..., der Proband muss ausdrücklich nachdenken, in diesem Fall musste er rechnen ..., und wir konnten dies an den entsprechenden Gehirnaktivitäten nachvollziehen ..., und dann einer direkten Frage nach seiner Herkunft, seinem Herkunftsland. Eigentlich.«

»Und was haben Sie gefragt?«

»Mir ist da leider ein Malheur passiert«, gestand Smith. »Ich hätte ihn eigentlich fragen wollen, ob es länger als tausend Tage her ist, dass er in Ägypten war. Und dann, ob er dort geboren sei. Das hätte er dann in Jahre umrechnen müssen, und wir hätten im Scan kontrollieren können, ob die entsprechenden Areale im Gehirn aktiv sind. Die erste Frage hätte er logischerweise mit "ja" oder "nein" beantworten können ..., je nachdem, wann er dort Urlaub gemacht hat. Und die zweite Frage hätte er mit "nein" beantworten müssen, da er ja Europäer war, wie wir in der ersten Frage ermittelt haben. Danach hätten wir dann weiter gefragt und sein Herkunftsland so allmählich herausbekommen. Aber das hat leider nicht funktioniert, weil ich mich versprochen habe.«

»Was haben Sie denn gefragt?«

»Ich habe nicht nach Tagen, sondern nach Jahren gefragt. Nach tausend Jahren.«

»Oh! Aber das hätten Sie doch schnell korrigieren können, oder?«

»Theoretisch ja ..., aber er hat die Fragen sofort bejaht ..., beide! Und der Apparat hat seine Reaktion ausgewertet.«

»Gemäß dieser Auswertung hat er die Wahrheit gesagt«, betonte Thompson, »was natürlich vollkommen absurd ist. Aber jetzt werden Sie verstehen, warum wir den Apparat erst einmal überprüfen wollten, bevor wir ihn wieder in Betrieb genommen haben. Nur kam uns da leider die Flucht dazwischen.«

»Der, den wir befragen wollten, ist jetzt nicht mehr da«, ergänzte Novak.

»Tja ..., das ist in der Tat miserabel. Und was versprechen Sie sich von mir?«

»Ich weiß es noch nicht. Zunächst müssen wir einmal sehen, ob die Maschine einwandfrei funktioniert. Ich würde dann Doktor Sörensen und Professor Baranowski zu uns bitten. Und dann würde mich interessieren, ob Sie uns etwas verheimlichen ..., bewusst oder unbewusst.«

»Aha.« Ich überlegte einige Augenblicke. Da ich mir nichts vorzuwerfen hatte – für Gefühle kann man schließlich nicht belangt werden -, willigte ich schließlich ein. »Okay ..., ich bin einverstanden.«

»Gut«, sagte Thompson und griff zum Telefonhörer.

Wir mussten nur eine Minute warten, bis Baranowski und Sörensen wieder im Büro erschienen. Sie erkundigten sich noch einmal, dass ich mit dem Test einverstanden sei und begleiteten mich dann zu einem Raum auf der Etage, den ich bisher noch nicht betreten hatte. Mitten im Raum stand ein Stuhl.

»Bitte sehr ..., nehmen Sie Platz«, sagte Sörensen.

Ich setzte mich. Zuerst bekam ich eine Manschette um den linken Arm gelegt, dann wurden meine Hände und zwei Finger verkabelt. Schließlich setzte mir Thompson höchstpersönlich einen Helm auf. »Dieser Helm ist zehn Millionen Dollar wert. Damit werden Ihre Gedanken sichtbar gemacht.«

»Oh! Und ich hatte mich schon gefragt, wie das mit dem Scan funktionieren soll ...«

»Sie haben darauf gewartet, dass wir Sie mit dem Stuhl in eine Röhre schieben, hm? Keine Sorge, die Technik ist heutzutage viel weiter.«

»Bitte versuchen Sie gerade zu sitzen und hier hin zu schauen. Es sind zwei Kameras installiert, die Ihre Mimik filmen. Die Ergebnisse werden direkt im Computer ausgewertet. Sobald sich Ihre Pupille erweitert oder ein Gesichtsmuskel zuckt, bekommen wir es mit.«

Die ganze Angelegenheit mutete mittlerweile etwas illusorisch an. Ich konnte mich nicht zurück halten: »Hauptsache, ich muss nicht niesen. Dann ist der ganze Test hinüber, was?«

»Dann wird er wiederholt«, gab Thompson zurück.

»*Hm, Zeit scheint nicht das Problem zu sein*«, überlegte ich.

»Entspannen Sie sich!«

Ich entspannte mich.

Baranowski und Sörensen nahmen mit einer gewissen Routine die Einstellungen vor. Dann setzte sich Sörensen auf einen Stuhl an meiner Seite.

Der Professor gab das Startsignal: »Es geht los.«

Ich versuchte ruhig zu atmen, doch war ich schon ein bisschen aufgeregt.

Da vernahm ich die Stimme von Doktor Sörensen: »Ist Ihr Name Sophia Fernández?«

»Ja.«

»Arbeiten Sie für die Vereinten Nationen?«

»Ja.«

»Waren Sie schon einmal an diesem Ort?«

»Ja.«

»In Ordnung. Und jetzt bitte immer mit "Nein" antworten!«

»Okay!«

»Können Sie schwimmen?«

»Nein.«

»Sind Sie fünfunddreißig Jahre alt?«

»Nein.«

»Waren Sie schon einmal in der Antarktis?«

»Nein.«

»In Ordnung.« Sörensen wechselte mit Baranowski einen Blick.

»Und?«, fragte Thompson.

»Richtig, richtig, falsch, falsch, falsch, richtig«, antwortete Sörensen. »Jetzt kommt der zweite Teil. Sind Sie bereit?«, erkundigte er sich bei mir.

»Ja.«

»In Ordnung.«

»Haben Sie einen der Insassen dieses Gefängnisses in Ihrem Leben bereits einmal gesehen, bevor Sie zu uns kamen?«

»Nein.«

»Haben Sie oder wollten Sie einem der Gefangenen zur Flucht verhelfen?«

»Nein.«

»Haben Sie eine Vorstellung davon, wo sich der Gefangene Nummer dreihundertdreiundvierzig jetzt befindet?«

»Nein.«

»In Ordnung.«

Sörensen stand auf und trat hinter mich. Er entfernte behutsam den Helm, dann löste er die Manschette und die Kabel.

»Und ..., hat es funktioniert?«, wollte ich wissen.

»Ja. Das hat es«, gab Baranowski Auskunft.

»Und? Wie ist das Ergebnis?«

»Sie haben die Wahrheit gesagt. Offenbar. Es gab eine minimale Reaktion bei der vorletzten Frage, doch lag das Ergebnis im Bereich der Toleranz.«

»Wenn Sie mich fragen, dann ist bei Ihnen in Bezug auf einen Gefangenen eine kleine Nuance Subjektivität im Spiel. Kann das sein?« Sörensen sah mich fragend an und zog leicht die linke Augenbraue hoch.

Ich blieb ganz ruhig. »Das kann sein. Aber ich habe ihm nicht geholfen.«

»Das wissen wir«, betonte Baranowski.

»Nun gut.« Thompson betrachtete erst die Ärzte und dann mich. Er schien leicht missmutig. »Vielen Dank meine Herren ..., Miss Fernández ..., das hat Klarheit gebracht.«

»Den Eindruck habe ich aber gerade nicht«, erklärte ich mit ruhiger Stimme.

»Wie bitte?«

Die drei Männer sahen mich irritiert an.

»Wenn das Gerät funktioniert ..., und das scheint ja der Fall zu sein ..., dann ist es doch sehr wahrscheinlich, dass es schon immer funktioniert hat, oder?«

»Nun ja ..., eigentlich schon ..., ja«, gab Sörensen zu.

»Das bedeutet aber auch, dass drei vier drei die Wahrheit gesagt hat. Richtig?«

»Auf jeden Fall hat er nicht gelogen. Aber sonst? Ich weiß es nicht«, meinte Baranowski.

»So ein Blödsinn ..., vor über tausend Jahren in Ägypten! Wahrscheinlich hat sein Gehirn die Frage entsprechend verarbeitet und automatisch aus Jahren Tage gemacht«, hielt Thompson dagegen.

»So wird es sein«, pflichtete Sörensen ihm bei.

Ich sagte nichts. Aber in meinem Kopf überschlugen sich die Gedanken.

»Ich muss mich jetzt leider entschuldigen. Der Colonel dürfte bereits dort sein ..., und Ihre Kollegen ebenfalls«, wandte sich der Direktor an den Professor.

Der warf einen Blick auf die Uhr. »Oh ja ..., ich begleite Sie!«

Die beiden verließen den Raum. Ich blieb mit Sörensen allein.

Er seufzte.

»Was ist?«, fragte ich.

»Wenn Sie wüssten! Das Ergebnis ist eine Katastrophe! Aber ich kann es mir nicht erklären. Entweder ist das Gerät doch nicht perfekt ..., oder der Gefangene drei vier drei hat damals wirklich gelebt. Oder ist zumindest davon zutiefst überzeugt.«

»Das hieße aber, dass man mit dem Glauben und einer festen Überzeugung Ihr neues technisches Wunderwerk austricksen könnte. Demnach würde der Geist die Materie beherrschen. Die andere Möglichkeit wäre, dass Nummer drei vier drei damals tatsächlich gelebt hat. In Ägypten. Und es Reinkarnation gibt. Allerdings würde auch dann der Geist die Materie beherrschen. Es wäre lediglich eine Frage der Entwicklung.«

Er seufzte. »Ich weiß. Es ist zum Verrücktwerden!«

Er schien unschlüssig, ja ratlos zu sein.

»Was werden Sie jetzt tun?«

»Ich weiß es nicht. Ich denke, ich werde abwarten, was mein Chef sagen wird.«

»Und wenn er nichts sagen wird?«

»Dann wird sich nichts ändern. Wir würden weitermachen wie bisher. Aber ob wir den Lügendetektor noch einmal einsetzen, weiß der Himmel! Die Ergebnisse sind ja nicht zu verwenden. Das wirft uns in der Forschung um Jahre zurück!«

»Tja«, sinnierte ich, »manche forschen ihr ganzes Leben!«

»Auf jeden Fall danke ich Ihnen, dass Sie dem Test zugestimmt haben. So sind wir in der Erkenntnis doch immerhin einen kleinen Schritt vorangekommen!«

»Gern geschehen. Tja ..., ich denke, ich werde dann mal wieder gehen. Ob es wohl in der Kantine noch ein Mittagessen für mich gibt? Meine Nudeln von vorhin dürften inzwischen nicht nur kalt, sondern auch abgeräumt worden sein.«

»Oh ja ..., bestimmt! Das ist eine gute Idee. Wenn Sie nichts dagegen haben, würde ich Sie gern begleiten.«

»Keineswegs.«

Unsere Mittagspause dauerte über eine Stunde. Wir tranken nach dem Essen noch einen Kaffee und erzählten. Diesmal nicht über Lüge und Wahrheit, sondern über unsere Erlebnisse. Es nahm fast private Züge an.

»*Wenn Maik uns hier sehen würde, wäre er vermutlich wenig begeistert und vielleicht ein bisschen eifersüchtig*«, dachte ich auf einmal und lachte.

»Was ist so lustig?«

»Ach ..., ich musste an jemanden denken.«

»An Ihren Freund ..., Partner ..., Verlobten?«

»Hm ..., ich sitze ja nicht mehr auf dem Stuhl ..., da würde ich die Frage gern unbeantwortet lassen. Ich käme da nämlich eventuell in zeitlicher und geographischer Hinsicht etwas durcheinander. Das ist ein bisschen kompliziert.« Ich lächelte.

»Kein Problem.« Er erwiderte mein Lächeln.

Nach einer Weile erhoben wir uns und verließen die Kantine. Ich verabschiedete mich von ihm und ging wieder zum Büro des Direktors. Die Tür stand offen. Professor Baranowski stand im Begriff zu gehen und schloss sie hinter mir, als ich eingetreten war.

»Wie ich sehe, ist die Besprechung zu Ende.«

»Ja, das ist sie.«

»Und haben Sie mit dem Colonel gesprochen?«

»Auch. Natürlich war die Flucht das Thema Nummer eins.«

»Verständlich. Wird nach drei vier drei gefahndet?«

»Sie suchen ihn, ja.«

»Wahrscheinlich mit allen Kräften, oder? Ein ganzes Platoon? Oder gleich eine Kompanie?«

Thompson schüttelte verneinend den Kopf. Er schien müde zu sein. »Nein ..., es sind ein paar mehr. Der Colonel hat da eindeutige Prioritäten.«

»Oh! Hat er gleich ein ganzes Bataillon losgeschickt?«

»Nein.«

»Alle drei Bataillone? Das ganze Regiment?«, fragte ich ungläubig.

»Nein. Er hat sich mit dem Oberbefehlshaber in Verbindung gesetzt. Seit einer Viertelstunde sucht die gesamte siebte US-Flotte nach dem Gefangenen. In dem Gebiet von Japan bis Australien und Hawaii bis Tonga wird jeder Stein umgedreht, jedes Boot kontrolliert, jede verdächtige Person festgehalten und an das Hauptquartier gemeldet. In den nächsten zwölf Stunden werden wir damit Gewissheit haben. Entweder wir werden ihn finden, oder wir wissen, dass er tot ist. Der Flottenkommandant ist an Bord der USS Enterprise. Von dort wird der Einsatz koordiniert.«

Ich war sprachlos.

»Ich schätze, wir werden seine sterblichen Überreste eines Tages im Magen eines Hais finden.«

»Weil nicht sein kann, was nicht sein darf.«

»Wie bitte?«

»Ich denke, dass meine Anwesenheit für heute nicht mehr erforderlich ist. Ich würde gern zur Insel hinüber gebracht werden.«

»Aber sicher!« Er griff zum Telefon und gab die entsprechende Anweisung. »Der Helikopter ist in zehn Minuten hier. Es ist ja kein Notfall.«

Ich bemerkte ein leichtes Lächeln auf seinem Gesicht.

»Nein, das ist es nicht.«

»Dann bis morgen!«, verabschiedete er mich. »Im Laufe des Vormittags werden wir Gewissheit haben. Dann wird die Untersuchung abgeschlossen sein.«

»Bis morgen!« Ich öffnete die Tür. Da kam Smith den Flur entlang. Er wollte eindeutig zum Direktor. Ich ließ ihn vorbei.

»Sir! Wir haben die drei, die zwei neun fünf bei der Flucht über die Mauer geholfen haben, wie angeordnet in drei Zellen in Etage Null eingesperrt. Einer verlangt mit Ihnen zu reden.«

»Mit mir reden? Du ahnst es nicht! Was will er denn?«

»Er meint, zwei neun fünf hätte ihnen versprochen, dass er durch seine Flucht beweisen würde, dass das Gefängnis nicht ausbruchsicher ist. Und dann würde man es früher oder später schließen, und dann könnten sie wieder in ihre Heimat. Dort wäre ein Ausbruch viel einfacher. Aber dadurch dass die Flucht nicht gelungen ist, wäre eigentlich auch nicht viel passiert, und er und die anderen könnten wieder in ihre Stammzellen zurück.«

»So, meint er das? Der Kerl hat Humor, das muss ich schon sagen.«

»Meiner Meinung nach macht er sich nur in die Hose, weil er unter sich das Meer weiß. Und die Haie. Und wie das abgeht, haben sie ja wie alle Gefangenen live miterlebt.«

»Ja, das waren wohl ein paar Minuten für die Ewigkeit. Das wird keiner so schnell vergessen. Und als Sie sie dann nach unten gebracht haben, werden die nicht in Optimismus verfallen sein.«

Ich bemerkte eine Spur Ironie in der Stimme. Thompson schien wieder in der Spur zu sein. »*Hatte ihn das Ergebnis von meinem Test vielleicht doch überzeugt? Vielleicht muss er so handeln?*«

»Das denke ich auch, Sir.«

»Nun gut ..., ich werde mir die Sache mal überlegen. Aber eine Weile können sie noch schmoren.«

»Ja, Sir!«

Achtes Kapitel

Die Verabredung

»Maryam! Wach auf! Du träumst.«

Ich spürte eine Hand an meinem Arm und schlug die Augen auf. Sina stand vor mir.

»Guten Morgen!«

»Guten Morgen! Was habe ich geträumt?«

»Eine ganze Menge. Von einem Gefangenen mit blauen Augen. Von einem Gangster, der offenbar jetzt tot ist. Er wurde von einem Hai gefressen. Ach ja ..., apropos Hai ..., von sehr vielen Haien hast du auch schon wieder geträumt. Und von einer Insel und dem Gefängnis.«

»Hm ..., das ist ja wirklich eine ganze Menge. Reicht eigentlich für drei Träume.«

Sina lachte, was ihr offenbar nicht leicht fiel. Dazu waren die Inhalte meiner Träume zu real, wie sie einmal gesagt hatte. Doch sie ging inzwischen sehr humorvoll damit um, da lagen wir auf einer Wellenlänge: »Genau! Lange genug hat es auch gedauert.«

»Oh, wie spät ist es denn?«

»Schon nach sieben.«

»Oh, verflixt!« Ich sprang auf und stürzte ins Bad. Wenig später saßen wir am Frühstückstisch, und im Radio meinte ein Nachrichtensprecher, dass diesen Monat wieder über zehntausend Flüchtlinge nach Deutschland gekommen seien.

Sina schüttelte nur den Kopf.

»Kein Ende abzusehen, was?«

»Nein. Sobald ein Krisenherd bewältigt ist, wird die nächste Krise geschaffen. Wer macht so etwas bloß?«

»Ich weiß es nicht. Aber es scheint, dass das zu unserem Leben dazu gehört.«

»Und zu unseren Träumen. Du hast diese Nacht ja wieder von ihr geträumt ..., Sophia, nicht? Und von dem Gefängnis. Und von der Insel.«

»Ja ..., habe ich ..., und ich weiß jetzt eines: Ich werde diese Frau sein! Und ich werde für die Vereinten Nationen arbeiten ..., für alle Menschen.«

»Dann hast du ja Großes vor in deinem Leben.«

»Tja ..., jeder Mensch muss sein Leben leben ..., das kann niemand für ihn übernehmen. Das Leben ist kein Wunschkonzert.«

»Richtig. Das bedeutet aber auch, dass unser Frühstück jetzt vorbei ist. Wir müssen los!«

Ein Blick auf unsere Küchenuhr verriet mir, dass Sina nicht übertrieb. Wir mussten tatsächlich los.

Als wir in der Uni ankamen, stellte sich bei mir jedoch ein Bedürfnis ein, und ich sagte zu ihr: »Du ..., halt mir einen Platz frei ..., ich muss noch mal verschwinden.«

»Ist gut.«

Auf dem Weg zur Toilette traf ich einige bekannte Gesichter auf dem Weg zur Vorlesung – und dann Valerie. Sie saß an eine Wand gelehnt, die Beine angezogen, die Arme auf den Knien und den Kopf in die Arme gelegt. Offensichtlich weinte sie, wurde regelrecht von Krämpfen geschüttelt.

Ich trat zu ihr. »Hey Valerie! Was ist? Was hast du denn?«

Sie hob ihren Kopf. Ihre grünen Augen waren tränenverhangen, keine Spur mehr die Verführerin, als die sie sonst wirkte.

Sie wischte sich mit einer Hand durch das Gesicht. Ich reichte ihr ein Taschentuch und setzte mich neben sie. Sie schniefte ordentlich und wischte sich dann abermals mit dem Arm durchs Gesicht.

»Tut dir etwas weh? Hast du dich verletzt?«, fragte ich zögerlich.

Ein minimales Kopfschütteln verneinte meine Frage. Dann sah sie mich mit ihren großen, grünen Augen an. Sie wirkte jetzt unheimlich verletztlich, und ihre Stimme klang gebrochen: »Mein Bruder ist gestorben.«

Mich durchfuhr es heiß und kalt. So eine Nachricht erhält man nicht jeden Freitag Morgen. Ich wusste nicht, was ich sagen oder tun sollte und sah sie nur fragend an.

Schluchzend fuhr sie fort: »Er hatte Krebs. Lungenkrebs. Als die Diagnose letztes Jahr gestellt wurde, haben unsere Eltern das Haus in Paris verkauft und sind mit ihm nach Grenoble gezogen. Dort sollte die Luft besser sein, und man wäre ja auch nicht weit vom Mittelmeer entfernt. Ich habe ihn besucht, so oft es ging ..., die Ärzte meinten, es wäre gut, wenn er vertraute Menschen um sich hätte. Und meine Eltern konnten auch nicht dauernd bei ihm sein, sie mussten schließlich noch arbeiten.«

»Tut mir leid«, sagte ich, und ich wusste, dass ich mich damit gleichzeitig dafür entschuldigen wollte, dass wir über sie gelästert hatten.

»Danke.« Sie sah mich mit einem eigenartigen Blick an. »Hast du Geschwister?«

»Ja ..., zwei Brüder und eine Schwester.«

»Dann kannst du dir vielleicht vorstellen, wie ich mich jetzt fühle.«

»Ich glaube nicht ..., aber vielleicht ein bisschen.«

Doch sie schien meine Worte kaum zu beachten, sondern fiel in eine Art Monolog: »Mein Vater ist selber Arzt und wusste, dass die Chancen nicht gut standen. Er hat sich versetzen lassen, und meine Mutter hat ihren Ganztagsjob aufgegeben und hat nur noch Teilzeit gearbeitet. Sie haben alles versucht ..., auch die teuren Medikamente und meine Flüge bezahlt ..., damit ich hier weiterstudieren und ihn aber auch so oft wie möglich sehen konnte.«

In dem Moment fühlte ich mich nicht wohl in meiner Haut und spürte eine gewisse Verbundenheit angesichts der Tatsache, dass ihr Vater auch Arzt war. *»Was haben wir nicht für Vorurteile entwickelt! Alles komplett daneben! Unglaublich!«*

»Als wir gestern die Klausur geschrieben haben, hat sich sein Zustand plötzlich sehr verschlechtert ..., und er kam auf die Intensivstation im Krankenhaus. Doch die monatelange Chemo hat ihn wohl zu sehr angegriffen ..., er ist nach zwei Stunden gestorben ..., einfach so ..., hatte keine Kraft mehr ...«

Ein weiterer Weinkrampf unterbrach ihre Rede.

Wieder wusste ich nicht, was ich sagen oder tun sollte, und nach einem kürzen Zögern nahm ich sie in den Arm. Sie ließ es geschehen.

So saßen wir eine Weile, bis sie sich wieder etwas beruhigt hatte. »Er ist gestorben, während ich die Klausur geschrieben habe. Ist das nicht paradox? Zeit und Raum sind so unwirklich!«

Ich dachte an meine Träume und seufzte. »Ja, das kann ich bestätigen.«

Sie setzte sich entschlossen auf. »Danke! Danke, dass du hier bist. Aber musst du nicht zur Vorlesung?«

»Eigentlich schon. Aber das ist okay. Sina schreibt mit.«

Jetzt lächelte sie. »Sina ..., deine beste Freundin, was? Es ist doch schön, Freunde zu haben, nicht?«

»Auf jeden Fall!«

Mit entschlossener Miene erhob sie sich. »Aber ich will dich nicht aufhalten. Ich komme schon klar.«

»Sicher?«

»Ganz sicher. Ich muss ja auch zu meiner Vorlesung. Er würde nicht wollen, dass ich das Studium jetzt abbreche. Dann wäre sein Tod sinnlos.«

»Das stimmt. Wie alt war er denn?«

»Siebzehn ..., er war siebzehn, vier Jahre jünger als ich.«

»Und wie hieß er?«

»Jeremy.«

Ich umarmte sie noch einmal. »Ich wünsche dir alles Gute und viel Kraft in der nächsten Zeit! Wenn du etwas brauchst, melde dich!«

»Danke. Das mache ich.«

Jetzt ging ich auf die Toilette, und als ich wieder herauskam, war Valerie verschwunden. Ich ging in den Hörsaal.

Nach der Vorlesung ging ich mit Sina in die Caféteria. Ich hatte ihr während der Vorlesung nichts von meinem Treffen mit Valerie erzählt, ich musste das Gehörte erst einmal für mich verarbeiten. Nun war Pause, und ich suchte nach einer Gelegenheit, ihr Valeries Geschichte zu erzählen. Die Caféteria war bereits gut besucht, doch wir hatten Glück: Franziska und Niklas waren bereits da und hielten für uns Plätze frei. Wir setzten uns zu ihnen an den Tisch. Als nächste kamen Amelie und Dennis, dann setzte sich noch Steffen dazu.

Wir quatschten eine Weile belangloses Zeug, doch Sina merkte, dass ich mit meinen Gedanken nicht bei der Sache war. »Was ist los, Maryam? Denkst du schon an deine Verabredung?«

»Ich ..., oh ..., nein ..., da ist nur ..., ach, egal.«

Die anderen wurden aufmerksam. »Erzähl, was ist Tim für ein Typ?«, fragte Franziska.

»Ich habe gehört, er war vorher in München«, sagte Steffen.

»Das stimmt, das habe ich auch gehört. Und er hatte eine Freundin ..., und sie haben sich nach zwei Jahren verkracht, und deswegen ist er hierher nach Berlin gekommen«, bestätigte Amelie.

Da platzte mir der Kragen. »Was soll das Geschwätz? Könnt ihr nicht mal aufhören, euch über andere Leute das Maul zu zerreißen?«

»Oha! Unsere Pädagogin! Was ist dir denn für eine Laus über die Leber gelaufen?«, fragte Niklas.

»Ja ..., so haben wir dich ja noch nie erlebt? Was ist passiert?«, fragte auch Franziska.

»Ich wollte nur sagen, dass ihr mal von euren Vorurteilen weg kommen sollt. Zum Beispiel habt ihr ..., haben wir alle ..., bei Valerie komplett daneben gelegen!«

»Bei Valerie? Der Brünetten mit den Katzenaugen?« Steffen sah mich mit einem überheblichen Lächeln an. »Also wenn du mich fragst ...«

»Spar es dir, okay?«, fauchte ich ihn an, und er zuckte zurück, als ob ich eine Kugel auf ihn abgefeuert hätte.

»Mein Gott, Maryam, deine Augen schießen Blitze«, staunte Franziska. »Was ist denn los?«

Ich wusste, dass ich mit meiner Mimik so manches provozieren und bewirken konnte, meine dunklen Augen und das südländische Temperament taten ihre Wirkung. »Vergiss es, okay? Sie hat ernsthafte familiäre Probleme. Und sie hat keinen Lover in Südfrankreich! Sie hat eine Menge Freizeit geopfert, um ein paar Stunden mit ihrem todkranken Bruder zu verbringen. Er hatte Krebs. Gestern ist er gestorben.«

In den folgenden Augenblicken war es totenstill an unserem Tisch, niemand sprach ein Wort. Ich merkte, dass Sina mich ansah. Sie schien etwas zu ahnen, in ihren Augen las ich Verständnis, doch blieb auch sie ruhig.

»Wer hätte das auch ahnen können!«, meinte Niklas nach einer Weile.

»Tja, so ist das ...«, sinnierte Franziska.

Auch die anderen ergingen sich in einigen Ausdrücken, womit sie ihr Bedauern bekundeten.

»Im Grunde sucht sie nur Freunde«, flüsterte ich dann, als mir noch einiges andere klar geworden war. Doch ich wurde nicht gehört.

»Tja ..., Leute ..., was machen wir jetzt? Bis zu Maryams Verabredung ist noch ein bisschen Zeit ...«, versuchte Dennis das Gespräch schließlich neu anzukurbeln.

»Du glaubst doch nicht, dass ich euch dabei haben will?«, wandte ich ein. Ich wollte eine gewisse Spur von Ironie in meine Frage legen, doch war es mir nur teilweise geglückt.

Doch Sina griff meinen Gedanken auf und setzte ihn fort: »Doch, ich glaube, davon sind wir hier alle ausgegangen«, spottete sie. »Oder wenigstens eine SMS-Live-Berichterstattung.«

Ich blickte gespielt empört in die Runde. »Sehr witzig ..., das kannst du vergessen. Wir werden uns in aller Ruhe in eine stille Ecke ...«

»Oh, mein Gott, da ist ... Er!«

Sina war plötzlich wie aufgedreht. Wir alle sahen sie an.

»Wer ist wo?«, fragte ich und schaute in die Richtung, in die sie blickte. Doch ich sah nichts Besonderes.

»Da hinten ..., da ist Patrick!«

»Patrick?«

»Ja ..., du weißt schon ..., der vom Bäcker ...«

»Ohh ..., Patrick ..., vom Bäcker ..., ja!«

»Er guckt in unsere Richtung.«

»Wer ist es denn?«, fragte Franziska.

»Der mit den schwarzen Haaren ...«

»Du hast nie erzählt, dass er Patrick heißt«, unterbrach ich ihre Personenbeschreibung, die ohnehin recht subjektiv ausfiel.

»Ich habe es heute Morgen erfahren.«

»Sag nicht, du hast da jemanden gefragt.«

»Doch ..., war gar nicht schwer.«

»Ts ts ..., es geschehen noch Zeichen und Wunder.«

»Oh ..., er kommt hierher!«

Tatsächlich kamen drei Jungs in unsere Richtung. Zwei hatten schwarze Haare.

»Welcher von den beiden ist es denn?«, erkundigte sich Steffen.

»Der links ..., da ...«, antwortete Sina.

»Der ist aber schon ganz schön alt, findet ihr nicht?«, meinte Franziska.

»Nee ..., der andere ...«, verbesserte Sina.

»Ach so ..., das andere links ...«, scherzte Dennis.

»Ha ha ..., macht euch nur lustig! Ich habe halt eine Rechts-Links-Schwäche ..., na und?«

»Tja ..., so hat jeder seins«, seufzte Franziska und betrachtete den Bezeichneten genauer.

»Auf jeden Fall hat Sina eine Schwäche für Patrick«, warf ich ein und grinste. »Und so schlimm kann die andere Schwäche nicht sein ..., wenn sie den Tisch deckt, klappt das ..., Messer landen immer rechts.«

Sina sah mich empört an und holte tief Luft. Diesmal war es nicht gespielt.

»Hallo!«, sagte da jemand an ihrer Seite. Patrick war bei uns stehen geblieben, während der andere weiter gegangen war.

Meine Mitbewohnerin sah ihn, den Grund unseres Gesprächs an - und brachte kein Wort heraus. So hatte ich sie noch nie erlebt. Hier war schleunigst Hilfe angebracht.

»Hallo!«, sagte ich.

»Hallo!«, sagten die anderen, und Franziska bot Patrick einen Platz an. »Hier ist noch ein Stuhl frei ..., setz dich doch!«

»Danke. Es ist echt nicht leicht, einen Platz zu finden. Ziemlich voll hier, nicht?«

»Ja ..., quasi fast ausgebucht. Kein Wunder, es gibt ja auch immer mehr Studenten«, meinte Dennis. »Ich bin Dennis ..., wir sind alle im dritten Semester.«

»Patrick. Fünftes Semester.«

»Hi!«

»Hi!«

Sina sagte noch immer nichts. Nicht zu fassen! Dieses Temperamentsbündel erwies sich auf einmal als schüchtern oder so etwas.

»Ich bin Maryam ..., das ist Sina«, stellte ich uns vor.

»Hi!«

»Hi!«

Endlich! Jetzt hatte sie mal reagiert. Irgendwie schien sie gedanklich weit weg zu sein.

»Ich kenne dich«, sagte Patrick zu Sina.

Innerlich klatschte ich in die Hände. »*Perfekt! So kann es weiter gehen. Aber ich glaube, wir müssen Sina mal wecken. Die wüsste im Zweifelsfall nicht mal mehr ihren Namen!*«

»Ich dich auch«, kam da jedoch ihre Antwort, und jetzt war sie wieder die Sina, die ich kannte. Sie sprühte vor Lebenslust, lächelte und warf ihre Haare in den Nacken. Zehn Minuten bewältigten die beiden das Gespräch allein, wir anderen saßen staunend dabei.

»Woher kennt ihr euch denn eigentlich?«, wollte Amelie in der ersten Phase wissen, in der sie – und das war hauptsächlich Sina – nicht sprachen.

»Vom Bäcker«, lautete die prompte Antwort.

»Ja ..., da arbeite ich«, erklärte Patrick. »Ich war als Zwölfjähriger bei einer Hochzeit. Die Torte hat mich so in ihren Bann gezogen, dass ich später auch mal so etwas machen wollte. So ein Kunstwerk. Naja, ich bin dann kein Bäcker geworden, aber immerhin dem Genre treu verbunden geblieben. Ich arbeite zweimal die Woche sechs Stunden und helfe dem Chef sogar manchmal bei seinen Spezialitäten. Er bäckt nämlich noch manches Brot selbst.«

»Hört, hört! Kannst du eins empfehlen?«

»Natürlich ..., alle! Aber frag doch unsere Kunden ..., hier sitzt eine.« Er sah in Richtung Sina.

»Ich ...«

»Sie kauft auch gerne Brötchen!«, rief ich lachend.

»Ja, ich weiß.«

»Und was machst du sonst so?«

»Sonst? Hm. Ich wohne seit über zwanzig Jahren in Berlin, komme eigentlich aus Potsdam ..., also ..., ich bin da geboren. Aber meine Eltern sind bald nach meiner Geburt einen Ort weiter gezogen. Wegen der Arbeit.«

»Einen Ort weiter. Ha ha!«

»Ja ..., ganz im Ernst.«

»Tja ..., die Arbeit«, sinnierte Amelie.

»Wir arbeiten alle in den Ferien ..., und einige von uns auch noch im laufenden Semester. Kommt ja immer drauf an, was für einen Job man kriegt ...«

»Und wie anspruchsvoll man ist.«

»Genau!«

»Und was habt ihr so für Themen? Vorhin sah eure Runde ganz schön ..., ernsthaft aus.«

»Das ist kompliziert«, antwortete Amelie.

»Das ist nicht mal eben so zu beantworten«, erklärte Franziska.

»Das ist nicht so einfach«, sagte Sina.

»Glaubst du an Gott?«, fragte ich.

»Hm ..., lass mich nachdenken. Also, angesichts von diversen Krankheiten, der Kriege, der Hungersnöte, der Dürren, der Überschwemmungen, der Klimakatastrophe ..., und meiner Fünf in Mathe ..., ich weiß es nicht. Einerseits schon irgendwie ..., aber andererseits bin ich mir da manchmal nicht mehr so sicher. Die Welt ist echt verrückt. Wieso passiert dann alles?«

»Ich weiß es nicht. Was ist mit dir?«

»Tja ..., die Welt ist wirklich verrückt. Aber die Naturgesetze einfach als gegeben anzusehen und danach handeln zu müssen, ist mir zu billig. In unserem Land werden so viele Gesetze erlassen, dass man die nicht mal als Jurist mehr nachhalten kann. Für alles braucht man Spezialisten. Aber irgendjemand muss dann doch auch irgendwann einmal die Naturgesetze gemacht haben. Gewissermaßen undemokratisch.«

»Das klingt irgendwie logisch ...«, meinte Sina.

»Sind wir alle nur Figuren in einem Spiel?«, fragte Patrick.

»Also so lange ich von dir weiterhin Brot und Brötchen bekomme, spielen wir jedenfalls im selben Team«, scherzte Sina.

Wir lachten.

»Und ansonsten ..., sieh dich doch mal um! Hier gibt es bestimmt drei Dutzend Nationalitäten und Sprachen! Und all diese Leute gehören fünf, sechs oder sieben verschiedenen Religionen an. Aber es funktioniert!«

»Was funktioniert?«

»Das Miteinanderleben! Damit will ich sagen, dass nicht Religionen gegeneinander kämpfen, sondern Menschen! Oder eben auch nicht!«

Sina und ich wechselten einen Blick.

»Bin ich denn hier am Philosophen-Tisch gelandet?«, fragte Patrick, dem der Blick nicht entgangen war.

»Nein ..., wir sprechen nur ab und zu über Gott und die Welt. Maryam hat da manchmal sehr ..., interessante Träume. Die liefern uns Anregungen für alles Mögliche.«

»Ach ja?«

»Ja.«

Patrick sah mich an.

Offenbar wollte er mehr darüber erfahren. Doch ein Blick auf die Uhr belehrte mich, dass es für mich allmählich Zeit wurde. »Entschuldigt, Leute. Ihr könnt gern weiter philosophieren, aber ich habe jetzt ganz konkret eine Verabredung.«

»Mit Tim!«, rief Sina.

»Genau«, sagte ich und zwinkerte ihr zu. »Und zwar allein. Also macht's gut ..., wir sehen uns später!«

»Viel Spaß!«

»Gute Unterhaltung!«

»Immer cool bleiben!«

Ich stand auf, warf ein Lächeln in die Runde, nahm meine Tasche und ging in Richtung Ausgang. Auf einmal spürte ich, dass mein Handy vibrierte. Ich nahm es aus der Tasche: Jasmin! *Oh, verflixt, die habe ich ja völlig vergessen!*

Ich ging schnell an eine Seite und drückte die Gesprächstaste. »Hallo, Jasmin!«

»Hallo, Maryam! Erreiche ich dich endlich. Ich habe mit Aaron gesprochen. Er hat mir erzählt, was du geträumt hast. Und da dachte ich, wir sollten uns mal darüber unterhalten.«

»Aaron? Meine Träume? Ach so ..., ja! Wir beide?«

»Ja ..., ich habe jetzt nicht viel Zeit, nur eine kurze Pause, wollen wir uns heute Abend treffen? Ich könnte nach meiner Schicht bei dir vorbeikommen.«

»Das können wir gerne machen. Ich bin bis acht oder so zu Hause. Danach muss ich arbeiten.«

»Okay, ich habe um sechs Feierabend, bis sieben sollte ich es schaffen. Bis nachher!«

»Ja, bis dann! Ciao!«

Ich verstaute das Handy wieder in meiner Tasche und ging dann zum Ausgang.

Ich sah ihn schon von weitem. Er stand im Vorraum, sein Blick glitt suchend über die Menge. Als ich noch zehn Meter entfernt war, sah er mich, und ich bemerkte, wie ein Lächeln über sein Gesicht zog. Er kam mir die letzten Schritte entgegen.

»Hey!«

»Hey!«

Zur Begrüßung gab er mir einen Kuss auf die Wange. »Wie geht's? Alles klar?«

»Prima. Die Klausur liegt hinter mir ..., das Wochenende vor mir ..., könnte schlimmer sein«, sagte ich.

»Geht mir auch so«, meinte er und lachte. »Komm, ich lade dich auf einen Kaffee ein ..., einen Ich-starte-ins-Wochenende-Kaffee.«

»Wenn ich einen Tee bekommen könnte, wäre ich dabei.«

»Einen Tee? Kein Problem!«

Wir gingen in die kleinere Caféteria und sicherten uns einen Platz in einer Ecke am Fenster. »Ich hole die Getränke. Ist Pfefferminztee okay?«, fragte er, und ich hatte kaum genickt, da war er auch schon verschwunden. Nach fünf Minuten kam er mit zwei Bechern zurück.

»Et voilá! Ein Pfefferminztee für die Lady in ...«

Er stockte plötzlich, und ich ergänzte: »Schwarz, weiß, blau, grau, rot ...« Nun musste ich lachen.

»Gelb und grün. Du bist ja ein bunter Vogel!«

»Nee ..., ich bin eigentlich Löwe.«

Nun lachte er, und ich stellte fest, dass nicht nur sein Mund, sondern auch seine Augen lachten.

»Ich bin Stier ...«, sagte er, »also mit der roten Farbe wirkst du sehr anziehend auf mich.«

»Hätte ich das vorher gewusst ...!« Ich hob meine Stimme zum Schluss des Satzes ein wenig, gerade um eine Prise Ironie mit reinzulegen.

»Dann ...?« Auch er hob seine Stimme zum Schluss.

»*Toll!*«, dachte ich. »Dann hätte ich mir vielleicht was anderes angezogen«, erwiderte ich diplomatisch und grinste dabei. Aber ich ließ offen, ob ich dann mehr oder weniger rot angezogen hätte. Sollte er es doch herausfinden!

»Und hast du eine Lieblingsfarbe?«, fragte er.

»Ich mag blau ganz gern.«

»Oh, da habe ich ja Glück, dass ich blaue Augen habe.«

»Ja ..., sonst würde ich bestimmt nicht hier mit dir jetzt sitzen«, scherzte ich.

»Das wäre schade, wo wir uns doch so gut verstehen.«

»Ja ..., und gerade dabei sind uns kennen zu lernen ...«

»Richtig! Also neulich auf der Party hatten wir ja nicht so viel Zeit ..., und das Telefonat war irgendwie auch recht kurz. Willst du noch etwas über mich wissen ..., also außer meiner Augenfarbe, meinem Namen und meinem Alter?«

»Hm ..., mal überlegen ..., wo kommst du her?«

»Wo ich herkomme? Jetzt oder ursprünglich?«

»Beides!«

»Ach so ..., beides. Na gut ..., also jetzt wohne ich hier in Berlin, in Wilmersdorf ..., in einer WG mit drei anderen Jungs. Einer studiert an der HU Medizin, die beiden anderen sind an der TU. Wir haben damals alle gleichzeitig ein Zimmer in Berlin gesucht, da wir alle von auswärts kamen. Und so haben wir uns zusammengefunden.«

»Oh ..., wie bei mir. Meine Mitbewohnerin und ich haben auch gleichzeitig ein Zimmer gesucht und uns so kennen gelernt. Inzwischen ist sie meine beste Freundin.«

»Habt ihr eine Zweier-WG?«

»Ja.«

»Wie groß?«

»Fünfzig Quadratmeter, drei Zimmer. Das dritte nutzen wir als Wohnzimmer, es hat auch einen kleinen Balkon. Und eine kleine Küche haben wir auch, die reicht gerade für uns beide. Da frühstücken wir so oft es geht zusammen, es ist eine Art Ritual.«

»Na, dann sieht es doch ein bisschen anders aus, als bei uns. Unsere Wohnung hat hundert Quadratmeter mit einer riesigen Wohnküche und zwei Balkonen. Wir haben schon viele Partys gefeiert, aber ich verstehe mich ebenso noch mit meinen Kumpels aus München und Hamburg. Die kommen auch ab und zu zu Besuch, und dann ziehen wir durch Berlin.«

»München und Hamburg?«

»Ja ..., bevor ich hierher gekommen bin, habe ich in München gelebt ..., und studiert.«

»Und wann bist du nach Berlin gekommen?«

»Letztes Jahr.«

»Oh ..., da haben wir dann ja gleichzeitig eine Wohnung gesucht.«

»In der Tat ..., wo bist du denn eigentlich fündig geworden?«

»In Zehlendorf.«

»Ah! Ja, das ist nicht weit von hier.«

»Genau. Mit dem Fahrrad kein Problem ..., und wenn es mal schüttet, dann fahre ich mit der S-Bahn.«

»Ich fahre immer mit dem Rad ..., ist gleich ein gutes Training. Ich studiere ja auch Sport ...«

»*Also tatsächlich*«, dachte ich.

»... auf Lehramt. Und Mathe und Geschichte.«

»Was?«, staunte ich. »Was ist denn das für eine Kombi?«

»Recht exotisch, nicht? Ja ..., ich wollte auf jeden Fall drei Fächer machen, um nach dem Studium flexibler einsetzbar zu sein.«

»Ganz wie ich auch dachte ..., meine Fächer sind Arabisch, Englisch und Deutsch.«

»Dann bist du wohl ein kleines Sprachgenie, was?«

Obwohl die Frage sehr ernst, fast nüchtern klang, sah ich an seinen Augen, dass er scherzte. Ich ging darauf ein und sagte schlicht: »Nein. Ein großes!«

Nun lachte er. »Okay. Eins zu null für dich!«

»Kein Problem ..., nach der Vorlage.«

»Spielst du Fußball?«

»Nicht wirklich ..., früher habe ich mit meinen Brüdern ein bisschen auf der Straße gekickt, später dann auf 'm Computer. Aber im Fußball gucken bin ich Weltmeister!«

»So so«, meinte er.

»Ja, ich verpass keine WM und keine EM.«

»Also guckst du nur internationale Spiele?«

»Nicht nur, ich gucke auch Bundesliga ..., und Europapokal. Das ist dann wieder international ..., auf Mannschaftsebene.«

»Sieh an, sieh an ..., einen Fußballfan hätte ich in dir nicht vermutet.«

»Tja ..., wer kann schon in den anderen reingucken?«

»Wie sieht es denn mit jüngeren Fußballern aus? Würde dich ein solches Spiel auch interessieren?«

»Jüngere Fußballer? Wie jetzt?«

»Na, guckst du nur Spiele von Erwachsenen, oder würde dich auch ein Spiel von ..., sagen wir ..., Zwölf- oder Dreizehnjährigen interessieren?«

»Das kommt darauf an. Wenn ich da jemanden kennen würde, würde ich bestimmt zuschauen. Aber meine Brüder sind beide älter als ich.«

»Und wenn ich es wäre, den du kennst?«

»Du? Du hast mir Samstag auf der Party erzählt, dass du vierundzwanzig bist. Außerdem dürftest du ein bisschen zu groß sein, um bei den Kindern mitzuspielen ..., die sind dann ja gerade mal halb so alt.«

»Ich spiele da auch nicht mit, ich bin der Trainer.«

»Ach! Oh! Okay.«

»Ja, ich trainiere eine Jugendmannschaft ..., und morgen ist ein wichtiges Spiel. Wenn du Lust hast, kannst du vorbei kommen und zusehen.«

»Krass! Fußballtrainer! Das hätte ich nicht erwartet.«

»Tja ..., man kann in den anderen eben nicht hinein gucken.«

Ich lachte. »Okay ..., eins zu eins. Und was ist das für ein Spiel?«

»Ein Punktspiel. Wir sind momentan Zweiter in der Tabelle, und es kommt der Erste. Wir sind nur zwei Punkte zurück ..., also mit einem Sieg könnten wir an denen vorbei ziehen.«

»Oh ja, ich verstehe. Um wieviel Uhr ist denn Anstoß?«

»Vierzehn Uhr.«

»In Wilmersdorf?«

»Ja. U-Bahn-Haltestelle Berliner Straße. Dann sind es nur ein paar Minuten zu Fuß.«

»Okay ..., morgen um vierzehn Uhr, ja?«

»Ja.«

»Gut ..., ich werde mal schauen, ob ich es finde.«

»Würde mich freuen, wenn du kommst.«

Wir sahen uns in die Augen, und die Zeit schien still zu stehen.

Nach einer Weile brach ich das Schweigen. »Was kannst du denn für Sprachen?«

»Sprachen? Hm ..., also Deutsch und Englisch natürlich. Dann noch ein bisschen Französisch ..., und Bayerisch.« Er lachte.

»Ah, Französisch ..., ja. Das wollte ich zuerst auch nehmen, aber das wäre zu viel gewesen. Und ich will später einmal dazu beitragen, dass sich die Menschen aus unterschiedlichen Kulturen besser miteinander verstehen. Und da kann es bestimmt nicht schaden, wenn man die Sprache des anderen versteht, nicht?«

»Definitiv. Dann siehst du dich also in der Rolle eines Vermittlers?«

»Ja ..., so könnte man sagen.«

»Da brauchst du aber eine Menge Kraft. Es gibt viele Vorurteile in der Welt.«

»Ich weiß. Aber trotzdem ich noch sehr jung bin, habe ich doch schon einiges erlebt. So etwas prägt. Schicksalsschläge sind auch eine Art Training. Training fürs Leben.«

»Ja, deine Familie ist geflohen, nicht? Hast du von dem Krieg denn als Kind viel mitbekommen?«

»Rückblickend betrachtet ..., ja. Auch wenn sich vieles erst sehr viel später zeigte oder bemerkbar machte. Und einiges wird wahrscheinlich auch erst in meinem weiteren Leben an die Oberfläche dringen.«

»Das glaube ich dir ..., ist schon Wahnsinn, wozu Menschen imstande sind. Wenn ich mir da meine Jungs angucke ...«

»Deine Jungs?«

»Ja ..., die Fußballer. Die sind entweder schon in der Pubertät oder kurz davor. Da erlebst du manchmal Schoten, dass du dich schlapp lachen könntest. Jede Generation macht doch wirklich gleiche oder zumindest ähnliche Erfahrungen durch. Und die Sprüche, die die manchmal raushauen, sind der Hammer! Da fragst du dich dann wieder, wo die das her haben ..., aus dem Internet oder dem Fernsehen oder vom Schulhof.«

»Bist du schon lange Fußballtrainer?«

»Ja, das habe ich schon in München gemacht. Dort habe ich zweieinhalb Jahre gelebt ..., mit meiner Ex-Freundin.«

»*Na hoppla! Jetzt sind wir auf einmal auf ein völlig anderes Gleis abgebogen. Mal sehen, was nun kommt.*«

»Wir haben aber letztes Jahr festgestellt, dass wir uns auseinandergelebt hatten. Jeder hatte irgendwie seinen Kram ..., sein Leben. Vielleicht passten wir einfach doch nicht zusammen oder waren noch zu jung für eine dauerhafte Beziehung ...«

»Oder beides«, warf ich ein, hielt mir aber dann die Hand vor den Mund.

Er sah mich an. »Ist schon okay, muss dir nicht leid tun. Wahrscheinlich hast du sogar Recht. Wir waren auch eine Spur zu unbedarft ..., rückblickend betrachtet.«

Er machte eine Pause und sah aus dem Fenster. »Verrückt, oder?«, fragte er nach einer Weile und wandte sich mir wieder zu. »Das klingt schon so, als wäre ich uralt. Dreißig oder so!«

»Mindestens!«, rief ich.

Diesmal lächelte er mich an. »Aber immerhin werde ich in einem halben Jahr fünfundzwanzig.«

»Was? So alt schon?«, fragte ich mit deutlich sarkastischem Unterton.

»Jaa«, dehnte er. »Dann wartet die Dreißig am Horizont, während die Zwanzig immer weiter entschwindet.«

»Das bedeutet aber auch, dass du bald deinen Abschluss in der Tasche hast. Wo willst du denn mal arbeiten? Willst du in Berlin bleiben? Oder zurück nach München?«

»Also eigentlich will ich nicht zurück ..., mir gefällt es hier ganz gut. Ich kenne schon viele nette Leute ...«

»Mich zum Beispiel.«

»Ja ..., dich zum Beispiel. Und unsere WG ist auch in Ordnung. Es kommt natürlich darauf an, ob ich hier einen Job finde.«

»Klar! Wo wohnt denn deine Familie, deine Eltern? Hast du Geschwister?«

»Ich habe eine jüngere Schwester, sie macht nächstes Jahr Abi und wohnt noch bei meinen Eltern. Und die wohnen in Hamburg. Da komme ich ja ursprünglich auch her.«

»Ach! Und dann bist du von dort nach München gezogen?«

»Ja, nach der Bundeswehrzeit. Ich war ein Jahr bei der Marine ..., da war ich mit bei einem Einsatz im Mittelmeer, und danach habe ich mir vorgenommen, dass man noch viel mehr tun müsste, um anderen Menschen, die nicht so viel Glück hatten, dass sie in geordneten Verhältnissen aufgewachsen sind, zu helfen. Und in München hat sich eine Gelegenheit ergeben für ein freiwilliges soziales Jahr in einer Einrichtung für Flüchtlinge.«

»Dann warst du erst bei der Bundeswehr und hast dann ein freiwilliges soziales Jahr gemacht?«

»Ja ..., ich war ja noch jung. Und außerdem dachte ich, dass es nicht schaden kann, erstmal ein bisschen Lebenserfahrung zu sammeln. Und ich wusste auch noch nicht so ganz genau, was ich nun machen wollte.«

»Und wie kamst du auf die Idee, Lehrer zu werden?«

»Das hat sich so ergeben ..., während dieses Jahres. Es schien mir die geeignetste Ausbildung zu sein ..., für das, was ich vorhatte. Und vorhabe.«

»So ähnlich ist es bei mir auch«, flüsterte ich. »Ich war nach dem Abi auch ein Jahr im Ausland ..., in meiner alten

Heimat. Dort war es einfach nur schlimm, und ich stand oft davor, einfach alles hinzuschmeißen und wieder zurück nach Deutschland zu kommen. Nach Hause.«

»Warum hast du weitergemacht?«

»Mein Bruder und ich waren einmal auf einer Tour in einer nahezu unbewohnten Gegend. Es hieß, durch die Wüste würden immer mal wieder Flüchtlinge kommen. Mein ältester Bruder war mit mir zusammen dort unten ..., sonst hätten meine Eltern das wahrscheinlich auch für keine gute Idee von mir gehalten. Er ist inzwischen schon dreißig und Kfz-Meister. Damals war er natürlich noch jünger, aber er konnte die Sprachen, die auch ich kann, Arabisch, Englisch und Deutsch, und vor allem die beiden ersten braucht man dort. Und er konnte Autos reparieren, keine Ahnung, wieso ..., er kann es einfach. Ein Naturtalent.«

»Beruf und Berufung«, meinte Tim.

»Ja ..., er hätte sich nie etwas anderes vorstellen können. Sobald er die Schule hier abgeschlossen hatte, hat er eine Lehre begonnen. Es ist sein Element. Na, wie auch immer, jedenfalls waren wir in dieser Wüste unterwegs ..., und dann haben wir tatsächlich kurz vor Eintritt der Dunkelheit einige Menschen entdeckt. Sie hatten sich verlaufen, nichts mehr zu essen und zu trinken und wussten nicht, in welcher Richtung sie Hilfe zu erwarten hätten. Wir haben ihnen Essen und Trinken gegeben und sie dann ins Auto verfrachtet. Fünf Erwachsene und sieben Kinder. Auf sechs Sitzplätzen! Aber irgendwie ging es, und auf der Rückfahrt wurde mir klar, dass uns Menschen eines verbindet: Essen und Trinken. Das müssen wir alle. Unabhängig davon, auf welchem Breiten- und Längengrad wir geboren sind oder leben, und insofern unabhängig davon, welcher Religion wir angehören.«

»Oder ob wir überhaupt einer Religion angehören.«

»Genau! Ein Mensch ist ein Mensch ..., da frage ich nicht danach, wo er geboren ist oder woran er glaubt, wenn er Hilfe braucht.«

»Ich kenne mich auf dem Gebiet zwar nicht so gut aus, aber ich glaube, damit dürftest du dem christlichen Ideal ziemlich nahekommen.«

»Auf welchem Gebiet kennst du dich nicht so gut aus?«

»Der Religion.«

»Nun sag, wie hast du's mit der Religion?
Du bist ein herzlich guter Mann,
Allein ich glaub', du hältst nicht viel davon.«

Tim sah mich leicht verwirrt an, doch dann dämmerte eine Ahnung in ihm. Eine Augenbraue hob und senkte sich. »Kommt mir irgendwie bekannt vor ..., Goethe?«

»Ja!«

»Die Gretchenfrage, nicht?«

»Genau! Da erinnerst du dich ja doch noch ein bisschen, auch wenn du schon soo alt bist!«

»Pfff ..., danke sehr«, gab er mit gut gespielter Empörung zurück.

»Sehr gerne.« Ich lachte.

»Und wie hältst du es mit der Religion?«, fragte er.

»Ich?«

»Ja!«

»Äh ..., nun ja ..., ich habe bisher auch immer versucht, mich an gewisse Regeln zu halten ..., so eine Art gesunder Menschenverstand. Und ich habe diese Woche das erste Mal selbst in den Koran gesehen ..., und genau die Sure, die ich aufgeschlagen habe, hat zu mir gesprochen ..., gewissermaßen.«

»Suren können sprechen? Das musst du mir erklären.«

»Es stand mein Name drin.«

»Im Koran steht dein Name?«

»Nun ja, nicht direkt ..., aber er behandelt auch die Geschichte von Jesus ..., und Maria, seiner Mutter. Und mein Name ist Maryam! Das ist die arabische Form von Maria.«

»Ah ..., so wie im Englischen Mary, nicht?«

»Genau. Ich habe sogar in der Bibel gelesen, aber die enthält so viel, dass ich da erst am Anfang bin.«

»Irgendwo muss man schließlich anfangen.«

»Klar, aber so meinte ich das nicht. Ich habe ein bisschen quer gelesen ..., einige Passagen hier, einige dort. Aber ein Verständnis dafür wächst nur langsam. Was mir jedoch schon aufgefallen ist ..., und Sina auch ..., ist, dass wir alle denselben Gott haben. Juden, Christen und Moslems.«

»Ach!«

»Ja! Es steht im Koran, dass Gott zu Mohammed gesprochen hat ..., und ebenso hat er auch zu Moses gesprochen. Nur nennen ihn die einen Allah und die anderen Jahve. Und Christus ist der Sohn Gottes, im Grunde ist das alles also eine historisch-geographische Angelegenheit, denn zwischen den Offenbarungen liegen immerhin anderthalb Jahrtausende.«

»Dann stellt sich die Frage, warum die Religionen sich mitunter so feindlich gegenüberstehen.«

»In der Tat ..., aber wenn man es genau betrachtet, dann stehen sich gar nicht die Religionen feindlich gegenüber, sondern ...«

»Die Menschen!«

»Richtig!«

»Dann können Menschen diesen Irrsinn aber auch wieder beenden.«

»So sie denn wollen ..., schon ..., ja.«

»Und sich nicht manipulieren lassen.«

»Genau! Für fremde Zwecke ..., die man im Zweifelsfall auch gar nicht durchschaut.«

Sein Telefon klingelte. »Oh ..., entschuldige ...«

»Kein Problem!«

Er nahm den Anruf entgegen. Ich merkte sofort, dass es eine Frau war. Er stand auf und ging ein paar Schritte in Richtung Ausgang. Während ich ihn beobachtete, dachte ich an Sina. »*Ob sie wohl bald ein Date mit Patrick hat?*«

Ich warf einen Blick auf mein Handy, doch es waren keine neuen Nachrichten vorhanden.

»Entschuldige ..., das war meine Ex ...« Tim setzte sich wieder.

Ich sah ihn an und bemühte mich, nicht zu aufdringlich zu wirken. »Sie wollte wissen, ob ich ihre Uhr habe. Sie findet sie nicht.«

»Und ..., hast du?«

»Nein ..., ich denke nicht. Aber ich habe ihr versprochen, dass ich zu Hause mal nachsehen werde.«

»Ja ..., sicher ist sicher. Ich werde auch mal aufbrechen. Wir sehen uns morgen, ja?«

Ich stand auf, und er erhob sich wieder. »Du willst schon los?«

Dabei sah er mich mit seinen blauen Augen so liebevoll an, dass ich mich fast wieder umentschieden hätte. Doch ich blieb standhaft. »Ja ..., es war ein harter Tag ..., und ich muss nachher noch arbeiten ..., und außerdem brauche ich meinen Schönheitsschlaf.«

»Okay ..., wenn du meinst ..., aber viel verbessern wirst du im Schlaf nicht mehr können.«

Ich blieb ganz cool, trat an ihn heran und sah ihm in die Augen. »Bis morgen!«

Er gab mir einen Kuss auf die linke Wange. »Bis morgen!«

Ich fuhr nach Hause. Sina war noch nicht da. Ich packte meine Tasche und fuhr ins Fitness-Studio.

Hier traf ich Natascha und Boris. Er sah aus wie der zukünftige Mister Universum und quälte sich an Eisenstangen, die ich vor Benutzung erst einmal teilen hätte müssen. In zehn Teile. Sie war einen Kopf kleiner als er und eher zierlich gebaut. Beide waren Anfang dreißig und ebenfalls Stammkunden. Boris war täglich hier, wie ich wusste. Er hatte mir freundlich zugenickt, als ich in die Halle kam, mit seinem kräftezehrenden und aber wohl auch -fördernden Trainingsprogramm jedoch nicht innegehalten. Natascha war gerade auf dem Stepper und rief mir ein »Hallo!« zu.

»Hallo!«, sagte ich und begann mein Programm auf dem Laufband.

Als sie auf dem Stepper fertig war, kamen beide zu mir. »Viel Spaß noch! Je mehr Widerstand du bewältigst, um so mehr Kraft musst du aufwenden, um ihn zu bezwingen. Und umso stärker wirst du«, erklärte er.

»Danke. Werd's mir merken.«

»Okay. Wir sind dann jetzt weg. Bis zum nächsten Mal! Schönes Wochenende!«

»Ja, ciao!«

Ausgepowert kam ich zwei Stunden später zurück, doch Sina war noch immer nicht da. Ich schickte ihr eine Mail, doch als nach fünf Minuten noch keine Antwort gekommen war, bereitete ich mir ein Abendbrot.

Ich hatte eben aufgegessen, als mein Handy klingelte. »Hi, Sina! Wo bist du denn?«

Sie klang halbwegs aufgeregt. »Ich war mit Patrick unterwegs ..., ganz spontan ..., wir waren den ganzen Nachmittag im Zoo. Da hat er mal gearbeitet! Und danach waren wir noch was trinken.«

»So so ..., dann hast du dich ja wohl gut unterhalten.«

»Ja ..., es war toll. Ich werde dir berichten ..., ach nee, du musst ja gleich arbeiten, nicht?«

»Ja, wir sehen uns morgen!«

»Mach's gut! Einen schönen Abend!«

»Danke, dir auch. Ciao!«

»Ciao!«

Ich hatte kaum aufgelegt, da klingelte es an der Wohnungstür. Ich öffnete. Jasmin stand im Flur. »Unten war offen.«

»Hi! Komm doch herein!«

Wir setzten uns im Wohnzimmer auf eine Couch. Sie machte auf mich einen ernsten Eindruck. *»Was Aaron ihr wohl erzählt hat?«*

Sie kam schnell zum Thema: »Aaron hat mir von deinem Traum erzählt. Von dem Mann, der die Familie und die Kinder abgeschlachtet hat.«

»Ja ..., aber das war nur ein Traum!«

»Ich fürchte, so einfach ist das nicht.«

»Wieso?«

»Du weißt doch, dass ich damals, als wir geflohen sind, in unserem Camp eine Krankenschwester kennen gelernt habe, nicht?«

»Ja. Wegen ihr bist du ja auch Krankenschwester geworden.«

»Richtig. Und von ihr habe ich einige Geschichten gehört. Schlimme Geschichten.«

»Die hat sie dir erzählt? Einem Kind?«

»Ich war zehn! Ich war kein kleines Kind mehr! Ich habe gesehen, was bei uns passiert ist! In der Stadt. In unserem Land. Überall!«

»Na und? Was hat sie denn erzählt?«

»Sie hat natürlich nicht alles erzählt, eher allgemein, keine Details. Aber eine Geschichte habe ich später in den Nachrichten gesehen. Dort war ein Massaker in einem Haus angerichtet worden, und die Mörder sind damals nicht gefasst worden. Es wusste da auch noch keiner, wer es getan hatte. Und vielleicht hast du die Nachrichten auch gesehen.«

»Das kann schon sein. Ich erinnere mich nicht daran.«

»Aber vielleicht verarbeitest du es jetzt.«

»Hm.«

Sie nahm mich in die Arme. »Wir haben eine ganze Menge durchgemacht. Aber in gewisser Weise wissen wir das Stück Freiheit, das wir hier in Deutschland haben, dadurch um so mehr zu schätzen. Vielleicht mehr als die, die damit aufgewachsen sind.«

»Ja ..., das kann gut sein.«

»Ich war als Krankenschwester in den letzten Monaten schon in einigen Ländern, in denen auch solche Zustände herrschen, wie damals bei uns. Teilweise besser, teilweise schlimmer. Aber weißt du, was das Schlimmste ist? Es hört nicht auf!«

»Du meinst ...«

»Ja ..., es gibt so viele Kinder, die das auch erleben, was wir durchgemacht haben ..., natürlich unter anderen Umständen ..., aber doch irgendwie vergleichbar. Und die, die dafür verantwortlich sind, machen immer weiter ..., immer weiter.«

Ihre letzten Worte hörte ich kaum noch, so leise waren sie. Lange sprach niemand ein Wort.

»Wenn du Hilfe brauchst ..., ich bin da«, flüsterte ich schließlich.

»Ich auch«, gab sie zurück, drückte mich kräftig und stand dann entschlossen auf. »In deinem Traum ..., sind da die Verbrecher am Ende gefasst worden?«

»Der Anführer ..., ja. Der ist von einem Hai gefressen worden.«

»Brrr ..., auch kein schönes Ende. Und die anderen?«

»Ich weiß es nicht. Ich ..., also, die Frau, von der ich träume ..., nein ..., die Frau, die ich, glaube ich, sein werde, hat sich erst einmal mit den Religionen beschäftigt.«

»Ah ja. Na, das ist doch ein Anfang!«

»Ja ..., vielleicht kommt da ja noch was. Ich werde es dich wissen lassen. Sehen wir uns Mittwoch bei Papa?«

»Ja. Hat Safi dir schon gesagt, worum es geht?«

»Ja.«

»Und, was meinst du?«

»Gut. Finde ich gut. Können wir machen, auf jeden Fall!«

»Das sehe ich auch so. Na gut, ich werde dann wieder gehen. Ciao!«

»Ciao!«

Ich brachte sie bis zur Tür, drückte sie noch einmal herzlich und sah ihr nach, bis ich die Haustür ins Schloss fallen hörte. Dann zog ich mich um und fuhr zur Arbeit. Als ich in der Kneipe ankam, war Fatima schon da. Sie strahlte, als sie mich sah. »Hi!«

»Hi!«

»Wie geht es dir? Du wirkst so ..., fröhlich!«

»Danke. Gut. Wirklich!«

»Was sagt Abdullah dazu?«

»Er freut sich. Er ist stolz.« Sie sah mich an und hatte eine Träne im Auge. »Jetzt werden wir eine Familie!«

»Toll! Ich freue mich für euch.«

Die Schicht verging wie im Flug. In den wenigen freien Momenten zwischendurch schwärmte sie mir vor, was sie alles schon überlegt hatte, und wie es werden würde, wenn das Baby da wäre. Es würde quasi eine neue Zeitrechnung einsetzen.

»Stell dir nur vor«, meinte sie in einer kleinen Pause. »Abdullah will alle Zimmer neu streichen! Unser Schlafzimmer weiß, die Küche grün, das Wohnzimmer gelb und das Kinderzimmer rot. Oder vielleicht auch blau. Da wir noch nicht wissen, ob es ein Mädchen oder ein Junge wird, ist er da noch unschlüssig.«

»Das dürfte interessant werden.«

»Mit Sicherheit!«

»Und was hältst du davon?«

»Von dem Farbenspiel? Ach ..., soll er doch! Aber ich werde ihm sagen, dass er mit dem Kinderzimmer anfangen soll. Mal sehen, wie weit er dann noch kommt. Denn die Wände in den anderen Zimmern gefallen mir eigentlich ganz gut.«

Ich lachte. »Na dann ..., abwarten und Tee trinken!«

»Genau!«

»Habt ihr denn eigentlich schon eure Hochzeitsreise geplant?«

»Nein. Wir hatten bisher keine Zeit, Abdullah musste in den Ferien teilweise arbeiten ..., und ich ja auch, wie du weißt.«

»Und wo würdest du gerne hinfahren?«

»Tja ..., da habe ich mir noch keine Gedanken gemacht. Was würdest du mir denn empfehlen?«

»Paris«, antwortete ich ohne zu zögern.

Neuntes Kapitel

Die Stadt der Liebe

»Guten Morgen!«

»Guten Morgen, Miss Fernández!«

Zu behaupten, mein Erscheinen wäre unbeachtet geblieben, wäre die Untertreibung des Jahres gewesen. Die Wissenschaftler saßen am Frühstückstisch in der Baracke, der Zeitpunkt meines Eintreffens wäre für jemanden, der eine Mitteilung zu machen gehabt hätte, hervorragend gewählt. Fünfzehn Augenpaare sahen mich gespannt an. Mir war klar, dass es auch in dieser Runde heute nur ein Thema geben würde: die Flucht. Und mir war auch klar, dass der Verdacht, ich könnte damit etwas zu tun haben, nie zu hundert Prozent getilgt werden würde. Bis zum Beweis des Gegenteils.

Da ich nichts sagte, blieb es fast gespensterhaft still in dem Raum. »*Warten die jetzt auf ein Statement?*«

Ich sah mich suchend nach einem Platz um. Ich wollte keine Rede halten, ich wollte nur frühstücken.

Das schienen die Männer nach einigen Augenblicken nachvollzogen zu haben, sie wandten sich wieder ihren Tellern zu. Da stand Professor Nilsson auf und bot mir seinen Platz an. »Bitte! Kommen Sie! Ich bin gerade fertig mit dem Frühstück und will mich noch etwas vorbereiten, bevor ich in den Tag starte.«

»Danke sehr!« Ich nahm sein Angebot an.

Zu meiner Rechten saß Edwin. Er reichte mir eine Schüssel mit Rührei. »Es ist schon ein bisschen abgekühlt, soll ich es noch einmal warm machen?«

»Ja, danke, das wäre nett.«

Er stand auf und verschwand nebenan in der Küche.

Harry, der neben Edwin saß, reichte mir den Brotkorb. »Bitte! Greifen Sie zu!«

»Danke!« Ich wählte ein Stück Schwarzbrot und ein Brötchen, kombinierte das Brot mit Butter und Käse und hatte gerade aufgegessen, als Edwin mit der Schüssel mit dem Rührei zurückkam.

»Jetzt ist es warm.«

»Danke sehr!«

Die anderen waren mit dem Frühstück inzwischen fertig, doch blieben sie sitzen. »*Als ob sie auf etwas warten würden*«, dachte ich, »*aber auf was? Soll ich ihnen von der Flucht gestern erzählen? Dem Ende des Schlächters? Oder dem Verschwinden von drei vier drei? Wohl kaum, es waren auch noch andere Augenzeugen anwesend.*«

Ich aß das Brötchen und eine große Portion Rührei, und als mein Teller leer war und ich den letzten Schluck Kaffee getrunken hatte, wurden die Männer unruhig. Nicht übermäßig zwar, aber der Lärmpegel stieg ein wenig. Es wurde geflüstert, geraschelt, und einer gab dem anderen Zeichen.

»*Was soll das?*«, fragte ich mich.

Da ergriff Professor McKinney das Wort: »Miss Fernández ..., wenn Sie gestatten, möchten wir einige Dinge mit Ihnen besprechen.«

»Ja, sicher.«

»Wir alle hier sind Wissenschaftler ..., entweder alte Hasen oder junge ...«

»Hunde!«, rief Maik und erntete Gelächter.

McKinney lächelte. »Danke sehr ..., ja, also junge Hunde. Nun ..., auch wir haben gehört, was gestern vorgefallen ist. Im Gefängnis. Ich selbst und meine Kollegen Nilsson und Takahara konnten einen Teil der Ereignisse ja auch mit eigenen Augen verfolgen. Das hat uns durchaus nachdenklich gestimmt, und unser Bericht wurde in dieser Runde bereits eifrig und kontrovers diskutiert.«

»Das kann ich mir vorstellen.«

»Ich weiß, dass Sie mit dem Kollegen Nilsson bereits einmal gesprochen haben ..., über gewisse Dinge.«

»Hm.«

»Ja ..., sehen Sie ..., die Wissenschaft, die seit dem sechzehnten, siebzehnten Jahrhundert das Denken merklich verändert hat, ändert auch das Leben. Früher glaubten die Menschen an die Bibel, und erst durch wissenschaftliche Tatsachen wurde man im Laufe der Zeit darauf aufmerksam, dass die Welt ..., die Erde erheblich älter war, als man den Angaben aus der Bibel bis dato entnommen hatte. Die Wissenschaft trat an die Stelle der Religion.«

Er machte eine bedeutungsvolle Pause.

»Aber vielleicht ist das gar nicht gut, vermuten Sie?«

»So ist es. Die Lösung auf unsere Probleme wäre nicht gewesen, entweder oder ..., sondern beides. Allein ist weder die Religion in der Lage, die Menschheit in die Zukunft zu führen, noch die Wissenschaft.«

Ich wusste, dass auch McKinney auf allen Kontinenten aktiv gewesen war. Er war ebenso eine Koryphäe auf seinem Gebiet wie Nilsson und Takahara auf ihren. Seine letzten Worte überraschten mich. Die meisten Wissenschaftler, die ich bisher kennen gelernt hatte, hatten mit Religion nicht viel am Hut.

»Wissen Sie, warum ich Forscher geworden bin?«, unterbrach er meinen Gedankengang.

»Nein.«

»Weil ich nach dem Sinn des Lebens suche. Ich stamme aus einer durchaus religiös eingestellten Familie, doch je älter ich wurde, um so weniger glauben wollte ich. Ich wollte wissen. Ich glaube, dass das unter anderem daran lag, dass ich zu der damaligen Zeit viel gelesen habe ..., und so griff die Wissenschaft nach mir ..., um mich nie wieder los zu lassen. Später kam das tagesaktuelle Geschehen dazu. Da wurde mir bewusst, dass die Religionen im Grunde sehr gefährlich sind, schon im Mittelalter als Mittel zum Zweck dienten, damit einige ihre herrschaftlichen Gelüste befriedigen konnten. Ganz besonders gilt dies nun seit dem Zwanzigsten Jahrhundert, seit dem hat die Menschheit grauenvolle Ereignisse gesehen. Da habe ich mich schließlich von der Religion distanziert, und der Weg in die Wissenschaft war frei. Dies ist wahrscheinlich meine letzte Station vor dem Ruhestand. Eine einmalige Chance. Hier kann ich den Beweis finden, nach dem wir alle suchen ..., den Beweis für die Entstehung des Lebens, das wir noch nicht einmal im Labor nachzubilden imstande sind. Grau ist alle Theorie! Aber solange ich hier bin, werde ich nach dem Beweis suchen ..., und ich habe ein erstklassiges Team an meiner Seite.«

Ich musste daran denken, was drei vier drei mir gesagt hatte. Ich wäre eine Frau – und damit der Beweis. »Und wenn Sie den Beweis nicht finden?«, fragte ich.

Er sah mich nachdenklich an. Nach einer Weile sagte er: »Etwas nicht zu finden, bedeutet nicht, dass es nicht existiert. Vielleicht sucht man nur am falschen ..., Ort.«

Er hatte zum Schluss gezögert. Ich sah ihn fragend an.

»Ich habe die Gesprächsprotokolle gelesen, die Sie mit den Gefangenen geführt haben. Auch die mit drei vier drei, wie Sie ihn nennen. Darum mein Zögern bezüglich des Ortes. Ich muss gestehen, dass dieser Mensch mich nachdenklich gemacht hat.«

»Nicht nur Sie.«

»Verständlich. Aber ich muss Ihnen auch sagen, dass das, was er gesagt hat, nicht im Widerspruch zur Wissenschaft steht. Erkenntnis richtet sich auch stets nach dem Zeitalter, in dem wir leben, und manche Menschen sind auf den Gebieten, in denen sie sich auskennen, den anderen voraus. Das ist wie in der Schule oder in der Wissenschaft ..., oder auch im alltäglichen Leben.«

»Dann halten Sie seine Ausführungen für wahr?«

»Zumindest halte ich sie nicht für falsch. Als Wissenschaftler würde ich sagen, ich halte mir eine Tür offen und erforsche die Wahrheit.«

»Tun wir das nicht alle?«

»Jeder auf seine Weise, glaube ich.«

Die anderen klatschten. »Das ist auch unsere Ansicht«, bestätigte Professor Takahara. »Man könnte es auch eine gewisse Flexibilität im Denken nennen. Von starren Gedankenformen muss man sich in unserem Zeitalter, in dem interdisziplinäres Arbeiten immer wichtiger wird, wohl verabschieden. Da kommt man irgendwann nicht weiter, und in dieser Beziehung können wir uns an Albert Einstein ein gutes Beispiel nehmen. Auch er hat Neues entdeckt, indem er Fragen gestellt hat. Fragen, auf die viele dachten, dass es schon Antworten geben würde.«

»So ist es!«, riefen Maik und Björn und klatschten. Die anderen fielen mit ein.

In die aufgelockerte Atmosphäre hinein betrat Nilsson die Baracke wieder. »Na ..., hier ist ja eine gute Stimmung! Gibt es etwas zu feiern?«

»Wir haben uns überlegt, alte Gedankenmuster zu hinterfragen«, erklärte Doktor Rossi.

»Ja! Weg mit dem Schrott!«, rief Björn.

»Etwas Neues muss her!«, bekräftigte Takahara.

»Genau!« Roberto und Daniel klatschten.

Doktor Emerson stand auf und rief pathetisch: »Auf in ein neues Zeitalter!«, und sein portugiesischer Kollege Silveira setzte noch einen drauf: »Das gibt eine Revolution in der Evolution!«

Nilsson sah erst Takahara und dann McKinney fragend an. »Habe ich etwas verpasst?«

Als ob sie sich abgesprochen hätten, hoben beide die Schultern und drehten die Handflächen nach oben, erwiderten jedoch nichts. Es wirkte sehr komisch, und wir alle mussten lachen.

»Na gut ..., dann wollen wir mal sehen, wohin die Reise geht«, meinte Nilsson und wandte sich dann an mich. »Miss Fernández ..., Mister Thompson hat angerufen. Er würde Ihnen gern etwas zeigen und fragt, ob Sie schon wach und bereit wären, zu ihm zu kommen?«

»Ja ..., das bin ich. Natürlich!«

Bei den Männern machte sich erneut Unruhe breit.

»Es geht nicht um uns«, versicherte Nilsson seinem Team. »Wir gehen jetzt an unsere Arbeit und Miss Fernández an ihre. Ich werde Sie zu Ihrem Quartier begleiten, wenn Sie gestatten.«

»Ja ..., gerne!«

Wir gingen langsam zu meiner Unterkunft. Als wir einige Schritte zurückgelegt hatten und außer Hörweite waren, schaute ich ihn fragend an.

»Ich habe eben mit einem ehemaligen Kollegen von der Stanford University gesprochen. Auch er ist auf der Suche nach dem Ursprung des Lebens ..., dem Beweis. Wir haben in Kalifornien einst zusammmen gearbeitet und geforscht, und auch er ist der Ansicht, dass das Leben in der Tiefsee seinen Anfang genommen hat. Ich habe ihm eben von meinen Erfahrungen der letzten drei Tage erzählt. Und er meinte zum Schluss des Gespräches, er hätte jetzt erst einmal genug Stoff zum Nachdenken ..., bis zu unserem nächsten Telefonat.«

»Dann hat sich mein Besuch ja wenigstens in dieser Hinsicht ein bisschen gelohnt.«

»Durchaus. Und unabhängig von Ihrem Bericht. Sie haben uns einige Anregungen geliefert. Jetzt ist es unsere Aufgabe, darauf aufzubauen.«

Wir kamen beim Haus an, ich ging hinein, holte meine Tasche, und dann begleitete Nilsson mich zum Hubschrauberlandeplatz. Dort wartete bereits John. Fünf Minuten später ging ich durch den Flur im neunten Stock des Gefängnisses auf das Büro des Direktors zu. Thompson stand in der Tür. »Miss Fernandéz ..., Guten Morgen! Ich würde Ihnen gern etwas zeigen.«

»Guten Morgen! Ich bin schon gespannt.«

Ich folgte dem Direktor in sein Büro. Er bot mir einen Stuhl an, setzte sich und betätigte zwei Knöpfe an seinem Schreibtisch. »Das könnte Sie interessieren!«

Ich hörte ein Summen, und ein Monitor an der Wand zeigte ein Fernsehbild. Eine Nachrichtensendung.

Wir drehten uns dem Monitor zu und wurden darüber informiert, dass heute Nacht bei einem Unfall mehrere Männer in einem Flüchtlingscamp im türkisch-syrisch-irakischen Grenzgebiet ums Leben gekommen waren.

»Wie Sie wissen, habe ich früher im Pentagon gearbeitet.«

»Ja ...?«

»Es war kein Unfall.«

»Wie bitte?«

»Es war kein Unfall. In diesem Flüchtlingscamp waren nicht nur ungefähr vierhundert Männer, Frauen und Kinder, sondern auch ein großes Lazarett der Vereinten Nationen mit Ärzten, Krankenschwestern und Pflegepersonal. Insgesamt vierzig Personen. Außerdem waren dort viele Medikamente ..., teure Medikamente!«

»Und?«

»Ein Team US-Marines hatte gestern Abend mit dem Hubschrauber einige neue Medikamente gebracht und das Lager wieder verlassen. Sie waren gewissermaßen auf der Durchreise, doch sie waren auf dem Rückflug noch keine zehn Minuten in der Luft, als sie gezwungen wurden, eine Pause einzulegen. Die Elektronik ihres Helikopters war ausgefallen, irgend etwas machte der Bordelektronik zu schaffen. Während der Reparatur haben sie sich wie üblich die Umgebung angesehen ..., und gesichert. Eigentlich reine Routine. Diese Routine hat wohl vielen Menschen das Leben gerettet. Sie waren unweit eines Berges, der durch ein kleines Wäldchen von ihrem Landeplatz zu erreichen war. Zwei Marines haben das Wäldchen durchquert und sind den Berg hochgeklettert. Von oben hatten sie eine hervorragende Sicht und konnten eine größere Gruppe von etwa dreißig Männern beobachten, die sich in den Ruinen einer alten Stadt auf der anderen Seite des Berges versteckt hielten, und die offenbar in der Nacht das Camp überfallen wollten.«

»Um Gottes Willen!«

»Ich glaube, der war an der Aktion nicht beteiligt«, meinte Thompson mit grimmiger Miene. »Sie erinnern sich bestimmt noch an die Videos, die ich Ihnen gezeigt habe ..., und auch an den Film von dem Schlächter aus dem Haus in Damaskus?«

»Natürlich.«

»Damals ist nur er gefasst worden, seine Komplizen hingegen waren nie wieder in Erscheinung getreten, hielten sich wohl zeitweise versteckt.«

Eine Ahnung griff in mir Platz. »Und jetzt ...«

»Jetzt sind sie wieder in Erscheinung getreten. Sie gehörten dieser dreißigköpfigen Gruppe an, die sich in fünf Ländern ..., von Ägypten bis Syrien ..., in den letzten Monaten schon einen gewissen Namen gemacht hatte. Sie galten als Todesschwadron, töten war ihr Tagesgeschäft. Einfach so. Grundlos. Seit Monaten ziehen sie durch das Grenzgebiet zwischen Irak und Syrien, von der Türkei im Norden bis Saudi-Arabien im Süden. Sie sind vorzüglich bewaffnet und ausgerüstet und ziehen sich nach jedem Angriff blitzschnell in die Wüste zurück. Als ob sie dort einen geheimen Unterschlupf hätten. Weder mit Satelliten noch mit Drohnen konnte man sie aufspüren. Sie wollten die Flüchtlinge offenbar massakrieren oder in die Sklaverei entführen. Sie verfügten über Lastwagen und Geländewagen, deren Ladeflächen speziell präpariert waren ..., für Gefangene. Außerdem hatten sie es wohl auf die Medikamente abgesehen, die ihnen auf dem Schwarzmarkt einen beachtlichen Batzen Geld eingebracht hätten.«

»Schrecklich! Aber Sie sagten, dass sie es wollten ..., dann haben sie es also nicht getan?«

»Nein. Die Marines hatten zum einen sehr schnell den Helikopter wieder repariert ..., es handelte sich offenbar nur um eine Störung in der Stromversorgung ..., zum anderen haben sie sofort Verstärkung von einem Flugzeugträger im Mittelmeer angefordert. Außerdem verfügten sie über die bessere Ausrüstung. Sie haben die Initiative ergriffen und die Todesschwadron in deren Versteck überrascht. Die Verbrecher fühlten sich so sicher, dass sie nicht einmal Wachen postiert hatten. Als die ersten Leuchtraketen in die Luft stiegen, war es schon zu spät, denn das war das Signal zum Angriff.«

»Dann haben sie sie gefangen genommen?«

»Nein ..., zunächst nicht. Der Verstand bei den Galgenvögeln reichte offenbar nicht aus, um zu erkennen, dass ihre Lage hoffnungslos war. Sie wurden aus einer überlege-

274

nen Position heraus von einem Team US-Marines bedroht. So ziemlich jeder Mensch hätte da gewusst, dass Widerstand sinnlos wäre und die Waffen gestreckt.«

»Aber die nicht?«

»Es ging wohl gegen ihre Ehre. Zunächst. Erst nach und nach ..., als weitere Helikopter und zwei Jets durch die Nacht donnerten, hatten einige ein Einsehen. Sie haben ihre Kumpane angebrüllt, die Waffen niederzulegen.«

»Erstaunlich. Demnach waren die sich selbst uneins.«

»Ja. Doch die fünf, die zu der Bande des Schlächters zählten, wollten sich ganz offensichtlich nicht ergeben. Wahrscheinlich wussten sie, was ihnen sonst bevorstand.«

»Und dann?«

»Es gab ein Handgemenge, wobei sogar einige Schüsse fielen. Am Ende waren sechzehn Angehörige der Todesschwadron tot, darunter alle Männer des Schlächters.«

»Und die Marines?«

»Nun ..., die Sache war nach einer Minute vorbei. Sie mussten nicht eingreifen, und ein Verhandlungstisch wurde danach nicht mehr gebraucht. Die übrigen haben sich ergeben und wurden gefangen genommen. «

»Jetzt werden Sie zynisch!«

»Ich bin Realist.«

Ich sah ihm in die Augen. »*Warum hat er mir das erzählt? Als wolle er etwas gutmachen. Vielleicht als Entschuldigung dafür, das er mich verdächtigt hatte, an der Flucht beteiligt gewesen zu sein?*«

»Dann ist auch dieses Kapitel abgeschlossen.«

»Ja, das ist es. Und ich schätze, wir werden bald vierzehn neue Insassen bekommen.«

»Ich verstehe.«

»Aber die beiden leer stehenden Zellen werde ich erst einmal nicht wieder belegen ..., als Mahnmal.«

»Hm.«

»Übrigens überlege ich, ob ich zusätzlich zu der Prozedur der Haifischfütterung bei der Ankunft von neuen Gefangenen auch das Video vorführen sollte, das zwei neun fünf auf seiner Flucht zeigt. Insbesondere der Teil mit dem Großen Weißen dürfte durchaus für einen nachhaltigen Effekt sorgen ..., was meinen Sie?«

»Vom psychologischen Aspekt her werden Sie kaum etwas ..., sagen wir ..., Geeigneteres finden.«

»Sehen Sie ..., das denke ich auch.«

Ich blickte gedankenverloren auf das Meer hinaus.

»Sie überlegen, ob es einen Zusammenhang gibt, nicht?«

»Wie bitte?«

»Gefangener drei vier drei. Sie überlegen, ob es einen Zusammenhang gibt. Der Stromausfall hier ..., sein Verschwinden ..., der Stromausfall dort.«

»Das Camp ist eine halbe Weltreise entfernt!«

»Waren Sie es nicht, die das Unmögliche für nicht unwahrscheinlich gehalten hat?«

»Sie werden wieder zynisch!«

»Ach, verdammt nochmal! Ja! Was soll ich hier auch sonst machen? Aus New York und Washington kommt nichts ..., die siebte US-Flotte ist inzwischen mit der Suchaktion durch ..., und hat nichts gefunden! Die NSA hat alle in Frage kommenden Satellitenbilder ausgewertet. Ebenfalls nichts!«

»Ach ..., so sieht es also aus!«

»Ja, so sieht es aus. Aber nach der Sache mit dem Lügendetektortest wundert mich allmählich nichts mehr.«

»Mich auch nicht«, pflichtete ich ihm bei.

Schweigend saßen wir für eine Weile da und blickten raus auf den Pazifik.

Schließlich fragte ich: »Und ..., was machen wir jetzt?«

»Für mich ist die Sache klar«, meinte er. Er hatte wieder seinen monotonen, dienstbeflissenen Tonfall drauf. »Es gab zwei Fluchtversuche am gestrigen Tag. Beide Gefangene sind dabei ums Leben gekommen. Auch wenn wir ihre Leichen nie finden werden.«

»Der Schlächter? Keine Frage. Das ist klar. Aber drei vier drei? Nein! Es ist kein Beweis, dass Sie ihn nicht finden.«

»Nicht eine Spur? Nichts? Gar nichts? Das kann nicht Ihr Ernst sein! Sie haben doch gesehen, wozu diese Bestien imstande sind! Glauben Sie, die machen eine Ausnahme, nur weil Sie ihn für unschuldig halten?«

»Er kann es geschafft haben«, wiederholte ich, doch ich gab mich keinen Illusionen hin. Es war nicht möglich, trotzdem ich es mir fast wünschte.

»Kommen Sie in die Realität zurück! Wir haben dieses Gefängnis und die Insel auf den Kopf gestellt, jeden Stein umgedreht. Er war nicht dort. Das nächste Atoll ..., die nächste Insel sind über hundert Meilen entfernt ..., nicht einmal ohne Haie im Wasser würde er das schaffen!«

»Vielleicht hatte er Helfer ..., ein Boot ...«

»Sie greifen auch nach jedem Strohhalm, was? Unsere Überwachungssysteme funktionieren einwandfrei. Und selbst bei unseren modernen Jets funktioniert die neueste Stealth-Technologie noch nicht derart, dass eine hundertprozentige Tarnung gegenüber dem Radar erreicht werden kann. Die Station auf der Insel und sämtliche Flugzeuge und Schiffe der Navy im Pazifik sowie die eingesetzten Satelliten haben keine verdächtigen Flugzeuge, Schiffe oder Boote, auch keine U-Boote geortet. Wie denn auch – hier ist Sperrgebiet! Nicht einmal ein Wahnsinniger würde sich hierhin verirren! Und die, die sie geortet haben, wurden umgehend überprüft. Unser entflohener Gefangener war nicht dabei ..., also ist er tot!«

»Okay ..., Sie haben wahrscheinlich Recht.«

»Das denke ich doch. Und so wird auch mein Bericht lauten. Aus dieser Einrichtung ist ein Entkommen unmöglich, hier kommt man nur als Leiche heraus!«

»*Offenbar fühlt er sich ein bisschen bei der Ehre gepackt*«, überlegte ich. »*Immerhin hat er hier die Verantwortung. Es ist sein Baby. Und so ist er hin- und hergerissen. Wie ich auch.*«

Die Atmosphäre hatte sich deutlich abgekühlt, und so war ich nicht ungehalten, als an die Tür geklopft wurde und Kowalski mitteilte: »Ihr Büro hat angerufen. Sie mögen zurück nach Paris fliegen. Dort werden Sie erwartet. Und dann können Sie Ihren Bericht abgeben.«

»Okay ..., danke!«

Der Pole zog sich zurück und schloss die Tür. Er hatte seinem Chef angesehen, dass er im Moment nicht die beste Laune hatte.

Ich war etwas erstaunt. »Wissen Sie, was das soll?«, fragte ich Thompson.

»Nein. Ich verstehe es auch nicht.«

»Hm. Da hat mein Büro in New York wohl überlegt, dass ich momentan keine brauchbaren Ergebnisse mehr liefern würde. Oder haben Sie in Ihren Gesprächen etwas anderes verlautbaren lassen?«

»Ich habe nur von der Flucht berichtet. Und zwar nicht Ihrem Büro oder Ihrem Chef, sondern meinem Vorgesetzten in New York. Und im Pentagon natürlich. Sonst niemandem.«

»Na ..., es wird schon seine Kreise gezogen haben. Heutzutage bleibt nichts mehr lange geheim! Ich danke Ihnen! Es waren äußerst ..., interessante Tage. Ich werde Ihnen eine Kopie meines Berichtes zukommen lassen. Vorab. Dann können Sie sich auf eventuelle Nachfragen zeitnah vorbereiten.«

»Das ist sehr nett. Danke!« Er taute wieder ein bisschen auf. »Was wird in dem Bericht stehen?«

»Nun ..., das Essen ist in Ordnung ..., das Wetter erinnert an Urlaub, und die Unterbringung könnte kaum besser sein ..., bewacht von einer größeren Einheit Elite-Soldaten an einem schönen Fleckchen Erde mit überaus netten Gesprächspartnern. Auch die Gespräche mit den Insassen waren sehr ..., anregend. Ich glaube, da habe ich einigen Stoff gefunden.«

»Und bezüglich der Fluchtversuche?«

»Tja ..., ein Häftling kam bei seiner Flucht ums Leben und dient als Nahrung für einen Großen Weißen. Das Schicksal des anderen Flüchtlings allerdings ...«

Thompson sah mich aus zusammengekniffenen Augen an.

»... ist bisher nicht abschließend geklärt. Aber die Wahrscheinlichkeit, dass er ebenfalls tot ist, ist sehr hoch.«

»Einhundert Prozent.«

»Neunundneunzig Komma neun.«

»Okay, Miss Fernández ..., vielen Dank. Ich müsste zum Abschied eigentlich sagen: beehren Sie uns bald wieder. Aber das wäre eine Floskel.«

»Und nicht so gemeint. Ist schon klar.« Ich gab ihm die Hand. »Auf Wiedersehen!«

»Auf Wiedersehen!«

Ich ging zur Tür. Kowalski wartete im Flur. Ich folgte ihm zum Oberdeck. Ein Helikopter stand schon bereit.

»In meinem Quartier auf der Insel ..., in dem Gästehaus, habe ich noch die beiden Bücher, einen Koran und ein Buch über das Judentum. Könnten Sie veranlassen, dass die wieder hierher in die Bibliothek gebracht werden?«

»Selbstverständlich.«

»Danke sehr. Auf Wiedersehen!«

»Auf Wiedersehen!«

Wir gaben uns die Hände, dann stieg ich in den Helikopter, der umgehend abhob und zur Insel hinüberflog. Unter mir sah ich den Pazifik. »*Ein zehntel Prozent. Ob wohl der erste Fluchtversuch besser gelaufen ist, als der zweite? Oder ist auch der geheimnisvolle Unbekannte bei seiner Flucht getötet worden?*«, sinnierte ich, doch ich verwarf den Gedanken bei der Erinnerung an den großen Weißen Hai und an das Ende von dem Schlächter von Damaskus. Ich konnte mir beim besten Willen nicht vorstellen, dass Gefangener Nummer drei vier drei sein Leben im Magen eines Fisches beendet hatte. Wo er jetzt war, und wie es ihm ging, würde sich mit der Zeit schon aufklären.

John landete den Helikopter routiniert, und ich verabschiedete mich direkt von ihm. Dann ging ich ins Haus, legte die Bücher sichtbar auf den Tisch und packte meine Sachen. Als ich fertig war, griff ich zum Telefon. Wie versprochen, landete ich direkt bei der Zentrale: »Sophia Fernández, guten Tag! Ich würde gern die Insel verlassen. Wenn es möglich wäre, gerne nach Japan, Tokio oder Thailand, Bangkok, da ich von dort zum Quartier der Vereinten Nationen in Paris weiterfliegen will.«

»Habe ich notiert, Miss Fernández. Ich melde mich gleich wieder«, sagte eine sonore Männerstimme.

»Okay, danke.«

Ich ging noch einmal durch das Haus, um zu überprüfen, ob ich auch nichts vergessen hatte. So schnell würde ich sicherlich nicht wieder hierher kommen.

Da klingelte auch schon das Telefon. »Ja ...?«

»Wir könnten Sie in einer Stunde mit einem Flugzeug nach Bangkok bringen. Eine Reservierung für eine Linienmaschine nach Paris kann ich auch vornehmen. Wäre das in Ordnung für Sie?«

»Ja ..., prima! Vielen Dank! In einer Stunde dann auf der Startbahn, ja?«

»Ja.«

Ich legte den Hörer auf, ging zur Tür und sah hinaus. Ich wollte mich von meinen Wissenschaftlern, wie ich sie insgeheim bezeichnete, verabschieden. Immerhin waren wir in den wenigen Tagen doch eine kleine Gemeinschaft gewesen, die hier, an einem kleinen Fleckchen Erde, zusammen gelebt hatten.

An der großen Baracke sah ich zwei Männer stehen, wenn ich mich nicht täuschte, waren es Maurice und McKinney. »*Dann ist es unwahrscheinlich, dass die anderen draußen auf dem Meer sind*«, überlegte ich, schloss die Tür und ging zu den beiden hin.

»Hallo, Miss Fernández! Schon zurück von Ihren Gefangenen?«, begrüßte mich Maurice.

»Ja ..., und wohl zum letzten Mal«, erwiderte ich.

McKinney schaltete sofort. »Sie reisen ab?«

»In einer Stunde.«

»Oh ..., dann muss ich die anderen holen ..., die werden sich bestimmt verabschieden wollen!«, rief Maurice und verschwand.

»Das ist aber sehr schade ..., dann können Sie ja gar nicht mehr mit dem Tauch-Boot mit uns fahren«, meinte McKinney.

»In der Tat ..., aber vielleicht ergibt sich eines Tages eine andere Gelegenheit.«

Wir blieben nicht lange allein, sehr schnell wurde es laut, die Männer kamen gefühlt aus allen Richtungen herbei, und die Stimmen gingen durcheinander:

»Miss Fernández! Gehen Sie schon wieder?«

»Warum jetzt schon? Es ist doch noch gar keine Woche um!«

»Bestimmt wegen der Flucht!«

»Ja, genau! Wegen der Gefangenen!«

»Aber derentwegen war sie doch da. Die Flucht war nicht ihre Schuld!«

»Aber das sehen vielleicht nicht alle so!«

»Und die Soldaten werden bestimmt auch über sie reden!«

»Nur Gutes, hoffe ich«, ergänzte ich die Worte von Daniel.

»Sonst werden wir ein gutes Wort für Sie einlegen«, versicherte Maik und erntete zustimmendes Gelächter.

»Dann bin ich beruhigt. Vielen Dank!«

»Oh, wir haben zu danken. Sie haben uns ein bisschen Abwechslung in diese Wasserwüste gebracht ...«, begann Professor McKinney.

Er wurde jedoch von seinem Kollegen Takahara unterbrochen: »Sehr richtig! Und Sie haben uns einige Anregungen geliefert. Allein deswegen müssten wir uns schon bedanken! Vielleicht müssen Sie ja auch den nächsten Bericht über das Gefängnis schreiben. Dann sind Sie wieder herzlich eingeladen, unser Gast zu sein!«

»Dann ist Miss Fernández fünf Jahre älter, aber ich fürchte, dann sind wir nicht mehr hier«, scherzte McKinney.

»Aber wir!«, riefen Rossi, Silveira und Emerson.

»Ich würde dann auch noch einmal hierherkommen«, schloss sich Maik an. Er grinste bis über beide Ohren.

»Ist klar«, frotzelte Björn. »Vier Tage sind für so nette Besucher ja auch wirklich ein bisschen wenig.«

»Genau!«

»Das ist auch meine Meinung«, schloss sich Professor Nilsson an. »Ohne Sie wäre mein Leben nicht so ..., bunt gewesen in den letzten Tagen. Bunt und unterhaltsam.

Und in der Tat anregend. Vielleicht bleiben wir in Kontakt. Sie sind ja noch jung und werden bestimmt noch eine Weile für die Vereinten Nationen arbeiten, oder?«

Er lächelte und gab mir die Hand.

Ich schüttelte sie kräftig. »Auf jeden Fall. Und wenn Sie ein paar schöne Unterwasseraufnahmen gemacht haben ..., mit einem Pottwal und einem Riesenkraken ..., dann wissen Sie ja, wer sich darüber freuen würde. Ich kann Ihnen gern meine E-Mail-Adresse geben ...«

»Das mache ich!«, rief Maik und zückte sein Handy.

Unter allgemeinem Gejohle gab mir nun jeder die Hand und gab mir noch ein paar Worte mit auf den Weg. Und auch die Studenten, die bald wieder zurück in ihre Heimat mussten, versprachen, dort den Kontakt halten zu wollen.

»Oh, jetzt wird es Ernst«, meinte auf einmal Stephen. Er hatte als erster zwei Soldaten gesehen, die sich in einem Jeep der Baracke näherten. Tatsächlich sollten sie mich abholen und zum Flugzeug bringen.

»Good bye und Au revoir!«, sagte ich und winkte allen noch einmal zu, bevor ich in das Fahrzeug stieg.

Wir fuhren zu meinem Urlaubsdomizil, einer von den beiden stieg aus und holte mein Gepäck, und wenig später war ich an der Landebahn der Insel, die ich vier Tage zuvor zum ersten Mal in meinem Leben betreten hatte.

Ich verabschiedete mich auch von den beiden Soldaten, und wenig später brachte mich ein Militärflugzeug nach Bangkok. Dort bestieg ich eine Linienmaschine mit Ziel Paris.

Beide Flüge verliefen ereignislos, ich holte ein wenig Schlaf nach und schrieb meinen Bericht. Als wir auf dem internationalen Flughafen Charles-de-Gaulle landeten, war er fertig, und ich übermittelte ihn direkt an mein Büro und meinen Chef in New York.

Paris!

Ich hatte kaum das Flugzeug verlassen, da kamen in mir Erinnerungen an meine Kindheit hoch. Geboren und aufgewachsen im Spanisch-Französischen Grenzgebiet als Tochter eines Franzosen und einer Spanierin, hatte ich in den Ferien über viele Jahre meine Großeltern in Paris besucht, zuerst mit meinen Eltern, später auch allein.

Ich atmete die Luft, die eine gewisse Vertrautheit vermittelte. Dann ging es durch die Sicherheitszone und zum Gepäck. Bei dem Gepäckband stand ein Mann und hielt ein Schild hoch. In großen Buchstaben stand mein Name darauf. Er war Taxifahrer.

Bevor ich nach meinem Koffer suchte, trat ich zu ihm. »Bonjour! Ich bin Sophia Fernández. Sollen Sie mich abholen?«

»Ah! Bonjour, Madame! Oui ..., ich soll Sie in die Stadt bringen.«

»Das ist aber nett ..., einen Augenblick nur ..., dann habe ich meinen Koffer.«

»Aber sicher ..., ich warte.«

Es dauerte nicht lange, bis ich meinen Koffer in Empfang genommen und damit mein Gepäck komplettiert hatte. Er nahm ihn mir ab, legte ihn auf einen Gepäckwagen und ging voran, quer durch den Flughafen. Ich folgte ihm durch die Menschenmassen, und schließlich standen wir vor einem Taxi. Er hielt mir die Tür auf, und ich stieg ein.

Die Fahrt vom Nordosten der Stadt bis in die City dauerte fast eine Stunde. Der Stau war ein alltägliches Phänomen, ich kannte es seit meiner Kindheit. In der City angelangt, fuhr der Taxifahrer um den Place de la Concorde und südlich der Seine am Verteidigungsministerium vorbei – bevor er auf einmal wieder nach Osten fuhr.

Ich war leicht irritiert. »Ist das noch der richtige Weg?«

»Oui, Madame.«

Doch als er durch das Quartier Latin fuhr und wir auf einmal über eine Brücke auf die Seine-Insel fuhren, war ich mir da nicht mehr so sicher, wie mein wortkarger Fahrer.

»Wo bringen Sie mich hin?«

»Wir sind gleich da, Madame.«

Und in der Tat, wenig später hielt er auf dem Parkplatz unweit der Kathedrale Notre Dame. »Et voilá!«

Er stieg aus und öffnete mir die Tür.

Einigermaßen verwirrt stieg ich aus. »Hier sollen Sie mich hinbringen?«

»Oui, Madame.«

Ich sah mich um. Weit und breit war keine bekannte Menschenseele, ich sah nur einige Touristen und mir unbekannte Einheimische.

Ich schüttelte den Kopf. »Das kann nicht sein. Was soll ich hier?«

»Ich weiß nicht, Madame. Er hat nur gesagt, ich soll mit Ihnen hierher fahren.«

»Wer hat das gesagt?«

»Ein Mann ..., so um die vierzig oder fünfzig Jahre alt. Vielleicht auch sechzig ..., ich konnte sein Alter nur schwer schätzen. Er hat jedenfalls gleich in bar bezahlt.«

»Ein Mann? Wie sah er aus?«

»Mon dieu! Wie ein Mann eben aussieht, Madame. Mittelgroße Statur, nicht dick, nicht dünn, dunkle Haare, keinen Bart ...«

»Haben Sie seine Augen gesehen?«

»Seine Augen?«

»Ja! Seine Augen! Wie sahen die aus?«

»Oh, Madame ..., seine Augen ..., ich weiß nicht ..., ich schaue Männern nicht so unmittelbar in die Augen ..., so wie den ...«

»Frauen! Ist schon klar. Aber erinnern Sie sich vielleicht an die Augenfarbe? Waren Sie dunkel oder grün oder ...«

»Blau! Ich weiß, seine Augen waren blau. Ganz bestimmt! Wenn ich es mir recht überlege, dann passten sie nicht recht zu dem Gesicht, dass eher an einen Südländer erinnerte ..., braungebrannt. Als wäre er aus einem Urlaub gekommen.«

Ein Schauer durchfuhr mich. *»Sollte das drei vier drei gewesen sein? Nein! Unmöglich. Wie hätte er hierher kommen sollen? Wie hätte er überhaupt ohne fremde Hilfe hierher kommen können? Wie hätte er vor mir hier sein können?«* »Das ist unmöglich!«

»Wie bitte, Madame?«

»Oh ..., ich habe nur laut gedacht. Was hat er Ihnen sonst noch gesagt?«

»Mehr nicht, Madame. Ich sollte Sie nur hierher bringen. Dann wäre Ihr Weg zu Ende.«

»Mein Weg zu Ende? Das hat er gesagt?«

»Ja ..., das ist er ja auch. Er hat die Fahrt bis hierher bezahlt.«

Ich schüttelte wieder den Kopf und ging ein paar Schritte auf die Kathedrale zu. »Was soll ich hier? Woher wusste er, dass ich nach Paris fliege und nicht nach New York? Das gibt doch alles keinen Sinn!«

»Ist alles in Ordnung, Madame?«

Mir wurde bewusst, dass ich die letzten Sätze laut ausgesprochen hatte und drehte mich zu dem Taxifahrer um. Und da sah ich es. Mir blieb fast die Luft weg. Jedes Taxi in Paris hat eine Fahrzeugnummer, die zum einen an der Tür des Fahrers in Großdruck angebracht, zum anderen auf einem kleinen Schild im Innern von außen sichtbar ist. Das Taxi hatte die Nummer drei vier drei.

Mir wurde schwindelig.

»Madame?« Der Taxifahrer stand neben mir und stützte mich. »Ist alles in Ordnung?«

Ich atmete tief durch. »Ja ..., ja, danke sehr. Ich bin nur ein bisschen durcheinander.«

»Oh ..., das kommt sicher vom Flug. Das dürfte bald vorüber sein.«

»Da bin ich mir nicht so sicher«, murmelte ich. »Haben Sie das Taxi schon lange? Gehört es Ihnen?«

»Das Taxi? Der Wagen? Ja ..., der gehört mir. Ich fahre schon seit zwanzig Jahren Taxi in Paris. Und ich kenne mich hier sehr gut aus, wenn ich das ganz unbescheiden hinzufügen darf.«

»Wie viele Taxis gibt es in Paris?«

»Insgesamt? Hmm ..., das weiß ich nicht ..., aber allein in diesem Bezirk, also der Innenstadt, werden es sicherlich einige hundert sein.«

»Einige hundert. Aha. Und Ihre Wagennummer?«

»Meine Wagennummer? Was ist damit?«

»Haben Sie die schon lange?«

»Ähh ..., ja ..., also ..., sieben Jahre dürften es jetzt sein ..., seit wir das letzte Mal umorganisiert worden sind. Seitdem habe ich diese Nummer.«

»Und dies ist Ihr Bezirk?«

»Ja ..., aber warum ...?«

Da klingelte mein Telefon. »Oh ..., Entschuldigung!«, sagte ich zu dem Taxifahrer und ging einige Schritte zur Seite. Ein Blick auf das Display hatte mir verraten, dass mein Chef anrief. Im Kopf zog ich sechs Stunden von unserer Zeit ab. »Guten Morgen, Sir! Sie sind ja schon früh auf den Beinen.«

»Guten Morgen, Sophia! Kunststück ..., alte Männer brauchen nicht mehr so viel Schlaf ..., und als ich Ihre E-Mail bekommen habe, war es ohnehin damit vorbei.«

Ich wusste, dass er auch ein Büro zu Hause hatte. In Notfällen war er für seine Ermittler stets erreichbar.

»Das bedeutet, nach meinem Bericht konnten Sie nicht mehr schlafen? Aber so außergewöhnliche Ereignisse habe ich doch gar nicht geschildert.«

»Nun ..., zwei Ausbrüche aus einem ausbruchsicheren neuen und sehr teuren Hochsicherheitsgefängnis innerhalb von einer Stunde ..., dabei ein Gefangener von Haien zerfleischt ..., ein anderer unter mysteriösen Umständen vielleicht noch auf der Flucht ..., das halte ich schon für nicht alltäglich.«

»Aber das ist ja nur der Schluss des Berichts ..., meine Recherchen beinhalten ja auch noch viele andere Dinge.«

»Ja, und manche davon könnte man gewiss für PR-Zwecke benutzen. Aber gut ..., ich habe den Bericht gelesen und denke, dass wir ihn für die Kommission verwenden können. Was danach geschieht, vermag ich allerdings nicht einzuschätzen.«

»Tja ..., da werden die individuellen Interessen wieder eine Rolle spielen.«

»Natürlich werden Sie das.«

»Dann ist dieser Auftrag für mich abgeschlossen?«

»Das ist er. Nur eine Frage müssen Sie mir noch beantworten: Ihrer E-Mail entnahm ich, dass Sie jetzt in Paris sind.«

»Das ist richtig, Sir.«

»Was machen Sie da?«

»Ich will zu unserem Büro hier vor Ort.«

»Warum?«

»Ich ..., ich sollte doch hierher kommen. Aus unserem New Yorker Büro wurde im Gefängnis angerufen, dass ich nach Paris fliegen solle.«

»Aha. Das wurde Ihnen gesagt?«

»Ja ..., und das habe ich auch gemacht ..., über Bangkok. So schnell es ging. Im Grunde zwei Direktflüge.«

»Hm. Da muss sich jemand einen Scherz mit Ihnen erlaubt haben, denn von unserem New Yorker Büro hat niemand beim Gefängnis angerufen. Und die Pariser Kollegen wissen von Ihrer Ankunft ebenfalls nichts.«

»Aber ...«

»Wo sind Sie denn jetzt?«

»Mitten in der Stadt. Vor Notre Dame. In einem Taxi.«

»In einem Taxi. Vor Notre Dame. Nun ..., das ist gut. Dann lassen Sie sich doch zum Flughafen bringen und kommen nach New York. Dann können Sie mir Ihren Bericht auch noch mit einigen persönlichen Anekdoten erläutern.«

»Ja ...«, sagte ich wie geistesabwesend.

»Und dann können wir uns auch nochmal Ihre Theorie vornehmen, nach der der Gefangene Nummer drei vier drei nicht ertrunken und nicht von Haien gefressen worden ist, sondern tatsächlich die Flucht überlebt hat. Dieser Typ hat ja offenbar einen mächtigen Eindruck auf Sie gemacht, immerhin haben Sie schon nach dem ersten Gespräch an seine Unschuld geglaubt. Und Glaube ist eine starke Kraft. Aber so wie ich das sehe, stützt sich die Vermutung, dass er noch lebt, doch weniger auf Tatsachen als vielmehr auf Ihren Glauben und Ihre Hoffnung.«

»Nicht mehr. Ich weiß es jetzt«, sagte ich.

Zehntes Kapitel

Das Spiel

»Was ist in Paris?«

Sina stand vor meinem Bett und sah mich an. Mit einem Blick, der mir verriet, dass sie wohl schon einige Zeit in meinem Zimmer war.

»Guten Morgen!«, sagte ich. »Bist du schon lange hier?«

»Guten Morgen! Ja ..., ja, das kann man wohl sagen. Du hast mal wieder geträumt. Du bist im Taxi durch Paris gefahren und hast jemanden gesucht!«

»Aber erst nicht gefunden, oder?« Ich versuchte mich an meinen Traum zu erinnern.

»Ganz genau! Und wenn ich nicht das Fenster zugemacht hätte, wüsste das jetzt auch die halbe Nachbarschaft.«

»Oh, tut mir leid.«

»Kein Problem. Ich musste heute ja eh früh raus ..., zur Arbeit. Und außerdem hast du den, den du ursprünglich nicht gesucht hast, wohl am Ende doch gefunden, oder? Es war ein bisschen verwirrend.«

»Ja? Hm. Ich erinnere mich ..., dass ich durch Paris gefahren bin. Im Taxi. Und schließlich hielt der Fahrer und ließ mich aussteigen. Da war aber niemand an dem Ort, und ich ging zurück. Und da sah ich, dass sein Wagen die Nummer drei vier drei hatte.«

»Und dann?«

»Dann war der Traum zu Ende. Guten Morgen!«

»Sehr witzig.«

»Ja, aber im Ernst ..., ich fühle mich jetzt wie befreit ..., ich glaube, der gesamte Traum ist jetzt zu Ende!«

»Dann war das die letzte Episode ...? Dann muss ich mir tatsächlich noch einen Wecker kaufen, was?«

Ich lachte, und sie fiel in mein Lachen mit ein.

Dann wurde sie plötzlich ernst, sehr ernst. »Ich hatte gestern Abend einige Zeit zum Nachdenken. Über deine Träume und so. Wir alle sind Gefangene, oder? Gefangen in unseren eigenen Körpern.«

»Wenn du so willst ..., ja. Und jede Nacht, wenn wir schlafen, sind wir frei. Nur wissen wir dann nicht, was wir tun, weil wir noch nicht so weit entwickelt sind. Ich glaube, wir brauchen unsere Körper zur Entwicklung ..., um zu lernen. Er ist wie ein Instrument.«

»Wie ein Instrument? Und Tim spielt die erste Geige bei dir, was?«

»Sehr witzig. Was ist denn mit Patrick? Empfängt er dich morgens jetzt mit einem Trommelwirbel ..., jetzt, wo ihr euch ja auch offiziell kennt?«

»Ha ha ..., nee. Wenn er nett ist, kann er mir die Brötchen nach Hause bringen. Mal sehen, wie sich das entwickelt. Aber apropos entwickelt! Und wir sind so lange an unsere Körper gebunden, bis wir uns fertig entwickelt haben? Wann ist denn die Entwicklung beendet?«

»So habe ich es jedenfalls verstanden, ja. Gewissermaßen dauert das so lange, bis der Geist die Materie beherrscht.«

»Mamma mia! Das kann noch ein paar Tage dauern! Aber du ..., ich würde demnächst gern mit dir zum Training kommen. Ich muss ein bisschen was für meine Figur tun. Ab sofort ..., also ab nächster Woche. Wäre das okay?«

»Na klar! Aber mal ehrlich: Was an deiner Figur willst du denn noch verbessern?«

»Och ..., man muss die Form ja auch halten. Was man in jungen Jahren an Grundlagen schafft, zahlt sich später im Leben aus!«

»Später ..., ja. Das ist dann wohl Schicksal, oder?«

»Wie auch immer! Auf jeden Fall kriegen wir die Klausurergebnisse in zwei Wochen zu erfahren. Ursache und Wirkung.«

»Aha.«

»Ja. Und wo wir gerade beim Thema Zeit sind: Für dich beginnt heute ja vielleicht sogar eine neue Zeitrechnung, oder?«

»Wieso?«

»Na ..., heute ist Samstag ..., Saturntag ..., und mit dem Saturn beginnt die Zeit. Es kann auch dein persönlicher Schicksalstag werden. Du triffst Tim heute immerhin das erste Mal privat!«

»Ich habe ihn aber schon mehrmals getroffen ..., auch allein«, protestierte ich.

»Schon. Aber das war gewissermaßen dienstlich. In der Uni zählt nicht!«

»Aber ...«

»Nein! Die Party zählt auch nicht! Das war eine Uni-Party.«

»Hm ..., na gut. Dann beginnt heute meinetwegen eine neue Zeitrechnung. Für mich. Genug Träume hatte ich ja, da kann man schon das eine oder andere ableiten, meinst du nicht?«

»Auf jeden Fall!«

»Und demnächst wird doch auch wieder die Uhr umgestellt ..., auf Winterzeit ..., also auf Normalzeit. Dann gibt es ohnehin eine neue Zeitrechnung! Für alle!«

Ich lachte, und sie fiel in das Lachen mit ein. Doch ein Blick auf ihr Handy holte sie zurück ins Hier und Jetzt. »Oh verdammt, ich muss los!«

Im Nu war sie aus meinem Zimmer verschwunden, und ich hörte sie im Flur.

»Bis heute Abend ..., erzähl mir alles von dem Spiel!«

»Okay«, gab ich noch zurück, dann fiel die Wohnungstür ins Schloss.

»Und ich werde nach Paris fahren«, murmelte ich.

Ich ging ins Bad. Anschließend frühstückte ich gemütlich und träumte ein wenig vor mich hin. Als ich auf die Küchenuhr sah, stellte ich fest, dass es bereits halb zehn war.

Ich schickte Jasmin eine Mail: »Alle Verbrecher sind tot. Der Gefangene lebt. Ich bin in Paris. Der Traum ist vorbei. Liebe Grüße!«

Eine Antwort ließ nicht lange auf sich warten: »Sehr gut! Dann sehen wir uns Mittwoch. Bring mir bitte ein Baguette aus Paris mit!«

Zwei Stunden später hatte ich die Wohnung saubergemacht, gewaschen und eingekauft und bereitete mir ein kleines Mittagessen, einen Salat und Baguette. Nach dem Essen machte ich die Küche sauber, zog mich um und ging zur S-Bahn. Um halb zwei kam ich an der U-Bahn-Haltestelle Berliner Straße an und ging zu Fuß weiter. Unterwegs tauschte ich noch einige Mails mit meinen Brüdern aus, die sich mit mir nächste Woche bei unserem Vater treffen wollten.

Dann stand ich vor dem Eingang des Fußballplatzes. Hier hatten sich bereits zahlreiche Zuschauer eingefunden, wie ich die Sache einschätzte, hauptsächlich Väter und Mütter, Freunde und Bekannte. Ich ging durch das Tor und steuerte dann auf eine Gruppe zu, bei der ich Tim erspäht hatte. Es war unschwer zu erkennen, dass er mit seinen Jungs noch ein kleines Mannschaftsgespräch führte.

Als ich noch etwa zwanzig Meter entfernt war, wurde ich wahrgenommen. »Hey, Coach ..., Vorsicht! Da kommt ein Spion!«

Tim, der bisher mit dem Rücken zu mir gestanden hatte, drehte sich in meine Richtung. Seine Mimik änderte sich. *»Hat er nicht geglaubt, dass ich kommen würde? Oder freut er sich, mich zu sehen?«*

»Ist in Ordnung, die will zu mir«, sagte er. »Macht euch fertig ..., das Spiel fängt gleich an.«

»Okay!« Elf Jungs zogen ihre Trainingsanzüge aus und begaben sich in mehr oder weniger geordneter Weise auf das Spielfeld. Die anderen nahmen die Klamotten und gingen zur Trainerbank.

»Hey! Toll, das du es geschafft hast!«

»Hey! Ja ..., um dann gleich als Spion verdächtigt zu werden.«

»Ach Quatsch! Die Jungs kennen dich halt nicht ..., und wer verrät schon jemandem gerne seine Taktik?«

»Taktik?«

»Ja ..., Taktik. Du weißt schon ..., schneller laufen, beser schießen ..., mehr Tore schießen ..., gewinnen. So was in der Art.«

»Ach so ..., Taktik. Ja ..., nee ..., die verrate ich nicht.«

»Das habe ich mir gedacht. Aber jetzt musst du mich kurz entschuldigen. Der Schiri kommt, das Spiel geht los. Da muss ich auf meinen Posten.«

»Klar ...«

»Komm doch auch zur Trainerbank. Dann stelle ich dir die Jungs vor.«

»Was sollen denn die Zuschauer denken, wenn sich eine Fremde dort aufhält?«

»Viel wichtiger ist doch, was ich denke, oder?«

»Stimmt auch wieder. Na gut ..., ich komme gleich.«

»Okay ...«

Er eilte in Richtung Trainerbank, wo sich die anderen bereits versammelt hatten. Auch der Trainer der gegnerischen Mannschaft war dort, sie begrüßten sich und schüttelten einander die Hände.

Wenig später begann das Spiel mit einem Pfiff des Schiedsrichters, und schlagartig stieg der Lärmpegel beachtlich. Es waren etwa hundert Zuschauer aller Altersklassen anwesend, und sie machten Lärm für fünfhundert. Nach zehn Minuten wanderte ich halb um den Platz herum, kurz vor der Trainerbank kam mir Tim entgegen.

»Und wer gewinnt?«, fragte ich neckisch.

»Hm, mal sehen. Ich glaube, meine Jungs haben ganz gute Karten.«

»Wieso?«

»Ich lasse ein drei-vier-drei-System spielen.«

Ich musste ihn wie eine Irre angestarrt haben, denn er machte unwillkürlich einen Schritt zurück.

»Was ist?«, fragte er.

Ich atmete tief durch. »Was für ein System?«

»Ein drei-vier-drei. Drei Verteidiger, vier im Mittelfeld und drei vorne.«

»Ach so!«

»Würdest du anders spielen?«

»Ich ..., ich weiß nicht ..., wahrscheinlich nicht, oder vielleicht ..., ich kenne die Jungs ja gar nicht.«

»Guter Einwand. Man kann das natürlich nur spielen, wenn man auch die entsprechenden Spieler dafür hat.«

»Klar, jedes System ist nur so gut wie seine Spieler.« Ich wollte ein natürliches Lachen hinterherschieben, doch es klang recht künstlich.

Zum Glück fiel es ihm anscheinend nicht auf, oder er sah einfach darüber hinweg. »Natürlich ..., du hast ja doch Ahnung, was?«

Ich wusste nicht, was ich sagen sollte und sah ihn nur mit großen Augen an.

»Du brauchst dafür schnelle und kampfstarke Verteidiger, einen mitspielenden Torwart und auf jeden Fall ein laufstarkes Mittelfeld.«

»Laufstark oder lauffreudig?«, fragte ich scherzend.

»Beides.«

»Okay. Und das hast du?«

»Oh ja. Und die drei da vorne sind einfach nur ein kongeniales Trio. Die bringen jede Abwehr durcheinander.«

»Du bringst mich durcheinander.«

»Ups! Hatte ich das jetzt laut gesagt?«

Ich sah ihm in die Augen. Die Zeit schien still zu stehen.

Ich sah nur diese Augen, die, die ich so oft in den letzten Tagen gesehen hatte. Auch in meinen Träumen. *»Augen sind der Spiegel der Seele«*, schoss es durch meinen Kopf. *»Und wenn die Seele dafür da ist, damit wir die Liebe entwickeln können, dann muss es sich doch irgendwo spiegeln.«*

Ein Warnruf unterbrach die Szene. Plötzlich hob er seinen rechten Arm, ballte eine Faust und schlug an meinem Kopf vorbei. Ein Ton verriet mir, dass der Ball in unsere Richtung geflogen war und mich wohl am Kopf getroffen hätte. Er hatte ihn abgewehrt.

»Vorsicht, das hier ist die Coaching-Zone. Das ist kein Ort für eine Frau.«

Für einen Moment war ich sprachlos. Doch dann besann ich mich. »Das ist eine Frage der Perspektive«, entgegnete ich.

Er lachte. »Wie, bitte?«

»Irgend jemand muss doch auch den Coach coachen, oder?«

»Hmm.«

»Ich werte das als ja.«

Er nickte, legte seinen rechten Arm um meine Schulter und geleitete mich zur Tribüne. »Hier bist du in Sicherheit.

Außerdem lenkst du meine Spieler ab. Die müssen heute gewinnen.«

»Nur die Spieler?«

Er betrachtete mich mit einem nachdenklichen Blick. »*Diese Augen!*«

»Warst du schon einmal in Paris?«, fragte ich.

»Ich ...? Nein ..., wieso?«

»Ach ..., nur so.«

Da nahm er meinen Kopf in seine Hände und küsste mich. »Warte hier auf mich, ich bin gleich wieder da!«

»Ich laufe nicht weg.«

Er lächelte, dann ging er zurück in seine Coaching-Zone. »Los Jungs, auf geht's!«

Das Spiel war sehr unterhaltsam, und als ich in der Halbzeit allein war, dachte ich an meine Träume. »*Was würde ich wohl heute träumen?*«

Die Verbindung von Wissenschaft, Philosophie und Religion oder die Frage nach dem Warum?

Die W-Formel oder das Spiel des Lebens
© 2012 by Günter Laube
eBook: 2012, Neobooks.com, München
Hardcover: 2015, BoD, Norderstedt, 448 S.

Warum ist überhaupt etwas, und warum ist nicht Nichts?
War der erste Mensch ein Mann oder eine Frau?
Wieso gibt es unterschiedliche Religionen?
Welche Lehren müssen wir noch aus
dem Zweiten Weltkrieg ziehen?

Das Jahr 1999 markiert nicht nur das Ende des
20. Jahrhunderts, sondern weckte u. a. mit einer
totalen Sonnenfinsternis das Interesse des Autors
an allgegenwärtigen, jedoch nicht alltäglichen Dingen des Lebens. Dieses Buch soll Anregungen
zum interkulturellen Dialog liefern.